COLLECTION FOLIO

Serge Brussolo

Les ombres du jardin

Denoël

Serge Brussolo, né en 1951, a commencé à publier au début des années 80 et s'est rapidement imposé comme un phénomène littéraire par sa fécondité et la puissance d'un imaginaire qui trouve le plus souvent sa source dans les terreurs de l'enfance.

Il pratique aujourd'hui toutes les formes narratives et leur imprime sa marque, celle d'un grand écrivain. Ses nombreux lecteurs savent qu'il les surprendra toujours et attendent ses livres avec impatience.

Tout le monde a son jardin secret, mais c'est un jardin rempli d'ombres.

Henri Jurieux, *Théocrate de Cnossos, Crétois et menteur.*
Biographie commentée.

Am Stram Gram, Femina Godam, Carabim Zigolo.

Pierre Véry, *Le Thé des vieilles dames.*

[illegible]

[illegible]

[illegible]

[illegible]

[illegible]

[illegible]

[illegible]

[illegible]

1

C'était le temps du café Mokarex avec ses figurines grises ou dorées, cachées dans chaque paquet au tréfonds des grains odorants. De drôles de petits bonshommes plantés sur des socles légendés, que les gosses « déterraient » fiévreusement, et qui formèrent la série « Révolution française », puis la collection « Guerre de 14 », puis...

C'était le temps des premiers yaourts (une invention sans avenir, disaient les crémiers), le temps où presque tous les films étaient en noir et blanc. Eddie Constantine — Lemmy, pour les dames — y balançait des uppercuts sans jamais perdre ni son chapeau ni son sourire de requin sympathique. *Angélique, marquise des Anges* paraissait en feuilleton dans *France-Soir*, parcourant le monde à la recherche de son grand boiteux du Languedoc. Les premiers stylos à bille venaient à peine de faire leur apparition qu'ils se retrouvaient déjà proscrits par l'Éducation nationale parce qu'on leur prêtait le redoutable pouvoir de déformer l'écriture et d'empoisonner les élèves qui en suçaient l'encre réputée vénéneuse. Martine Carol faisait battre le cœur des Français sans trop encore s'inquiéter de l'arrivée d'une petite inconnue nommée Brigitte Bardot. Les nouveaux francs allaient remplacer les anciens, condamnant des millions de Français à s'embrouiller dans leurs comptes pendant les trente années à venir. Le premier Spoutnik dérivait dans l'espace, tombeau volant d'une petite chienne assassinée pour la science : Laïka.

Les jeunes filles lisaient *Caroline chérie* à la lueur d'une pile Wonder ou Mazda sous les draps d'une chambrette tapissée de toile de Jouy. Elles buvaient des sodas qu'on disait « chimiques », sans trop savoir ce que cela signifiait, sinon qu'ils avaient un goût fabuleux. Vittel-Délices. Pschitt orange, *pour toi mon ange*.

Dans les cafés on commandait des demis panachés, des diabolos menthe (mais déjà plus de grenadine). C'était le temps de la brillantine, des coiffures masculines à « crans », des chemises amidonnées, des vitriers, des hommes-sandwichs, des Vespas, des cataplasmes Rigolo, des gaufrettes « amusantes » et des indicatifs téléphoniques célèbres : ODÉon, BALzac, MÉDicis.

Bob Morane, l'aventurier polyvalent, envahissait les rayons de la littérature enfantine, tordant le cou aux jeunes scouts imberbes de la collection Signe de piste. *Femme d'aujourd'hui* publiait les merveilleuses aventures de Moustache et Trottinette dessinées par l'admirable Calvo trop tôt disparu. On pouvait lire *Le Petit Écho de la mode* et en détacher le supplément « patron » pour se couper une robe. Des millions de lectrices pleuraient en dévorant *Torrent* de Marie-Anne Desmarest.

Frank Sinatra était encore maigre. On écoutait en se dilatant la rate la famille Duraton et les calembours de Zappy Max, l'inusable héros de *Ça va bouillir !* Les messieurs ignoraient le déodorant et l'après-rasage. Le chewing-gum, bête noire des éducateurs, « collait les boyaux des enfants ». Pour beaucoup de gens, Gary Cooper se prononçait encore Gari Copère, et Humphrey Bogart : Alfred Beaugare.

Sur les quais de la S.N.C.F., les ultimes locomotives terrorisaient les gosses par leurs halètements poussifs et leurs jets de vapeur sous pression.

À l'école, si l'on était bien sage, on pouvait obtenir la croix d'honneur aux branches recouvertes d'émail bleu. Les devoirs étaient rétribués en « bons points ». Dix bons points donnaient droit à une image, dix images permettaient de louer la fameuse croix qu'on épinglait pour une semaine sur son tablier, au moyen d'un bout de ruban fané et d'une épingle de nourrice.

On découvrait les entremets Francorusse (« chimiques », eux aussi, mais tellement bons !). Les soldats de plomb vivaient leurs derniers instants dans les vitrines des marchands de jouets, petits survivants anachroniques que le plastique allait vite faire passer à la trappe. Les lampes de la T.S.F. mettaient une bonne minute à chauffer. Les camionnettes des P.T.T. étaient vertes, les jetons de téléphone avaient le diamètre creusé d'une curieuse rigole. Dans les autobus à plate-forme le contrôleur donnait le signal de départ en tirant sur une chaîne aux allures de chasse d'eau. Les messieurs comme il faut ne sortaient jamais sans chapeau, les dames honnêtes ne portaient pas de pantalons, ne fumaient pas dans la rue et n'entraient jamais seules dans un café. On rangeait les cigarettes dans des étuis en peau de porc ou en argent, et seuls les « ouvriers » puisaient les rouleaux de tabac à même le paquet.

Dans les pharmacies on trouvait de la ouate thermogène et des gilets en peau de chat pour se réchauffer l'hiver. Les vrais livres se vendaient les pages non coupées.

C'était, pour les enfants, l'époque des rumeurs effrayantes, des menaces lointaines, des choses qui se déroulaient en lisière d'un empire en voie d'émiettement, quelque part, en des contrées qu'on avait toujours crues peuplées de gentils sauvages, de grands gosses pittoresques à peau sombre auxquels le génie français avait offert la chance de mourir en première ligne au cours des deux dernières guerres mondiales.

Tout le monde lisait *Les Amours et les Crimes célèbres... Max l'explorateur, Juliette de mon cœur, Arabelle la dernière sirène.* (Qui se souvient aujourd'hui de l'adorable Fleur-Bleue, du singe Kouki ?)

Le Journal de Mickey valait 20 centimes. Dans les kiosques, les gosses s'arrachaient *Pépito, Akim, Kit Carson, Rodéo, Blek le Roc* ou *Battler Britton*, l'intrépide aviateur.

C'était l'époque des comiques qu'on s'étonne aujourd'hui d'avoir trouvés si drôles : Fernandel. Bourvil. Fernand Raynaud.

C'était il y a longtemps.

Le 13 mai 1958, en raison du soulèvement algérien, le général de Gaulle fut, selon la terminologie consacrée, rappelé aux affaires.

Plus personne ne s'en souvient, mais quinze jours plus tard, le 1er juin, une jeune femme fut vitriolée sur l'esplanade du Trocadéro, entre le T.N.P. et le totem indien planté à l'entrée du musée de l'Homme.

Elle était grande, avec des cheveux longs et noirs, un pull moulant, un pantalon corsaire et des ballerines, noirs eux aussi. Un uniforme mis à la mode par Juliette Gréco quand le vent de « l'existentialisme » déferlait sur le Saint-Germain-des-Prés de l'immédiat après-guerre. En cette fin des années cinquante la « trompinette » de Boris Vian ne résonnait plus guère, mais il se trouvait encore quelques « intellectuelles » du Boul' Mich' pour arborer le déguisement funèbre des rats de caves et se promener à travers les beaux quartiers, l'air dépressif, la main droite négligemment refermée sur un ouvrage de Jean-Paul Sartre. *La Nausée* faisait très bien dans la panoplie, mais on pouvait sans déchoir la remplacer par un Série Noire, un Peter Cheyney, par exemple. Le fin du fin était d'ailleurs de faire un sandwich des deux genres, en évitant de montrer qu'on ne mangeait généralement qu'une moitié du casse-croûte, de préférence celle qui s'intitulait *La Môme vert-de-gris*.

Mais tout cela a peu d'importance. Ce qui compte c'est que le 1er juin 1958 une jeune femme croisa un inconnu portant imperméable, chapeau et gants de cuir, un inconnu auquel elle ne prêta pas attention, et qui, arrivé à sa hauteur, lui projeta au visage le contenu d'un petit flacon de verre rempli d'acide sulfurique (H_2SO_4), plus communément appelé vitriol.

Selon les rapports des services de police, la victime ne se connaissait pas d'ennemis, mais l'inspecteur chargé de l'enquête enregistra ces dénégations avec beaucoup de prudence.

La jeune femme présentait de graves brûlures à la face, et les médecins convinrent qu'à moins d'avoir recours à cette spécialité encore balbutiante qu'on nommait « chirurgie esthétique », elle resterait défigurée à jamais.

France-Soir consacra à cet événement deux colonnes à la une, colonnes agrémentées de deux photos : une « avant », l'autre « après ». Celle d'après montrait une tête recouverte de bandages qui aurait pu appartenir à une momie ou à l'Homme invisible. On vit dans l'attentat la vengeance probable d'un amant trahi. Les ménagères hochèrent le menton. Il était de notoriété publique que ces filles-là menaient une vie de patachon, il était donc normal qu'elles en payent le prix.

Au vrai, on oublia très vite le vitrioleur du Trocadéro.

C'était une erreur, car il allait bientôt refaire parler de lui.

2

Martine avait treize ans, elle était née peu de temps avant la fin de la guerre. Dans une cave, lui avait expliqué M'man, au milieu des bombardements. Sans médecins ni infirmières pour l'accueillir entre leurs mains gantées de caoutchouc. Elle était venue au monde à la manière des enfants indiens, ou esquimaux, ou n'importe quoi de « non civilisé ». Bref, comme une « sauvage ». Et cela lui plaisait bien.

M'man avait accouché toute seule, elle insistait beaucoup sur ce point. Martine connaissait tous les détails : l'aviation alliée essayait pour la millième fois de dégommer la base sous-marine de Lorient, ratant comme chaque fois la cible mais déversant des tonnes de bombes sur les populations environnantes, et M'man (son petit nom était Jeanne) avait traîné son gros ventre dans un abri souterrain rempli de pneus de camions pour mettre bas.

« Mettre bas », c'était les propres mots de Jeanne. Elle avait conservé de sa période Saint-Germain-des-Prés le goût du parler garçonnier qui déclenchait des frémissements chez les bonnes dames du XVIe. Elle aimait provoquer, par son langage, son aspect, son statut de fille mère qui faisait chuchoter les concierges dans son dos. Elle était la femme sans homme, celle qui élevait toute seule sa petite fille. Pour certaines, elle appartenait au bataillon des cruches incapables de dire non aux hommes, et qui se retrouvent un beau matin avec un encombrant petit colis dans le ventre ; pour d'autres au contraire, elle était la Messaline des caves, une catin passée de main en main, de ces bonnes à rien qui mettaient des pantalons pour mieux montrer leurs fesses et fumaient jusqu'à en avoir les doigts jaunes. Une engeance qui passait sa vie dans les cinémas, à se faire bécoter sur fond de films américains sous-titrés. Des filles qui, à la Libération, n'avaient pas hésité à coucher avec des G.I. nègres sous prétexte qu'ils dansaient mieux que les Blancs et jouaient de la trompette comme des dieux !

Ces commérages, loin de blesser Martine, fortifiaient en elle une fierté étrange. L'orgueil d'être différente, plus forte. Moins niaise que les petites perruches à jupe plissée bleu marine et socquettes blanches qu'elle voyait sortir des cours privés.

Jeanne avait vingt-huit ans. Parfois elle comptait sur ses doigts et murmurait d'un ton incrédule : « Mon Dieu ! Dire qu'il y a déjà treize ans que la guerre est finie. »

Martine aimait être venue au monde dans le chaos du débarquement, sur fond de mitraille et d'explosions. Il lui plaisait d'être une sauvageonne. Mais, par-dessus tout, elle adorait quand, la nuit venue, sa mère se laissait aller à l'hémorragie des souvenirs. Surtout quand c'était l'été et qu'on entrouvrait le vasistas de la chambre de bonne pour essayer de faire entrer un peu d'air frais. Une odeur particulière envahissait la pièce, un parfum de zinc chauffé par le soleil, de tuiles brûlantes. Le lit se trouvait sous la lucarne, et Martine allait s'installer au pied du matelas tandis que Jeanne s'adossait aux oreillers, enveloppée dans un drap, toute nue à cause de la canicule. Elle allumait une cigarette — une Balto —

et fumait en parlant. Dans la chambre plongée dans l'obscurité, le point grésillant du rouleau de tabac clignotait à intervalles réguliers comme la balise d'un phare. Cette brève lumière éclairait le visage de M'man, sculptant ses pommettes, ses yeux un peu bridés, ses cheveux très noirs et très longs, à la Juliette Gréco. Sa chevelure coulait sur ses épaules nues avec la fluidité d'une encre de Chine. Elle parlait, d'une voix lointaine, et ses paroles sortaient de sa bouche avec la fumée de tabac, comme si les mots avaient entrepris de se matérialiser sous la forme de nuages bleuâtres. Quand elle était petite, Martine ne pouvait s'empêcher de penser que les paroles de sa mère prenaient cette forme parce qu'elles véhiculaient des souvenirs de guerre. La fumée qui s'envolait des lèvres de M'man était justement celle des bombardements.

Jeanne parlait de la Bretagne, de la «poche» de Lorient, des maisons ravagées par les bombes incendiaires. Elle égrenait les anecdotes sans souci de chronologie, dans le grand pêle-mêle de la mémoire.

Martine ne se lassait pas de l'entendre répéter les mêmes histoires. Il y avait celle de l'homme décapité par un éclat au moment où il se préparait à descendre dans l'abri de la rue de Belgique.

— Il n'avait plus de tête, expliquait M'man, mais son corps a continué à descendre les marches de ciment, comme si de rien n'était. Il n'est tombé qu'une fois arrivé en bas. Tu sais, comme les oies.

Il y avait également l'histoire du broc. Un jour que Jeanne revenait du jardin où elle était allée chercher de l'eau à la pompe pendant une alerte, elle avait senti un choc sourd au bout de son bras. Quand elle avait baissé les yeux, elle s'était aperçue qu'elle ne tenait plus que l'anse du broc entre ses doigts. Un éclat d'obus avait emporté le reste du récipient.

— À quelques centimètres près, c'était ma jambe droite, concluait-elle.

Il y avait plein d'histoires du même genre. Des histoires horribles et vraies. Comme celle du lendemain matin après une nuit de bombardement, quand Jeanne était sortie dans la rue au milieu des décombres et qu'elle avait aperçu le cadavre de Monique, sa copine d'école, accroché à un arbre, tout nu, là où le souffle d'une explosion l'avait expédié.

Martine essayait d'imaginer ce qu'on pouvait éprouver devant un tel spectacle, mais c'était difficile car elle n'avait pas de copine, elle. Elle n'en ressentait d'ailleurs pas le besoin puisqu'elle avait M'man.

M'man et le terrier, c'était tout ce qui comptait.

Le terrier, c'était une chambre de bonne au sixième étage d'un immeuble de la rue Greuze, petite voie traversière débouchant en retrait sur l'esplanade du Trocadéro. Il y régnait un silence que troublaient à heure fixe les cris de souris bien élevées montant de la cour de récréation d'une institution privée pour jeunes demoiselles, et, quand le vent se mettait de la partie, les claquements du drapeau rouge impérial d'une quelconque ambassade asiatique où s'engouffraient tout le jour d'énormes limousines luisantes aux pneus à flancs blancs. Martine allait sur ses treize ans. Mal habillée, on la prenait souvent pour une fille de concierge et les commerçants se dispensaient de lui sourire quand venait son tour de se faire servir. Elle s'en fichait, elle aimait cette voie étroite du XVIe arrondissement qui s'ouvrait par un petit café sans prétention — ce qu'on appelait alors un « bougnat » — et se terminait entre les grilles d'un jardin privé. Tout résonnait dans ce canyon de pierre blanches aux façades encombrées de titans et de naïades chargées de pampres. On avait tourné un film aux abords du café, un truc avec Fernand Raynaud. *La Bande à papa.* Cela n'avait pas beaucoup épaté Martine, car le quartier était toujours plein de vedettes vaquant à leurs occupations, et il n'était pas rare, au détour d'une rue, de rencontrer Paul Meurisse, Brigitte Bardot, Robert Hossein. On découvrait alors qu'ils étaient beaucoup moins «bien» en réalité que sur la pellicule, et on leur en voulait un peu de ne pas être à la hauteur de leur légende. En règle générale on tournait tout le temps et partout des films dont on inscrivait les titres sur de ridicules petites ardoises d'écolier, à croire que le quartier n'était qu'une annexe des studios de Boulogne. Lorsqu'on avait filmé une séquence de *Le rouge est mis*, place du Trocadéro, Martine avait été stupéfaite de découvrir un Jean Gabin au visage rouge tomate. Elle avait demandé à sa mère si c'était là l'origine du titre.

Jeanne avait souri.

— Mais non! lui expliqua-t-elle. C'est juste du maquillage. On est forcé de leur barbouiller la figure sinon, à l'écran, ils ont l'air de cadavres saignés à blanc.

Elle avait fait une pause, avant d'ajouter:

— La fille qui grimpait dans la voiture avec lui, c'était Brigitte Bardot.

— Mais pourquoi sont-ils grimpés et redescendus dix fois de suite? s'enquit Martine. Dans la vie on ne s'y reprend pas à dix fois pour monter dans l'autobus.

Jeanne haussa les épaules.

— C'est comme ça, fit-elle avec fatalisme, c'est le cinéma.

À la lueur de cette réponse la fillette décida que le cinéma devait être drôlement embêtant et qu'elle n'en ferait pour rien au monde quand elle serait grande.

Jeanne et Martine habitaient 40 *bis*, rue Greuze, adresse que la fillette s'était longtemps obstinée à prononcer : 40 *bises*, rue creuse, parce que de cette manière les mots voulaient enfin dire quelque chose.

Elles logeaient au sommet de l'immeuble, dans une chambre de bonne dépourvue d'eau et d'électricité qu'une bonne âme leur louait pour une bouchée de pain.

Il y avait quelque chose de magique dans le contraste entre le luxe des rues, des boutiques, la statuaire fastueuse des hôtels particuliers et la chambre à la lucarne unique, ouvrant au ras des toits, avec ses bougies piquées dans des bouteilles vides faisant office de chandeliers, le seau hygiénique, le poêle de fonte planté sur ses pattes griffues. Les bougies fumaient en diffusant une lumière jaunâtre, installant une atmosphère que M'man qualifiait chaque soir de « veillée mortuaire ».

— C'est idiot ! s'esclaffait-elle tristement. Plus tard, quand tu seras jeune fille, tu ne seras plus sensible au romantisme des dîners aux chandelles ! Et ce sera ma faute. Je te prive de tes droits au romantisme.

Martine répliquait qu'elle s'en fichait, qu'elle ne voulait pas devenir jeune fille, qu'elle était très heureuse comme ça, et elle se pelotonnait contre le Godin pour lire *L'Étoile mystérieuse*, le passage où il fait très chaud, quand le goudron fond et que les rats sortent des égouts. Elle avait délicieusement peur et n'aurait échangé sa place pour rien au monde.

C'était un immeuble donnant sur la place du Trocadéro. Immense, dont certains couloirs, dépourvus de fenêtres, étaient condamnés à la nuit. Chaque fois qu'elle devait les traverser, la fillette sentait ses cheveux se hérisser sur sa nuque. Elle passait de longues heures à s'y promener en essayant de ne pas faire craquer les lames du parquet car les locataires n'appréciaient pas beaucoup ses déambulations solitaires. De temps à autre elle s'arrêtait pour écouter aux portes ou regarder par les trous de serrure. Il y avait là des étudiants chinois dont le langage étrange la ravissait. Ils disposaient de curieuses nourritures au frais, sur le rebord des fenêtres. Pour taquiner sa fille, Jeanne prétendait qu'il s'agissait de souris à la confiture.

À l'école Martine côtoyait des filles de généraux, de P.-D.G., d'artistes peintres à la mode. Les institutrices, en classe de musique, leur faisaient écouter des disques de cor de chasse, pour les familiariser avec les différentes sonneries et leur apprendre à se déplacer correctement le jour où elles participeraient à leur première chasse à courre. Cette éventualité excitait certaines fillettes qui s'imaginaient déjà en costume d'amazone, mais en faisaient pleurer d'autres qui se refusaient à tuer de gentilles bêtes.

— Vous pleurnichez pour rien, disait alors la maîtresse. Ce sont les messieurs qui tuent les animaux; les dames, elles, ne sont là que pour faire une belle promenade à cheval. Et puis toutes les bêtes ne sont pas aussi gentilles que vous semblez le penser. Pensez aux sangliers! Ces cochons sauvages hérissés de poils noirs.

À grand renfort d'exclamations, les écolières convenaient sans mal que les sangliers étaient très laids et qu'il n'était pas interdit de les tuer. À cet instant, il se trouvait toujours une jeune demoiselle pour raconter le mariage de sa cousine et sa sortie de l'église, à cheval, au son de la grand-messe de Saint-Hubert jouée par douze sonneurs de cor en tenue rouge.

Dès son arrivée, Martine avait été mise à l'écart. Elle n'avait pas d'amies. Dans la cour de l'école où les gosses jouaient et criaient, elle tournait en rond, longeant les murs, les mains enfoncées dans les poches de son duffle-coat bon marché qui boulochait de partout, attendant que sonne la fin de la récréation. Pour se distraire, elle écoutait le bavardage des « maîtres » surveillant la récréation.

C'était une drôle d'époque en vérité. Tout le monde semblait persuadé que la troisième guerre mondiale allait éclater d'un jour à l'autre. Beaucoup disaient qu'on était reparti pour un tour, qu'il y avait des signes annonciateurs. Et puis, un ton plus bas, on murmurait des choses où il était question de l'Algérie et on prononçait des noms compliqués que Martine ne parvenait jamais à retenir.

En classe, il arrivait que les institutrices présentent la guerre comme une fatalité, un phénomène météorologique contre lequel on ne pouvait rien (sans doute une cinquième saison ?), et qui, quelque part, comportait des vertus bénéfiques, à la manière d'un purgatif avalé au bon moment. Le rituel était toujours le même : la maîtresse levait les yeux au ciel, comptait sur ses doigts et laissait tomber : « La règle de base, c'est un conflit tous les vingt ans environ. Le prochain ne devrait plus tarder. »

3

Jeanne et Martine ne vivaient malheureusement pas seules dans le terrier. Il y avait aussi le «type».

Le type. C'est ainsi que la fillette avait décidé d'appeler une fois pour toutes les compagnons successifs de sa mère.

Le type était comme la guerre: il revenait à date fixe. Fatalité contre laquelle on restait impuissant. Un type partait, un autre arrivait, les deux séparés par ces brèves accalmies qui, sur les routes, ouvrent des parenthèses de silence entre deux pelotons de véhicules. C'était pour ça qu'il était inutile de retenir leurs noms. Tels les coureurs du Tour de France, on avait du mal à distinguer leur visage, et c'est tout juste si on se rappelait la couleur de leur maillot une fois qu'ils s'étaient éloignés.

Il y avait eu un trompettiste de jazz de Saint-Germain-des-Prés qui soignait ses précieuses lèvres à la pommade Nivéa, un mécanicien de Neuilly spécialisé dans les grosses voitures américaines et auquel le cambouis avait teint les ongles en noir à perpétuité, un barman du *Montana* (un établissement que M'man prétendait fréquenté par les alcooliques de l'édition et du journalisme) et qui, sorti de derrière son zinc, ne buvait plus que du lait.

Martine se demandait ce que Jeanne pouvait bien leur trouver.

— Ce sont de belles bêtes, répondait la jeune femme quand on lui posait la question. Ils ont des petits miroirs à la place des yeux, et je me vois dedans, tu sais, comme la méchante reine de *Blanche-Neige*.

Ils ne s'attardaient jamais longtemps. Le dernier en date s'appelait Dino. Il avait « fait » l'Indochine, se disait ancien para, exhibait des cicatrices recousues à la diable. Il travaillait de nuit, aux usines Renault de Billancourt. C'était un homme mince et taciturne, à la musculature nerveuse, au sourire triste, qui fumait des Gauloises en cachant la cigarette au creux de sa main, comme pour en dissimuler le point rougeoyant à un éventuel tireur embusqué. Il répétait plusieurs fois par jour qu'il ne parvenait pas à se réhabituer à la vie civile. Martine le trouvait plutôt mieux que ses prédécesseurs parce qu'il ne cherchait pas à la séduire ou à la faire rire au moyen de blagues idiotes, de grimaces pitoyables. Il arrivait au petit matin, après sa nuit de travail, avec sur lui la bonne odeur du savon de Marseille des douches de l'usine. Comme il avait conservé le goût des marches forcées, il revenait souvent à pied, traversant un Paris encore désert, croisant les voitures à cheval des livreurs de charbon. Il en profitait pour « faire les poubelles », car les poubelles du XVIe étaient toujours gorgées d'objets merveilleux qu'on s'étonnait de voir jetés au rebut. Il y avait là des jouets, des livres, des illustrés tout récents, empilés en vrac. Des vêtements également que les concierges n'osaient récupérer de peur qu'on ne les reconnaisse sur eux. Quand Dino arrivait à devancer les brocanteurs qui écumaient le quartier dès l'aurore, il prélevait sa part des merveilles promises à l'incinération et les déposait au chevet de Martine, là-haut, dans la chambre du sixième étage. La fillette se surprenait à trembler d'excitation quand, du fond de son lit, elle reconnaissait le pas du jeune homme au bout du couloir. Souvent il arrivait les mains vides, mais quelquefois il débarquait avec, sous le bras, un jouet saugrenu et désuet : une vieille grue mécanique en tôle rouge, un Père-la-colique en plomb dont le trou du cul avait fondu d'avoir trop servi. Une brassée d'illustrés datant de la guerre : *Robinson* ou *J3*.

Il livrait ces trésors sans ostentation, presque avec négligence, puis fouillait dans sa poche pour en tirer un billet froissé.

— Ça te dirait d'aller chercher des croissants ? murmurait-il en se penchant au-dessus du lit pliant de Martine.

La petite fille savait ce que cela signifiait. Les croissants n'étaient qu'un prétexte pour l'éloigner. Dès qu'elle aurait passé la porte, Dino se glisserait dans le lit de Jeanne pour lui faire l'amour. Il en allait ainsi presque chaque jour, et Martine jouait le jeu sans rechigner. Elle avait toujours été matinale et il ne lui déplaisait pas de remonter les rues désertes jusqu'à la boulangerie plantée en face du lycée Jeanson-de-Sailly. L'exiguïté de la chambre imposait de nombreux rituels tacites, comme celui qui consistait à garder le nez baissé sur un livre pendant que les adultes se lavaient dans ce grand baquet plat que M'man appelait un « tub ». Les croissants en faisaient partie.

Martine dormait sur une espèce de canapé en tissu écossais qu'on avait du mal à replier dans la journée. Un coussin, placé sur une chaise, à son chevet, lui interdisait de voir ce qui se passait dans le lit de sa mère. Officiellement cet écran était là pour la protéger de la lumière de la bougie qui l'aurait empêchée de dormir, mais Martine savait bien que ce n'était pas la vraie raison.

Dès que Dino avait exhibé le billet froissé, elle

émergeait des draps, nouait ses cheveux en queue de cheval et s'habillait à tâtons dans la chambre encore pleine d'obscurité. Puis elle sortait dans le couloir pour quitter l'immeuble par l'escalier de service. Au passage, elle se débarbouillait à l'une des fontaines du palier, toujours la même, car les locataires du sixième avaient une notion très stricte du partage des lieux, et il n'était pas question que ceux du couloir A se permettent d'aller faire caca dans les cabinets du couloir B sous peine d'un terrible incident de frontière. En quittant la chambre, Martine prenait toujours soin de glisser un illustré dans la poche de son duffle-coat (on prononçait dufe-coite), tantôt un illustré de garçon comme *Pépito*, tantôt un journal de filles comme *La Semaine de Suzette* ou *Frimousse*. Elle lisait en marchant, sans se presser, pour donner le temps à Dino et à Jeanne de faire ce qu'ils avaient à faire.

Très tôt M'man ne lui avait rien caché de ce qui se passait au lit entre les grandes personnes.

— Ce sont des jeux d'adultes, disait-elle. Tu es trop petite pour comprendre. Ce n'est pas dégoûtant, n'écoute pas ce qu'on raconte. Ça n'a rien de cochon. C'est la vie. Toi aussi tu feras ces choses, plus tard, et j'espère que ça te plaira bien.

Pour l'instant Martine n'avait pas d'opinion. Elle était contente que sa mère soit heureuse, c'était tout ce qui comptait. Elle n'était pas jalouse de Dino. Il finirait par s'en aller, comme les autres. Tout ça n'avait pas d'importance. Quand elle revenait, le lit était refait, la chambre sentait l'eau de Cologne ou le papier d'Arménie dont un feuillet achevait de se consumer dans le cendrier de cuivre de la cheminée. M'man versait le café au lait dans de grands bols ébréchés. La pièce mesurant tout au plus douze mètres carrés, il n'était pas question de gambader au hasard et chacun se devait d'observer une chorégraphie précise dans ses déplacements. On bougeait à l'économie, tels ces acteurs qui suivent un tracé inscrit à la craie sur le sol. Comme Dino devait dormir, il n'était pas davantage question de bavarder ou de faire du bruit. Quand Martine allait à l'école, le problème ne se posait pas jusqu'au soir. Quand elle restait à «la maison», le jeudi notamment, il lui fallait respecter la règle de silence en usage dans certains ordres religieux.

Elle y était habituée car Jeanne avait toujours eu l'habitude de choisir ses compagnons dans la corporation des travailleurs nocturnes. Elle-même restait éveillée une grande partie de la nuit, ce qui l'obligeait à de longues «récupérations» dans la journée. Il arrivait que Martine restât seule à veiller dans la chambre tandis que Jeanne et Dino dormaient sous le vasistas, pelotonnés l'un contre l'autre. M'man enfonçait des boules Quiès dans ses oreilles et posait sur ses yeux un masque en velours noir pour se protéger de la lumière. Dino, lui, dormait sans accessoires, en habitué des campements de fortune et des tranchées.

Martine restait donc seule, telle la surveillante d'un dortoir ou d'un hôpital, assise sur le canapé-lit qu'elle essayait de ne pas faire grincer. Elle faisait ses devoirs, lisait ou rêvait en regardant le ciel dans la découpe de la lucarne. Les adultes grommelaient dans leur sommeil, s'agitaient. Quand Dino se mettait sur le dos, son zizi se dressait, transformant le drap en un chapiteau de cirque. Martine assistait à ce phénomène avec une incrédulité proche du fou rire. Vrai, c'était un peu bête un truc comme ça! Et elle s'imaginait avec une oreille devenant tout à coup énorme ou un doigt de la main beaucoup plus long que les autres. Heureusement pour Dino que la chose se passait pendant son sommeil, de cette manière le pauvre garçon ne se rendait pas compte à quel point il était ridicule.

Martine avait bien du mal à admettre qu'elle prendrait un jour du plaisir à faire ce que faisait Jeanne avec les types. Cela lui semblait aussi invraisemblable que les vignettes « Incroyable mais vrai » qu'on trouvait dans les gros chewing-gums Malabar et qui vous informaient des prodiges de l'univers. Pour l'heure, poser sa bouche sur celle d'un garçon lui semblait aussi attrayant que d'embrasser un chien sur le museau, mais, bon, il ne fallait jurer de rien et elle était pleine de bonne volonté ; elle attendrait donc encore un peu pour se faire une opinion définitive.

M'man travaillait à domicile, « dans l'édition ». C'est du moins la formule qu'elle employait quand on lui demandait ce qu'elle faisait. Elle avait commencé à l'époque de Saint-Germain-des-Prés, en traduisant des romans policiers américains pour un petit éditeur. En 57, elle avait pressé celui-ci d'acheter les droits d'un livre intitulé *From Russia, with love.* Roman d'espionnage écrit par un certain Ian Fleming, et dont le héros s'appelait James Bond.

— Je suis certaine que d'ici quelque temps ça va faire un malheur ! avait-elle lancé.

Son patron avait feuilleté le bouquin avant de laisser tomber d'un ton définitif : « C'est de la soupe, ma petite, ça n'a aucun avenir. Dans trois mois plus personne ne parlera de ce James Bond. Oubliez ça. »

Déçue, Jeanne avait pris les traductions en grippe. Un jour, elle avait décidé qu'elle n'était pas plus bête qu'une autre et s'était lancée dans la rédaction d'un roman historique intitulé *Le Masque aux yeux clairs*, une sorte de fresque romantico-érotique bâtie à l'imitation d'*Ambre* et de *Caroline chérie*, succès romanesques qui avaient fait la gloire et la fortune de leurs auteurs.

L'intrigue se situait en 1675 dans le Paris populaire et la faune grouillant aux alentours du Pont-Neuf. Dans une atmosphère de cour des miracles, Élodie, une jeune bouquetière de quinze ans, travaillait au milieu de la cohue des baraques foraines installées le long des parapets. C'était pour l'auteur l'occasion de décrire la kermesse permanente où se mêlaient les empiriques passés maîtres dans l'art de l'extraction des dents gâtées, les charlatans spécialisés dans les onguents réputés souverains contre les maladies vénériennes, et les marchandes d'oublies, ces morceaux de pâte rissolés dont on faisait grande consommation à l'époque. Devant les tréteaux se bousculait un petit peuple de badauds, de putains, de coupe-bourses, de faux infirmes et de mendiants. Son travail terminé, encore enveloppée par le parfum des fleurs, Élodie se promenait d'une baraque à l'autre. Là, elle s'abandonnait à la curiosité, riant des vantardises des forains.

À cet instant apparaissait Vergne, un peintre de fresques engagé par Louis XIV lui-même pour exécuter certains plafonds du château de Versailles. Vergne, roturier, ancien apprenti d'un maître italien, avait pris au contact de ses nobles employeurs des façons de seigneur. Dès qu'il avait ôté son tablier de cuir, il s'habillait en marquis, n'oubliant aucun accessoire de la panoplie : chapeau à plume, bas de soie et talons rouges. Il se faisait ensuite véhiculer en carrosse jusqu'au Pont-Neuf pour plonger dans la foule et se laisser porter par le flot humain, mine de rien, comme un simple badaud. En réalité, l'œil aux aguets, Vergne allait de taverne en taverne, un charbon à la main, une feuille de papier dans l'autre, capturant en quelques traits les visages pittoresques qu'il incorporerait dans ses prochains tableaux. Artiste de grand talent, il n'en restait pas moins une canaille attirée par le vice, se plaisant au contact des catins, et ne dédaignant pas à l'occasion les plaisirs contre nature qu'on peut soutirer aux jouvenceaux. Des légendes effrayantes couraient à son propos. Ne disait-on pas qu'après avoir exécuté le portrait d'une très belle femme, il avait fait vitrioler celle-ci par son laquais afin que le modèle ne puisse plus jamais poser pour quelqu'un d'autre, et que le tableau né de ses doigts en soit l'ultime témoignage ?

Dès le deuxième chapitre il remarquait Élodie, dont la grâce lumineuse, les yeux clairs, lui inspiraient un tableau. Dès lors, il persécutait la jeune fille, essayant de la convaincre de poser pour lui. Mais la bouquetière, effrayée par la mauvaise réputation du peintre refusait obstinément de lui céder. Dès lors, une sorte de folie amoureuse s'emparait de l'artiste peu habitué à être ainsi débouté. Il ne cessait de harceler Élodie, tantôt la cajolant, tantôt la menaçant. Pour la convaincre de son talent, il exécutait un portrait de la jeune fille et le lui offrait, dans l'espoir de vaincre ses résistances. Toutefois, en déballant la toile — au demeurant d'une facture magnifique —, Élodie se découvrait nue, dans une pose lascive, le visage empreint d'un abandon suant le vice et la débauche. Horrifiée, honteuse, elle saisissait un couteau et lacérait l'œuvre sous l'œil scandalisé de son auteur.

C'est à ce moment que les choses tournaient mal. Vergne, peu habitué à être traité de la sorte, imbu de son talent et de ses prérogatives, décidait de se venger et jurait à la jeune fille de lui faire subir un traitement identique à celui qu'elle avait infligé au tableau.

Dès lors, Élodie se trouvait obligée de fuir la colère du peintre fou et échappait de justesse à plusieurs attentats visant à la priver de sa beauté. Elle parcourait la France, exerçant tous les métiers, côtoyant toutes les classes de la société, toujours tremblant de recevoir, au détour d'une ruelle, le contenu d'un flacon de vitriol au visage.

Personne ne daignait écouter son histoire. Vergne, jouissant de la protection de grands personnages, se révélait intouchable. Humilié, partagé entre la haine et l'amour déçu, il poursuivait Élodie sans relâche. « Si tu n'es pas mienne, lui disait-il, tu ne seras à personne. Je ferai de toi un objet d'horreur dont même les mendiants se détourneront ! »

Élodie, pour protéger ses traits, finissait par les dissimuler sous un masque de porcelaine rose ne laissant apparaître que ses yeux magnifiques (d'où le titre de l'ouvrage).

La saga comptait déjà deux volumes de la même eau au cours desquels Élodie subissait tous les outrages et apprenait à souffrir sous le joug des hommes. Tour à tour ennemis irréductibles, n'hésitant au bord d'une amitié fragile que pour mieux retomber dans la haine et la détestation, Élodie et Vergne le peintre fou se poursuivaient sur terre et sur mer, sautant d'un continent à l'autre.

Les lectrices suivaient avec passion les métamorphoses et l'ascension d'Élodie, d'abord innocente, désarmée, puis s'endurcissant au point de devenir à son tour une rouée aux manœuvres redoutables.

— Une fichue ânerie, oui ! s'esclaffait M'man chaque fois qu'il lui arrivait de feuilleter l'un de ses cahiers manuscrits.

Martine n'était pas du tout de cet avis, elle trouvait l'histoire d'Élodie passionnante et suppliait sa mère de lui lire chaque matin les chapitres écrits au cours de la nuit. Car Jeanne écrivait la nuit. Quand sa fille avait enfin cédé au sommeil, elle entassait près du lit une provision de bougies, une grosse boîte d'allumettes « familiale », un cendrier et trois paquets de Balto. Enfin, elle se calait contre les oreillers, posait sur ses genoux un plateau « réclame » de l'apéritif Cinzano qui lui servait d'écritoire, et commençait à noircir un cahier ligné de la marque Centurion (toujours la même) au moyen d'un stylo à bille acheté au tout nouveau Monoprix qu'on venait d'inaugurer rue des Belles-Feuilles.

Elle ne savait pas se servir d'une machine à écrire, d'ailleurs un tel instrument aurait été inutilisable au sixième car ses crépitements auraient provoqué la colère des voisins. De plus, Jeanne faisait beaucoup de fautes d'orthographe, ce qui nécessitait l'intervention de Carmen, une correctrice dépêchée par Sacha Barine, son éditeur. Elle rangeait ses cahiers dans une valise de toile bleue AIR FRANCE à laquelle personne ne devait toucher sous peine de déclencher une épouvantable colère.

Quand elle se promenait dans Paris, Martine était toujours éberluée de découvrir les romans de sa mère entassés en piles compactes à la devanture des librairies. De l'avis des spécialistes les malheurs d'Élodie se vendaient comme des petits pains.

— Pourquoi on n'est pas riche, alors? interrogeait la fillette.

Jeanne haussait les épaules et prenait le temps d'allumer une nouvelle Balto avant de répondre:

— Je me suis fait avoir, ma biche. J'ai un très mauvais contrat. Je l'ai signé sans le lire parce que je n'y comprenais rien et que ça me barbait. À l'époque je pensais que mes «écritures» rapporteraient à peine de quoi acheter dix paires de bas. J'étais persuadée d'avoir roulé le père Sacha dans la farine. Quelle conne! Je touche un pourcentage dérisoire sur les ventes. C'est pour ça qu'on vit dans une chambre de bonne au lieu d'avoir un appartement avenue Foch: parce que ta mère n'a jamais su prendre les choses au sérieux.

Elle ne disait pas toute la vérité. Elle ne parlait jamais, par exemple, des sommes importantes que lui soutiraient les «types». Tantôt c'était pour le poker, tantôt pour financer quelque combine mirobolante qui ne voyait jamais le jour. Dino lui-même, dès qu'il avait dilapidé sa quinzaine, réclamait de l'argent à Jeanne. Son vice à lui, c'était les courses de chevaux.

— Y a plus que ça qui m'excite, répétait-il dès que M'man le suppliait de ralentir le rythme. Le reste du temps je suis comme mort. Tu ne peux pas comprendre, personne ne peut comprendre. Depuis l'Indo je suis débranché, c'est comme si je roulais avec une batterie à plat. File-moi du fric, faut que j'y aille.

Si Jeanne faisait mine de lui résister, il devenait violent, méchant, prenait les assiettes sur la table et les expédiait contre le mur. Ces crises terrifiaient Martine qui se mettait à pleurer. Aussi, très vite, Jeanne allait-elle soulever le coin de linoléum sous lequel elle cachait les billets. Dès qu'il avait l'argent, Dino ne pensait plus qu'à s'enfuir.

4

Un matin qu'elle « allait aux croissants », Martine se heurta à Carmen à l'angle de la rue Greuze, juste devant le minuscule café faisant face à la boulangerie. Carmen était une grande femme mince, presque maigre, à la peau mate d'Espagnole et aux cheveux noirs toujours tirés en un chignon parfait. Elle avait été AFAT pendant la guerre et avait travaillé au Q.G. des forces alliées en Afrique du Nord en tant que secrétaire bilingue. De son passage à l'armée, elle avait gardé l'habitude de s'envelopper dans ces trench-coats kaki mis à la mode par Humphrey Bogart ou Albert Camus.

Carmen portait les bas à couture comme personne, elle avait conduit des Jeeps, était montée dans des Dakotas, des B-29. Elle fumait des cigarettes américaines qu'elle tirait d'un étui métallique inoxydable frappé de l'écusson du *61st Airborne Paratroopers*. Elle avait la voix grave de Lauren Bacall, se dessinait les sourcils et appliquait son rouge à lèvres au pinceau avec une dextérité de miniaturiste persan. Dans sa penderie, elle conservait son ancien uniforme d'auxiliaire féminine, constellé de décorations. (« Avec ça, une femme n'a plus besoin de bijoux ! » avait-elle coutume de déclarer.) Elle s'amusait parfois à le revêtir et prenait des poses devant la glace en soupirant : « C'était le bon temps. »

Carmen était une dactylo émérite. Elle racontait souvent qu'à Alger, au mess des officiers, elle avait fait une nuit le pari de taper sur deux machines à écrire en même temps, et de rédiger de la main gauche une lettre en anglais tandis que de la droite elle frapperait une autre missive en français. Personne ne l'en avait crue capable, et pourtant elle avait gagné ! Depuis qu'elle avait quitté l'armée, elle travaillait chez Sacha Barine, l'éditeur de Jeanne, en tant que correctrice. Elle récrivait les textes des auteurs quand ceux-ci rendaient des copies bâclées ou étoffait les chapitres lorsqu'on les avait écourtés pour cause de gueule de bois. Elle débarquait toujours au terrier, sanglée dans son imperméable militaire, traînant sa machine à écrire portable dans une petite valise à capot métallique. Dans la rue, elle paraissait froide, hautaine, d'une dureté toute masculine de matador androgyne. Elle ne s'humanisait qu'en présence de Jeanne, comme si quelqu'un pressait soudain le bouton étiqueté « gentillesse » à l'intérieur de son crâne.

Si elle se fichait comme d'une guigne de Dino et des autres « types », Martine éprouvait une jalousie certaine à l'égard de Carmen. Elle n'aimait pas la voir rire avec M'man, entreprendre de la coiffer, ou faire sur elle d'interminables essais de maquillage. Elle détestait plus que tout quand les deux femmes commençaient à chuchoter au-dessus de leurs tasses de café, échangeant des secrets entrecoupés de fous rires étouffés. Dans ces moments-là, elle se sentait perdue sur une île déserte, naufragée en train d'émettre sur une longueur d'ondes que personne ne captait.

Ce matin-là, l'argent des croissants à la main, elle se heurta donc à Carmen.

— Hé! lui lança la femme brune, où cours-tu comme ça? Tu vas à l'école sans cartable maintenant?

— Je ne vais plus à l'école, grogna Martine. J'ai un précepteur.

— Quoi? fit Carmen d'un air soupçonneux. Qu'est-ce que c'est encore que cette nouvelle fantaisie? Tu te fiches de moi?

Mais Martine ne mentait pas, du moins pas tout à fait. Deux mois plus tôt elle avait été renvoyée du lycée à la suite d'une algarade avec le professeur de français qui l'avait accusée d'avoir « copié » sa rédaction dans un livre. C'était faux, la fillette possédait un don réel pour la narration et une sûreté d'écriture très précoce qui lui avaient valu de fréquents déboires au cours de sa scolarité. Douée pour le dessin, elle se voyait tout aussi régulièrement accusée par des professeurs soupçonneux de « décalquer » ses œuvres. À plusieurs reprises on l'avait sommée, pour la prendre en flagrant délit de mensonge, de rédiger un texte sous surveillance ou d'improviser un dessin à main levée. Elle avait chaque fois triomphé de l'épreuve, ridiculisant le prof qui, dès lors, lui en avait voulu « à mort » et s'était appliqué à lui en faire baver tout au long de l'année scolaire. Cette fois, le ton avait monté car Martine était lasse de ces persécutions.

— Si c'est bien vous qui avez écrit ce devoir, avait lancé la prof frémissante de rage contenue, il n'y a pas de quoi se vanter. Vous avez un petit talent, sans aucun doute, mais c'est celui d'une exécrable feuilletoniste. Vous finirez comme votre mère: en gribouillant des insanités pour midinettes!

Martine avait répliqué. Il en avait découlé une semaine de renvoi au cours de laquelle elle avait obtenu de M'man d'être retirée de l'établissement. Depuis, elle suivait les cours particuliers d'un agrégé de Normale sup à la retraite, Valentin Mahuzier, ancien prof au lycée d'Oran. Il s'agissait en fait d'un vieux bonhomme friand d'absinthe de contrebande qui, après avoir fait fondre cinq ou six sucres dans sa cuillère trouée, signait tous les certificats de complaisance qu'on voulait bien déposer sous sa plume Sergent-major, et sombrait dans une sieste ponctuée de doux ronflements. M'man avait toujours le chic pour dénicher des oiseaux de ce genre. Martine se rendait chez le vieux trois fois par semaine, entamait une version latine, et s'éclipsait dès que son mentor s'était abîmé dans un sommeil anisé.

— Toujours vos combines ! grogna Carmen à qui elle venait d'expliquer la chose. Ta mère te passe tous tes caprices. Un jour ça finira mal. Une assistante sociale débarquera et décidera que Jeanne n'est pas en mesure de t'élever correctement. On te flanquera à l'Assistance publique et tu n'en sortiras pas avant tes vingt et un ans. Tu riras moins !

Les lèvres serrées, elle fixait le billet dans la main de Martine.

— Tu allais aux croissants, c'est ça ? siffla-t-elle sans masquer sa désapprobation. Je suppose que l'autre bon à rien est là-haut ? Comment s'appelle-t-il celui-là ? Toni... Tino ?

— *Di*-no, soupira la fillette. Ne fais pas celle qui a oublié.

Carmen la saisit par le poignet et l'entraîna à la terrasse du café où elle la força à s'asseoir, après quoi elle commanda du café et du chocolat chaud.

— Puisqu'il faut attendre que ces messieurs-dames aient fini ! grinça-t-elle, autant se mettre à l'aise.

De sa mince serviette de cuir, elle tira un quotidien qu'elle déplia à coups secs pendant que Martine décapitait une brioche pour la noyer dans son cacao.

— Vous ne pourrez pas continuer comme ça

indéfiniment, lança Carmen, revenant à la charge. Cette piaule, cette promiscuité ! J'en ai parlé à une amie, il y aurait peut-être moyen de vous loger en H.L.M. La fondation Stromberg possède quelques appartements qu'elle attribue aux artistes dans une cité ouvrière, aux abords de Versailles, ça fait partie de son programme de mécénat, et la municipalité souhaite favoriser un certain développement culturel. Ça te dirait d'aller là-bas ? On pourrait constituer un dossier. J'ai des appuis, en forçant un peu les engrenages.

— J'ai pas envie de quitter Paris, grogna Martine. On est bien ici. Je ne vois pas ce que tu reproches au terrier. Je n'aime pas la campagne, les arbres, l'herbe.

Au vrai, Carmen l'agaçait avec sa manie de jouer les organisatrices. Son dada c'était de « les sortir de l'ornière », comme si M'man était une enfant irresponsable incapable de se prendre en main. Carmen ne rêvait que F3, radiateurs, vide-ordures, salles de bains, balcon, où Jeanne et sa fille auraient pu, selon elle, « s'épanouir enfin dans des conditions décentes ». Le terrier lui faisait horreur. Ce surnom même la révulsait. « Ça sent déjà le poil de lapin rien qu'en le disant, marmonnait-elle, tu finiras asthmatique. » Martine se demandait parfois si son métier de correctrice n'avait pas engendré chez elle une espèce de déformation professionnelle qui la poussait à remettre de l'ordre partout où elle arrivait, y compris dans la vie des gens.

— Il faudrait que ta mère se décide à grandir, répéta Carmen. Tu seras bientôt une jeune fille et...

— C'est drôle que tu sois devenue si convenable, ricana Martine. M'man dit que quand tu étais à l'armée tu faisais la bringue jour et nuit. Que tu étais sacrément coureuse. C'est vrai ?

Carmen devint rouge et resta bouche bée pendant

quelques secondes. Elle bredouilla quelque chose et se replongea dans la lecture de son journal.

— Une femme a été vitriolée sur l'esplanade du Trocadéro, murmura-t-elle au bout d'une minute. C'est affreux. Déjà qu'avec tous ces attentats à Alger...

Elle se tut, comme si une évidence venait de la frapper, et fronça les sourcils. « Quand elle fait ça, songea Martine, elle a l'air d'une duègne espagnole. »

Elle remarqua que Carmen avait pâli et qu'elle fixait la première page du quotidien comme si son regard ne pouvait se détacher des photos reproduites à la une.

— Qu'est-ce que t'as ? s'impatienta la fillette. Pourquoi tu fais cette tête ?

Carmen s'ébroua.

— Non... rien, balbutia-t-elle. C'est idiot.

— Quoi ? insista Martine. Dis-moi, ou bien je renverse mon chocolat ! Tu sais que ça me rend folle quand on me cache des choses !

— Les enfants ne doivent pas lire le journal, protesta mollement la correctrice.

— Arrête tes conneries ! grogna Martine. Tu crois que je sors du couvent des Oiseaux ?

D'un geste brusque, elle arracha la une des mains de Carmen et la parcourut pour tenter de déterminer ce qui avait figé Carmen au beau milieu de son cours de morale. Il ne lui fallut qu'une seconde pour comprendre.

Le 1er juin une jeune femme avait effectivement été vitriolée sur l'esplanade du Trocadéro, entre le T.N.P. et le grand totem indien planté à l'entrée du musée de l'Homme.

France-Soir consacrait à cet événement deux colonnes à la une, colonnes agrémentées de deux photos : une « avant », l'autre « après ». Celle d'avant montrait une jeune femme grande et belle, avec des cheveux longs et noirs, un pull moulant, un pantalon corsaire et des ballerines noirs eux aussi. Celle d'après exhibait une tête recouverte de bandages.

La victime avait confié au reporter venu l'interroger sur son lit de souffrance qu'elle n'avait fait que croiser un inconnu portant imperméable, chapeau et gants de cuir ; un inconnu auquel elle n'avait pas prêté attention, et qui, arrivé à sa hauteur, lui avait projeté au visage le contenu d'un petit flacon de verre. C'était tout ce dont elle se souvenait. Selon la terminologie en usage dans les services de police, la malheureuse ne se connaissait pas d'ennemis, et n'exerçait aucune activité politique susceptible de justifier une telle agression.

Martine sentit le bout de ses doigts devenir glacé.

— Tu as vu ? murmura Carmen. C'est frappant, non ?

— Quoi ? haleta la fillette, tentant de nier l'évidence.

— Ne fait pas l'idiote, siffla Carmen. Tu sais très bien ce que je veux dire. La fille... Elle ressemble à Jeanne.

— Ce n'est qu'un hasard, chuchota Martine. Ça ne veut rien dire du tout.

Carmen fit la grimace.

— Peut-être bien. Peut-être pas, dit-elle. Je ne sais pas s'il faut prendre ça à la légère.

— Et pourquoi pas ? cracha la fillette sur la défensive.

— Les livres de Jeanne choquent beaucoup de gens, se décida à lâcher Carmen. Sacha reçoit des tas de lettres de protestation au siège de la maison d'édition. Parmi ces torchons il y a aussi des menaces. Certaines d'entre elles sont très violentes.

Elle avait repris le journal et le froissait sans s'apercevoir que ses doigts se tachaient d'encre.

— C'est sans doute idiot, dit-elle, mais, pendant une seconde, j'ai pensé que ce type... ce dingue, avait peut-être pris la jeune femme du Trocadéro pour ta mère.

Martine s'était recroquevillée sur sa chaise. Tout à coup elle n'avait plus faim, le chocolat mauve lui faisait horreur et la brioche formait un gros tas huileux dans son estomac.

— Je suis folle de penser à des choses comme ça, soupira Carmen, mais c'est que je vous aime beaucoup et que je m'inquiète pour vous. Jeanne ne se rend pas toujours compte de ce qu'elle fait. *Le Masque aux yeux clairs* fait recette parce que c'est un livre... scabreux. Tu comprends ce mot ?

Martine hocha affirmativement la tête. Elle savait que le roman était plein de scènes coquines, de ces trucs qui se passaient au lit entre homme et femme. Mais pour sa part, elle trouvait ces passages plutôt barbants, et elle les avait lus en diagonale. Ce qui lui plaisait, à elle, c'était quand Vergne le peintre fou — redevenu momentanément gentil — prenait Élodie dans ses bras et l'embrassait dans le cou en lui disant : « Très chère amie, je vous aime plus que ma vie. » Le baiser dans le cou, Martine comprenait qu'on puisse trouver ça bien. Et les bras chauds qui vous serraient fort, mais le reste...

— Le bouquin a été condamné par l'Office catholique, continua Carmen. C'est cette rumeur de scandale qui l'a fait vendre. Sacha se frotte les mains, mais c'est un succès à double tranchant. La photo de Jeanne figure au dos de chaque volume, n'importe quel illuminé peut la voir dans la vitrine des librairies.

Martine n'ignorait pas ce détail. C'était un très beau cliché noir et blanc signé Harcourt, le photographe des vedettes, tout en ombres savantes qui rendaient Jeanne aussi belle qu'une actrice de cinéma.

— La photo a été reprise dans la presse, observa Carmen. À des centaines de milliers d'exemplaires.

Dans *Paris-Match* et dans la plupart des revues féminines.

La jeune femme et la fillette se dévisagèrent pardessus le guéridon de marbre du bistrot. Martine grelottait, elle n'avait plus qu'une envie : regagner le terrier.

Carmen secoua la tête.

— Nous sommes folles, murmura-t-elle. Le mieux c'est de ne pas en parler à ta mère. Ce n'est qu'une coïncidence, rien de plus. Oublions ça, d'accord ?

— Je ne sais pas, gémit Martine. Si on ne lui dit pas... et que le type recommence ?

— Il ne connaît pas votre adresse, objecta Carmen.

— S'il se promenait au Trocadéro, c'est qu'il sait déjà qu'on habite le XVIe, fit remarquer la fillette.

— Avec des si..., soupira Carmen.

— Un jour il peut décider de te suivre ! lança Martine, que la peur rendait agressive. Tu ne t'en rendras pas compte et tu l'amèneras ici, comme une idiote !

— Ça suffit, lâcha la correctrice en réglant l'addition. Je n'aurais jamais dû t'en parler. On a toujours tort de s'adresser aux enfants comme à des grandes personnes.

Elle rassembla ses affaires et prit la direction du 40. Martine lui emboîta le pas. Elles traversèrent le hall de marbre sans prononcer un mot. La concierge écarta le rideau de sa loge pour voir qui osait s'avancer sur son territoire. Elle fit la grimace en reconnaissant Carmen et recula sans un salut.

— Chipie ! chuinta la correctrice entre ses dents.

Elles s'engagèrent dans l'escalier de service dont la première volée de marches était toujours plongée dans les ténèbres en raison d'une minuterie récalcitrante. Une porte noire s'ouvrait sous l'escalier. Pour la petite fille c'était là, à n'en pas douter, que vivait incognito la logeuse de *Crime et châtiment*.

Carmen montait plus lentement que Martine et devait s'arrêter à chaque palier pour reprendre son souffle. La fillette la trouvait très « limace » et la houspillait en trépignant d'impatience.

— C'est compris ? haleta Carmen en atteignant enfin le sixième étage. On ne dit rien à ta mère !

Comme à l'accoutumée elle jeta un regard dégoûté sur la perspective du long couloir ponctué de portes étroites et numérotées. Tout au bout s'ouvrait le puits d'une cour grise sur lequel donnaient les cuisines des riches appartements aux étages inférieurs ; il en montait souvent des odeurs succulentes que Martine se plaisait à humer, les coudes plantés sur le rebord de la fenêtre. Pour la première fois de sa vie, la fillette songea avec angoisse qu'elle pourrait bel et bien perdre tout cela, quitter cet endroit merveilleux pour une quelconque caserne de béton plantée aux confins d'une banlieue boueuse. Elle eut une bouffée de haine pour Carmen.

Quand elles entrèrent dans la chambre, M'man les regarda sans bouger. Elle était très pâle et tripotait son paquet de cigarettes. Le journal était ouvert sur la table devant une tasse de café à laquelle elle n'avait pas touché. Les cahiers de la nuit reposaient, épars.

— Oh ! fit Carmen. Tu as vu ? Je me demandais si je devais t'en parler. Où est Toni ?

— Dino, pas Toni, dit sèchement Jeanne. Tu le fais exprès, n'est-ce pas ? Il est parti, je l'ai envoyé à l'hôtel, j'avais envie d'être seule. C'est lui qui a apporté *France-Soir*. Il trouvait la ressemblance marrante.

— J'espère que ça ne t'inquiète pas ? s'enquit Carmen en posant ses affaires sur le lit. Ce n'est sans doute qu'une coïncidence.

— Arrête ton baratin ! explosa Jeanne. Si, ça me fait peur. En réalité je suis même terrifiée. Tu ne peux pas savoir le choc que ça m'a fait. Des tas de trucs sont remontés à la surface. Des machins que je croyais avoir réussi à oublier.

— Des machins? fit Carmen sans comprendre.

Elle avait ôté son imperméable kaki et desservait la table, entassant tasses et cuillères dans la cuvette de tôle émaillée qui servait d'évier. Elle faisait cela en tailleur très chic, comme s'il lui était indifférent de tacher ses beaux vêtements. Ou comme si elle voulait prouver à M'man que rien ne comptait plus que leur amitié. Martine réprima l'envie de lui balancer un coup de pied dans les mollets pour filer ses beaux bas de soie à la couture impeccablement tendue.

— Si on pensait à autre chose? proposa Carmen, qui avait entrepris de refaire le lit.

— Oh! gronda Jeanne au comble de l'exaspération. Arrête de faire la bonniche! Laisse ces draps où ils sont! Je déteste quand tu commences à jouer les saintes.

Carmen se redressa et frotta ses longues mains brunes sur ses cuisses. À ses yeux brillants, on devinait qu'elle était sur le point de pleurer.

— Assieds-toi, ordonna Jeanne, radoucie. Il faut qu'on parle de cette affaire. Je crois que le type s'est trompé de victime. Je pense que c'est moi qu'il visait.

— Qu'est-ce qui te fait croire ça? demanda Carmen. Tu as des raisons précises?

Jeanne détourna les yeux, mal à l'aise. Elle prit le temps d'allumer une Balto. Ses mains tremblaient.

— C'est une vieille histoire, murmura-t-elle. Un truc qui date de la guerre, quand j'étais en pension chez les bonnes sœurs. Je n'en ai jamais parlé à personne. À première vue ça peut paraître idiot, mais ça m'a longtemps tracassée.

— Raconte si ça doit te soulager, dit Carmen.

— C'était en 42 ou 43, je ne sais plus très bien,

dit Jeanne. Je m'étais acoquinée avec une fille plus âgée, une redoublante des classes supérieures. Une certaine Monique. Elle était devenue mon mauvais ange, si tu vois ce que je veux dire, et me poussait à faire tout un tas de bêtises. Le dimanche, pendant que les autres rentraient dans leur famille, nous faisions le mur. C'est de cette manière que c'est arrivé.

— Quoi ? interrogea Carmen.

— Laisse-moi parler, haleta Jeanne. C'est assez dur comme ça…

5

C'était en 1943, aux abords de Lorient, dans l'un de ces faubourgs où un décret municipal semble avoir banni toute autre couleur que le gris « pigeon », où de mauvais peintres ont l'air d'avoir uniformément barbouillé murs, façades, ciel et nuages en trempant leurs pinceaux dans de grands pots de désespérance.

C'était en 1943, Jeanne avait treize ans et s'ennuyait dans la pension pour gosses de « veuves de guerre » où son père l'avait parquée sous prétexte que la compagnie d'un homme seul ne convenait pas à une adolescente, et que l'isolement de la maison familiale conforterait sa fille dans la regrettable attitude de sauvageonne qu'elle avait déjà par trop tendance à adopter.

C'était une pension tenue par des religieuses austères, perdue quelque part entre les usines à gaz et les conserveries d'un quartier de lisière empestant le poisson. Il y avait partout du papier bleu aux fenêtres et des affiches rouges invitant la population à dénoncer les terroristes qui faisaient dérailler les trains pour le compte des bolcheviks.

Les jours de sortie, Jeanne se laissait entraîner par Monique (une « grande » plutôt dissipée de la classe de fin d'études) jusqu'aux abords de la ville, dans les guinguettes clandestines, les bals dissimulés au creux des forêts ou des anciennes carrières. Faire tout ce chemin demandait une certaine abnégation car les godillots à semelles de bois articulées vous pinçaient la plante des pieds tous les trente mètres. Mais la grande Monique avait été élevée à la ferme, en compagnie de cinq frères plus âgés auxquels elle avait dû apprendre à tenir tête, il en fallait davantage pour l'effrayer. Elle était devenue ce que les bonnes sœurs appelaient « un garçon manqué », et c'était justement cette particularité qui fascinait Jeanne. Rouquine, criblée de taches de rousseur, Monique se maquillait avec ostentation dès qu'elle avait franchi les portes de la pension.

— De toute façon je finirai en maison de correction ! ricanait-elle. C'est les sœurs qui l'ont dit. Ou alors dans le ruisseau, alors pourquoi perdre du temps, hein ?

Monique connaissait tout de la géographie secrète des amusements populaires clandestins et elle était habile à nouer des complicités avec le petit peuple de ceux que la mère supérieure surnommait les « fripouillards ». Ainsi, sous prétexte de vendre des portraits du maréchal Pétain pour alimenter la caisse de secours de l'institution, elle poussait Jeanne à fréquenter les endroits les plus suspects, là où fermentait la « décadence française ».

Il y avait notamment le *Café des Amateurs*, où la grande aimait passer l'après-midi du dimanche. Elle connaissait l'endroit grâce à son père, un gros fermier qui s'enrichissait dans le marché noir B.O.F. La guinguette clandestine se composait d'une dizaine de petites tables de tôle, piquées jadis à l'air libre dans le gazon pelé d'un jardin, mais qu'en ces époques de fêtes secrètes on cachait désormais à l'intérieur d'un hangar moisi où avaient été entreposées, aux temps héroïques de l'aviation, des hélices d'aéroplane. Une réclame peinte, qui s'écaillait au fronton de la construction, rappelait ce passé glorieux. Dans la pénombre de cette grande baraque, on remisait un ring aux cordes détendues et des caisses de bouteilles vides. Le dimanche, des boxeurs s'y donnaient en spectacle, des jeunes gens anonymes, terrifiés par le S.T.O. et qu'on affublait de surnoms outranciers : Lucien, le tueur de Cherbourg ; Gros Roger, l'hercule de la Halle aux poissons ; Bibi de Lorient, le mataf balafré.

On leur attachait des gants de cuir éraflés, achetés en vrac, avant de les pousser sur le ring où ils prenaient des poses de matamores. Les consommateurs leur criaient des encouragements goguenards. Les invitant à s'entre-tuer sans plus attendre. Très vite, le hangar s'emplissait d'une odeur de sueur masculine et de tabac. Les hommes, excités, s'y oubliaient, se laissant aller à fumer parfois toute leur décade, et les boxeurs devenaient des fantômes s'agitant dans le brouillard bleu. Mal entraînés, ils perdaient leur sang-froid au premier direct douloureux, la rage les aveuglait alors et ils se jetaient l'un sur l'autre au mépris de toute règle, se mordant, se donnant des coups de pied. Le pugilat dégénérait, provoquant l'hilarité des spectateurs. Il y avait là beaucoup d'hommes à casquette, un mégot mouillé de salive collé au coin de la lèvre inférieure. Entre deux rounds, les champions descendaient du ring pour faire les clowns dans la salle. Les gants de boxe toujours attachés aux poignets, ils se mettaient alors à jouer du violon ou à servir les consommations. On s'extasiait devant leur adresse. Il fallait les voir saisir les bouteilles de Suze ou de Dubonnet entre leurs grosses boules de cuir et remplir les verres sans perdre une seule goutte ! Ils officiaient, un sourire fatigué et un peu gêné aux lèvres, le regard fuyant, une feuille de papier à cigarette collée sur la plaie d'une arcade sourcilière fendue. Les femmes leur tâtaient les biceps, les maris, échauffés par le vin, leur donnaient des conseils, se levaient pour mimer des combats imaginaires. « Ta garde, petit. Elle est pas assez haute, tu vois ? Tu te découvres trop, sinon c'est pas mal. »

— Faut pas toucher aux apéritifs, chuchotait Monique, te fie pas aux bouteilles, elles datent d'avant guerre, dedans c'est des saloperies que le patron distille lui-même avec son alambic ! C'est des poisons à t'en faire noircir le bout des nichons, vrai de vrai !

Jeanne restait sagement assise sur la chaise à lattes de bois qui lui faisait mal aux fesses. Au bout d'un quart d'heure, elle enviait ces matrones dont le derrière joufflu était assez capitonné pour supporter sans peine cette torture. Elle commandait une menthe à l'eau, dont elle aimait la jolie couleur d'étang et de grenouille, mais pas le goût, qui rappelait trop celui du sirop contre la toux que la sœur infirmière vous jetait dans le bec à la moindre poussée de fièvre. Elle aurait préféré un apéritif sucré, mais elle était trop jeune. Monique buvait du vin rouge de comptoir à peine mouillé, et qu'on lui servait dans une bouteille de grenadine. Jeanne était émerveillée par tant de duplicité et se demandait quel service mystérieux la « grande » avait bien pu rendre au tenancier des lieux pour bénéficier d'un tel privilège. Mais son appartenance au clan des seigneurs du marché noir faisait d'elle une princesse, et sans doute flattait-on la fille pour mieux séduire le père ?

Échauffée par la piquette, Monique remuait beaucoup, elle finissait par s'exciter au point de se mettre à crier des horreurs en breton. Ce jargon faisait froncer les sourcils aux adultes. Les garçons s'en amusaient et la surnommaient « Bécassine ». Ils auraient voulu la voir monter sur le ring, pour juger de son anatomie. Jeanne avait entendu l'un d'eux chuchoter en gloussant :

— Elle doit être mignonne en culotte courte. Tu crois qu'elle est encore pucelle ?

... et elle n'avait pu s'empêcher de rougir.

Parfois, au cours des combats, le sang giclait jusque sur les nappes des premières tables, les frites de rutabaga ou les corsages des dames qui poussaient des cris de terreur. Le patron, un vieillard nerveux que tout le monde appelait le père Biscotto, demandait alors à Jeanne si elle voulait bien « s'occuper des pôv'gars, puisqu'elle était fille de chirurgien ». C'était Monique qui avait inventé ce bobard afin de la faire admettre dans la salle. Jeanne disait toujours oui. Elle avait découvert avec une certaine surprise que la vue du sang ne l'effrayait pas, et qu'elle était tout à fait capable de recoudre une arcade sourcilière béante sans s'évanouir À chaque combat qui tournait mal, le père Biscotto la mettait à contribution, et elle devait l'accompagner dans le dédale des caisses de bouteilles vides entassées derrière le ring, là où se tenaient les « vestiaires ». Le boxeur blessé l'y attendait, allongé dans les odeurs de vin éventé, un torchon pressé sur le visage. Jeanne s'agenouillait à son chevet et ouvrait la trousse de secours. Il suffisait d'une aiguille à pointe fine, d'un fil frotté de graisse. Elle recousait les plaies avec des gestes de brodeuse, et les combattants se faisaient un devoir de ravaler leurs gémissements.

— Je vous fais mal? demandait-elle chaque fois qu'elle tirait sur la couture.

— Non, ma petite demoiselle, répondaient les garçons bouchers malchanceux, je vous assure. Plus tard vous devriez faire infirmière ; vous avez la main, y a pas à dire.

Les vainqueurs des combats étaient payés en chopines et en parts de frites. On les récompensait de leurs exploits en leur permettant de manger gratis une semaine durant au *Café des Amateurs*, le temps que cicatrisent leurs plaies et s'aplatissent leurs bosses.

Au *Café des Amateurs*, on pouvait dévorer des cornets de frites géants faits de papier graisseux entortillé en chapeau de clown. On avait rarement droit à de la patate, et les frites provenaient le plus souvent de rutabagas coupés en lamelles, mais on les mangeait quand même en faisant appel à son imagination.

Il ne fallait surtout pas froisser le papier du cornet et le jeter par terre si l'on ne voulait pas se faire injurier par le père Biscotto. Le papier était rare et le vieux récupérait chaque cornet vide pour s'en resservir après l'avoir repassé à l'aide d'un fer qu'on remplissait de braises.

Les femmes fréquentaient elles aussi le *Café des Amateurs*. Monique essayait en vain d'y concurrencer les ouvrières montées de la ville : couturières ou repasseuses spécialisées en tuyautage, dont les hommes jaugeaient les formes à travers les étoffes. Les filles n'aimaient pas cette pucelle dévergondée qui jouait les faraudes et tentait de les éclipser. Quel âge avait-elle ? Quinze ans ? Avant la guerre une gamine n'aurait jamais osé se comporter de la sorte, la morale fichait vraiment le camp !

Jeanne, elle, essayait de se faire oublier.

Au *Café des Amateurs*, il y avait un peintre dont personne ne savait le nom mais qu'on appelait « l'artisse ». Il observait les gens avec ses petits yeux de homard à la fixité gênante. Quand il avait fini son cornet de frites, il dépliait le papier graisseux, l'aplatissait d'un revers de main, et commençait à dessiner dessus, à l'aide d'un bout de fusain qui ressemblait à un mégot de cigare mille fois sucé. Il dessinait des choses sans queue ni tête qui ne ressemblaient à rien de ce qu'on pouvait voir dans la réalité. Quand il avait terminé son esquisse préparatoire, il tirait de sa veste de rapin un porte-plume au bec rouillé, une bouteille d'encre de Chine, et, dans un grand crissement de fer, encrait son ébauche pour lui donner sa forme définitive, ce qui faisait dire au père Biscotto : « Encore un cornet de foutu ! » Personne ne le connaissait. On se moquait de lui et on lui payait à boire parce qu'on avait un peu pitié. C'était « l'artisse », un point c'est tout.

Au *Café des Amateurs* il y avait Washington Azzledeen, un grand Noir très musclé qui tentait régulièrement sa chance sur le ring. C'était — avait expliqué Monique — un trompettiste de jazz venu de Chicago en 1925, et qui avait connu une certaine célébrité du temps du fameux Bal Nègre. On disait qu'il avait joué dans l'orchestre de Joséphine Baker. Une histoire de dette de jeu impayée l'avait réduit à la mendicité, car les gens à qui il devait de l'argent lui avaient cassé les doigts pour lui donner une leçon. Ses phalanges ne s'étaient jamais ressoudées, et ses mains avaient perdu la vélocité nécessaire au maniement des pistons de son instrument. Lors du grand retour au Vieux Pays qu'avait déclenché la crise de 29, Azzledeen avait refusé de suivre ses compatriotes parce qu'il était entre-temps tombé amoureux d'une blanchisseuse. C'était une anecdote qui faisait beaucoup rire et qu'on ne se privait pas de répéter dès qu'on le voyait monter sur le ring. Le nègre et la blanchisseuse ! Ça avait l'air d'une fable, vrai ! Et La Fontaine aurait sûrement pu l'écrire si les nègres avaient existé de son temps !

Jeanne aimait beaucoup Washington Azzledeen, qu'on surnommait le cannibale, le bamboula ou encore « crâne de porcelaine ». Quand elle avait demandé la raison de ce dernier sobriquet, Monique lui avait répondu :

— C'est à force de prendre des coups. Il a la boîte crânienne fêlée. On dit qu'un jour ou l'autre sa tête éclatera et qu'il tombera raide mort. Chaque fois qu'il encaisse un direct à la tempe ou au front, il perd l'usage de la parole pendant plusieurs jours. Il reste muet, puis ça lui revient, peu à peu.

Jeanne avait été choquée que le père Biscotto puisse ainsi exposer un infirme au danger d'une rencontre, puis elle avait compris pourquoi en voyant Azzledeen se débattre entre les cordes. En dépit de sa stature d'athlète et de ses muscles avantageux, il ne savait pas se battre. Les garçons bouchers nantais, courts et gras, triomphaient aisément de ce grand guerrier noir qui retenait ses coups par peur de faire mal. À chaque combat, Azzledeen finissait au tapis, une expression d'incrédulité douloureuse sur le visage, comme s'il ne comprenait toujours pas ce qu'il faisait là.

— Biscotto a pitié de lui, marmonnait Monique. Quand sa blanchisseuse l'a fichu dehors, Washington ne savait plus où dormir. Et puis c'est un sous-homme, Hitler l'a dit. Les Boches pourraient bien le ramasser et l'expédier on ne sait où. Finalement on lui rend service en lui permettant de faire le clown. C'est rien qu'un nègre, mais Biscotto pourrait avoir des emmerdements si ça se savait.

On laissait donc l'ancien jazzman camper au fond du hangar, quelque part au centre du labyrinthe constitué par les caisses de bouteilles vides. Ces caisses qu'il chargeait sur son dos toute la semaine durant en échange du boire et du manger. Le dimanche, il montait sur le ring pour se faire marteler la face par les voyous des faubourgs ou les zazous en goguette. Après le combat, Jeanne allait le rejoindre dans le vestiaire, pour lui recoudre les arcades sourcilières. Le Noir haletait, la bouche ouverte, incapable de proférer un son. Monique, que la vue du sang rendait nerveuse, se faisait pourtant un devoir d'accompagner sa camarade.

— Ils sentent rien, ces gars-là, expliquait-elle en

détournant un peu la tête. C'est pour ça qu'on en faisait des esclaves, ils ont la couenne sacrement dure. Tu peux y aller, va, c'est comme si tu piquais ton aiguille dans le cuir d'une galoche!

Washington Azzledeen fascinait Jeanne, peut-être parce que sa bouche ouverte sur un cri qui ne se décidait pas à venir lui rappelait un tableau d'Edvard Munch entr'aperçu dans un dictionnaire. Il y avait chez le Noir la même souffrance béante et muette, condamnée au silence. Et puis c'était un homme martelé, déformé par les coups et dont le nez, la bouche, n'avaient plus ni la place ni la forme qui leur avaient été attribuées à l'origine. Comme beaucoup d'autres boxeurs très abîmés, il était pour Jeanne un personnage descendu d'un tableau moderne, l'un de ces tableaux recensés sous la désignation d'Art dégénéré, et que les bonnes sœurs interdisaient aux gamines de regarder sous peine de devenir folles. Ces peintures dont il avait fallu arracher les reproductions à l'intérieur des dictionnaires, des encyclopédies du pensionnat.

Jeanne finissait par s'ébrouer, mettant ces rêveries sur le compte de son imagination excessive, et des «canards» au rhum de la Jamaïque que lui offrait Biscotto lorsqu'elle acceptait de recoudre un boxeur blessé.

— Ne fais pas tant de chichis avec ce bamboula, répétait Monique lorsque Jeanne s'efforçait de suturer les plaies de l'ex-musicien. Les nègres ont la peau dure. On peut leur poser une braise au creux de la paume sans que ça les fasse grimacer. C'est mon père qui me l'a dit.

Mais Jeanne ne croyait pas une seconde à cette histoire de charbon ardent.

Le dimanche s'achevait quand la salle commençait à se dégarnir. Les couples quittaient le hangar, bras dessus bras dessous, la démarche un peu floue, les femmes accrochées aux hommes. On emportait dans ses vêtements, dans ses cheveux, sur sa peau, l'odeur du tabac fumé pour la circonstance, du vin clair et des frites de topinambour. Au fur et à mesure que la lumière baissait, le hangar se remplissait d'ombre. C'est alors qu'il se trouvait toujours quelqu'un pour parler de la guerre. La guerre qui ne tarderait plus à finir, maintenant, grâce aux Américains. Un fort en gueule rabrouait cet imprudent. Merde, quoi ! On était encore dimanche, on n'allait pas se laisser flanquer le bourdon par un corbeau de malheur ! Les Américains, oui, c'était bien la peine d'en parler ! Ils ne débarqueraient jamais, c'était couru. Et puis, même si... *Hein ?* Est-ce que les Boches n'étaient pas les plus forts ? Ils avaient le Mur de l'Atlantique, et les Ricains se casseraient le nez dessus s'ils voulaient faire les fiers-à-bras ! Est-ce que c'était plus mal, d'ailleurs ? Si les Allemands s'en allaient on hériterait des communistes ! Ce serait comme de renoncer à la gale pour attraper la peste ! Les Alliés, tout ce qu'ils savaient faire, c'était d'écraser des femmes et des enfants innocents sous les bombes de leurs B-29 larguées sans viser à plus de 10 000 pieds d'altitude. Il n'y avait qu'à voir ce qui se passait à Lorient en ce moment même !

Jeanne frissonnait en entendant ces échanges gueulés de part et d'autre de la salle plongée dans la nuit précoce de l'hiver.

Ces discussions de fin d'après-midi assombrissaient toujours son humeur et l'emplissaient d'une sourde inquiétude. Elle quittait le hangar à son tour, dans le sillage de Monique, ne sachant plus ce qu'elle devait souhaiter.

Sur la route de la pension, Monique commentait les combats en les mimant : pif, paf, crochet du droit, crochet du gauche, uppercut, bolo-punch. Elle disait qu'en Amérique il y avait des femmes catcheuses, et que chez les Boches on acceptait les filles dans la S.S.

Jeanne, elle, ne parlait plus que d'Azzledeen. Elle s'imaginait le délivrant de son esclavage, l'emmenant avec elle sur les routes du Nouveau Monde. Le jazzman au visage détruit, ravaudé, deviendrait son fidèle second, à la manière des compagnons de la flibuste. Ils vivraient une vie sauvage dans les bois, piégeant les animaux, construisant des maisons dans les arbres. Ces discours agaçaient Monique qui ne nourrissait aucune sympathie pour ce mauvais boxeur à la peau sombre et à la gueule saccagée.

Puis le drame éclata. Un jour, « l'artisse », auquel les fillettes ne prêtaient plus guère attention, fit le portrait de Jeanne sur le papier froissé d'un cornet de frites et le lui offrit à grand renfort de cérémonie. La petite fille eut un sursaut de frayeur tant le résultat était hideux. Le pauvre homme, émule mal inspiré de Picasso, avait essayé de faire quelque chose de « moderne », mais n'avait réussi qu'à produire une image défigurée de son modèle. Le reflet atroce d'une Jeanne criblée de plaies, aux traits ravagés par quelque accident terrible.

Monique eut la même réaction.

— Fiche ça en l'air, murmura-t-elle. Ça va te porter malheur. On dirait la tête d'une fille qu'on vient de sortir des décombres après un bombardement.

Mais Jeanne n'osa pas. Elle remercia l'inconnu d'une voix tremblante et plia le dessin pour le glisser dans sa poche. Toutefois, le dessinateur ne fut pas dupe et les regarda s'éloigner d'un air soupçonneux.

— T'es folle ! grommela Monique alors qu'elles quittaient le *Café des Amateurs*. C'est une saloperie ce machin. Tu vas t'attirer la poisse. Ce vieux maboule t'a dessinée *morte*... Tu ne vois donc pas ?

— Mais non, bégaya Jeanne. C'est juste qu'il est maladroit.

— Tu ne vas pas garder cette saloperie, quand même ? insista Monique. Déchire-la, crache dessus et fais trois fois ton signe de croix. Je suis certaine que les sœurs te diraient la même chose.

Jeanne avait fini par céder. Le dessin lui brûlait les doigts. Brusquement, comme si l'horrible figure allait la mordre si elle attendait plus longtemps, elle plia la feuille en quatre et la réduisit en charpie. Les morceaux lui échappèrent et tombèrent sur la route mouillée où ils demeurèrent collés. Jeanne s'affola. Elle aurait préféré que le vent les disperse, cependant elle ne pouvait se résoudre à les ramasser en grattant le sol du bout des ongles.

— Hé ! souffla soudain Monique, ton bonhomme... il nous a suivies. Il nous regarde.

Jeanne tressaillit. C'était vrai. Le dessinateur était là, une cinquantaine de mètres en arrière. Figé au milieu de la route, il semblait attendre que les fillettes se remettent en marche pour sortir de son immobilité.

— Hé ! balbutia la grande Monique. Il a vu ce que tu viens de faire. On a intérêt à ficher le camp avant que ça barde pour notre matricule.

Cédant à une brusque panique, elles se mirent à courir en se tordant les chevilles à cause des galoches à semelle de bois. À l'instant où elles atteignaient le mur de la pension, Jeanne tourna la tête pour regarder par-dessus son épaule. L'homme s'était agenouillé sur l'asphalte humide et ramassait pieusement les morceaux du dessin déchiré. En le découvrant ainsi courbé, Jeanne sentit son cœur se serrer et elle eut honte de ce qu'elle avait fait. Elle faillit battre en retraite pour aller s'excuser. Alors qu'elle esquissait déjà un pas en arrière, l'inconnu releva la tête. Il ne pleurait pas, contrairement à ce qu'avait d'abord cru la fillette, son visage était déformé par une expression de fureur meurtrière dont l'intensité avait quelque chose d'effrayant.

Jeanne recula. Si Monique ne l'avait pas saisie par le poignet pour la contraindre à courir, elle serait restée là, résignée, à attendre que l'homme vienne lui infliger la punition qu'elle méritait.

Il lui sembla qu'il levait dans sa direction un poing menaçant et qu'il criait quelque chose comme : « Je souhaite qu'il vous arrive la même chose ! » ou une malédiction similaire.

Elle ne se sentit en sécurité qu'une fois les grilles de la pension refermées sur elle.

Le lendemain, les sœurs découvrirent qu'on avait mutilé le visage des deux angelots surmontant le portail. À l'aide d'un ciseau, quelqu'un s'était amusé à les défigurer de manière atroce, transformant les chérubins en marmots lépreux. La mère supérieure mit cet acte de vandalisme sur le compte des terroristes bolcheviques de la région, mais Jeanne, elle, savait que ce signe lui était adressé. L'artiste humilié la poursuivait de sa colère.

Dans les semaines qui suivirent, elle refusa de quitter la pension, et la grande Monique se détacha très vite de cette compagne maussade. Un soir, pourtant, elle rentra d'escapade très excitée et se faufila dans le dortoir pour lui murmurer :

— Hé ! tu sais, une bombe anglaise est tombée en plein sur le *Café des Amateurs* ! Ils sont tous morts. Le père Biscotto et tous les autres. Même ton nègre bien-aimé... Avec un peu de chance, l'artisse y sera passé lui aussi, tu n'as plus à t'en faire.

Jeanne aurait voulu le croire de toutes ses forces mais son instinct lui soufflait que le dessinateur avait échappé au massacre parce que, justement, ce jour-là, il n'était pas au café. C'était logique puisque, depuis l'incident du dessin déchiré, il occupait ses dimanches à rôder autour de la pension, guettant la sale gamine qui s'était permis de mettre en pièces l'une de ses œuvres. Jeanne devinait sa présence derrière le mur d'enceinte, il lui semblait très souvent entendre craquer les brindilles sous les semelles du rôdeur. Oui, il était là... et si elle commettait l'erreur de sortir, il lui lacérerait le visage avec son porte-plume, pour lui apprendre. Et le pire de tout, c'est qu'elle savait qu'elle se laisserait faire sans esquisser un geste de défense... Parce qu'elle le méritait.

La nuit, il lui arrivait de rêver que les miroirs lui explosaient à la figure dès qu'elle faisait mine de s'y regarder. Les éclats lui lacéraient le nez, les joues, la bouche, la faisant ressembler au dessin griffonné par l'artisse.

— C'est prémonitoire, lui avait dit une compagne de dortoir. Ça veut dire que tu seras défigurée dans un bombardement.

Sœur Isabelle, à qui elle avait confié ses tourments, lui affirma que c'était là une invitation à se repentir envoyée par Dieu.

— Ce rêve signifie que vous êtes trop préoccupée de votre apparence physique, diagnostiqua-t-elle. Il vous invite à renoncer à la coquetterie et à vous intéresser davantage aux valeurs spirituelles.

Jeanne savait qu'elles se trompaient toutes les deux. Le rêve signifiait que l'artiste humilié réussirait à se venger, tôt ou tard. Et ce jour-là, il faudrait la recoudre à la diable, comme elle avait elle-même rapiécé en dépit du bon sens le pauvre Washington Azzledeen.

6

— Et alors ? interrogea Carmen d'une voix mal posée.

M'man parut redescendre sur terre.

— Alors rien, murmura-t-elle. Sinon que j'ai longtemps été persuadée qu'on me suivait dans la rue. Pendant presque toute mon adolescence je me suis attendue à voir surgir l'artisse au coin des rues, son porte-plume à la main, pour me déchirer les joues. C'était devenu comme une sorte d'obsession. Ça me gâchait la vie. Dès que j'étais heureuse, ce souvenir revenait à la surface et tout virait au noir.

Carmen poussa un profond soupir et posa ses mains sur celles de Jeanne.

— Tu ne crois pas que tu montes en épingle un incident mineur ? fit-elle. Tu étais gamine, la colère de ce type t'a effrayée, voilà tout. C'était sans doute une épave, un alcoolique. Tu ne crois tout de même pas qu'il te file le train depuis toutes ces années, non ?

M'man se dégagea. Elle paraissait gênée.

— Je ne sais pas, avoua-t-elle. Il a pu perdre ma trace, c'est vrai, mais comme ma photo a été publiée dans la plupart des journaux.

— Tu déconnes, chérie ! gronda Carmen. Tu avais treize ans à l'époque ! Tu crois sincèrement que ce type aurait pu te reconnaître sur un cliché où tu en affiches vingt-huit ?

— Je ne sais pas, répéta M'man. C'est un artiste. Il a le coup d'œil. Il a pu faire la transposition.

— Tu délires ! grogna Carmen. Oublie cette histoire. Quand tu as commencé à parler tu m'as fait peur, j'imaginais quelque chose de plus sérieux. Ton truc, c'est juste une frayeur de gamine, ça ne tient pas la route.

Martine n'était pas de cet avis, l'histoire du dessinateur en colère lui avait donné la chair de poule.

Jeanne se força à rire.

— Tu as raison, admit-elle d'un ton mal assuré. C'est stupide, mais cet article m'a rappelé mes peurs de gamine. Quand je m'attendais à ce que quelqu'un sorte de l'ombre pour m'arracher la figure au moment où je m'y attendais le moins.

— Nous en parlerons à Sacha, proposa Carmen. Il aura peut-être une idée sur ce qu'il convient de faire. Le plus sage serait de déménager sans attendre, de vous perdre dans la nature.

« Chameau ! songea Martine. Toi, je te vois venir : tu vas sauter sur l'occasion pour nous expédier dans ton H.L.M. de banlieue ! »

Mais Carmen n'évoqua pas cette solution, et l'on débarrassa la table pour disposer les feuillets écrits au cours de la nuit.

Jeanne parut soudain s'apercevoir de la présence de Martine.

— Qu'est-ce que tu fais là ? lança-t-elle. Tu ne devrais pas être à ton cours de latin ?

— Mahuzier n'est pas encore décuité à cette heure-là ! maugréa la fillette. Je dois quand même y aller ?

— Oui, siffla M'man, et fais-lui signer l'attestation d'enseignement ; l'assistante sociale me la réclamera d'ici peu.

Martine sentit que sa mère désirait être seule avec

Carmen, pour bavarder entre femmes, et n'insista pas. Toutefois, au lieu de se rendre chez son « précepteur », elle fit le tour des couloirs. Quand elle fut fatiguée de déchiffrer les graffiti des cabinets, elle décida d'aller rejoindre M'man.

Lorsqu'elle entra dans la chambre, Carmen avait levé le camp. Jeanne avait recouvré sa bonne humeur et fumait une Balto accoudée au vasistas.

— Il fait beau, fit-elle d'une voix rêveuse. Ça te dirait d'aller à la plage ?

Martine sourit, car c'était là une phrase de leur langage secret. Si M'man se mettait à parler en code, c'est qu'elle n'avait plus peur.

La plage à laquelle elle faisait allusion n'existait que dans sa tête, mais Martine aimait cultiver les mêmes mirages que sa mère. Elle en fut soulagée.

Quand venait l'été et que le soleil commençait à taper sur le zinc des toits, la chambre s'emplissait d'une chaleur lourde qui vous faisait tourner la tête. On pendait un drap mouillé devant le vasistas pour essayer de créer un peu de fraîcheur, on laissait la porte du couloir ouverte dans l'espoir de produire un vague courant d'air. S'installait alors au sixième une atmosphère d'anarchie étrange qui ravissait Martine : les étudiants d'à côté se déplaçaient en slip de bain, les vieilles dames s'asseyaient sur une chaise au beau milieu du corridor comme si elles prenaient le frais sur le pas de leur maison. Tout se mettait à communiquer : les chambres, les gens. On se découvrait en train de bavarder avec des inconnus qu'on avait jusque-là salués d'un bref signe de tête.

Mais ce que la fillette préférait par-dessus tout, c'était quand, l'immeuble vidé par les vacances, M'man chuchotait soudain : « Et si on allait à la plage ? »

Alors un frisson délicieux hérissait le dos de Martine car la plage, pour M'man, c'était le toit sur lequel on pouvait se hisser en dressant contre une lucarne l'échelle d'ordinaire utilisée par les ramoneurs. La vacuité de l'immeuble en ces périodes estivales autorisait de semblables fantaisies. On partait avec deux serviettes de bain, une bouteille d'Ambre solaire et une gourde remplie d'orangeade, au milieu de chuchotements ponctués de rires étouffés. Une fois escaladé le dernier barreau de l'échelle, on émergeait de la lucarne comme de l'écoutille d'un sous-marin. L'étendue de zinc vert-de-grisé renforçait cette impression, et le toit de l'immeuble semblait se changer en une coque métallique tourmentée rappelant celle du *Nautilus* dans *Vingt Mille Lieues sous les mers*. Le zinc vous brûlait les mains et la plante des pieds, mais il était amusant d'y laisser des empreintes de sueur, comme des sauvages courant pieds nus sur une plage.

Là-haut, Martine se sentait au-dessus du monde. Il y avait les cheminées, et d'autres toits, à l'infini, comme des dos de dinosaures parqués flanc contre flanc, ou comme les coques retournées de navires ayant fait naufrage, ou... Les images se bousculaient dans sa tête, et elle songeait que c'était sans doute l'une des conséquences de l'altitude. « L'ivresse des hauteurs ! » murmurait-elle en étendant sa serviette sur une partie plane du toit. Jeanne et Martine se rendaient toujours au même endroit, entre deux cheminées de brique rouge, parce que, selon Jeanne, c'était un angle mort où elles échappaient à la curiosité des voisins.

— Quand on s'allonge là, expliquait la jeune femme, seuls les aviateurs peuvent voir qu'on est toutes nues. Et encore, il faudrait qu'ils volent très bas !

Elle se déshabillait entièrement et invitait sa fille à en faire autant, puis elles s'enduisaient d'huile solaire. C'était drôle d'enlever sa culotte au-dessus de la tête des gens riches de l'immeuble et de se dorer les fesses au soleil comme de vraies sauvageonnes. Après on s'allongeait, les lunettes noires sur le nez, et on regardait le ciel. Les bruits de la ville ne montaient pas jusqu'à vous, et c'est à peine si le puits de la cour parvenait à jouer le rôle de porte-voix pour hisser jusqu'au sixième la voix d'un Luis Mariano chantant le soleil de Mexico ou les bêlements d'un Bourvil vendant cartes postales et crayons sur les ondes de *Radio-Luxembourg*.

On ne se parlait pas, ou juste de temps à autre pour dire : « On est bien, hein ? »

Oui, elles étaient bien, et Martine imaginait mal d'abandonner les privilèges du sixième avec sa plage de fer brûlante côtoyant l'abîme. Très vite, la chaleur les faisait basculer dans la somnolence et Martine murmurait :

— Tu me surveilleras pendant que je dormirai, hein, M'man ? Si j'avais une crise de somnambulisme, je pourrais tomber dans la cour, non ?

— Tu n'es pas somnambule, décrétait M'man. Dors en paix. Je veille sur toi.

Quand on s'abandonnait ainsi à la somnolence, on était parfois réveillé par le chatouillis des moustaches d'un chat de gouttière venu vous flairer. C'était amusant de partager le territoire de zinc avec ces petites bêtes échappées des étages inférieurs qui venaient elles aussi se rôtir au soleil. Martine songeait alors à ses camarades de classe parties pour La Baule-les-Pins, Dinard, Deauville, Saint-Tropez… Pour rien au monde elle n'aurait changé sa place pour la leur. Mais qu'est-ce qu'une assistante sociale pouvait comprendre à ça ?

Elle aimait être là, à cheval sur la maison, à trente centimètres de M'man, dont la lotion solaire faisait luire le corps si beau. Elle aimait quand les avions des « réclames » passaient à leur verticale pour écrire des choses dans le ciel en traînées de fumée blanche qui s'effilochaient très vite : *OMO... COCA... COLA... ESSO...* Elle se demandait alors si les pilotes la regardaient, et elle éprouvait un frémissement de honte délicieuse. Elle se laissait griser par l'odeur du zinc et, les yeux mi-clos, laissait s'enfoncer son regard dans la brume de chaleur jusqu'à la tour Eiffel dressée tel le squelette d'un cou de girafe ou de diplodocus à la galerie de paléontologie du Jardin des Plantes.

Quand le soleil baissait, M'man se rhabillait et restait un moment assise sur sa serviette à contempler le paysage. Parfois, elle proposait : « On fait un petit tour ? »

Faire un petit tour consistait à se promener sur le toit de la maison d'un bout à l'autre, en contournant les cheminées comme on l'aurait fait de troncs d'arbres. Martine aimait beaucoup moins cette partie du programme car Jeanne, qui ne craignait pas le vertige, se risquait souvent très près du bord. Il lui arrivait également de se coucher à la lisière du vide, la tête pendante, et de laisser ses regards plonger dans la cour, à la découverte des appartements situés aux étages inférieurs.

— Regarde, chuchotait-elle, au cinquième, chez les Morvandieux, la fenêtre de la cuisine est restée ouverte. Ils sont partis en vacances et quelqu'un pourrait descendre le long du tuyau de la gouttière pour se glisser chez eux. Ce serait facile. J'ai toujours été bonne à la corde lisse, si je voulais...

— Non, suppliait Martine. Tu ne vas pas le faire, hein ?

Jeanne riait comme s'il s'agissait d'une plaisanterie, mais Martine devinait qu'elle était tentée.

— Ce serait drôle, rêvait la jeune femme. On ne volerait rien, on se contenterait de fouiller dans leurs tiroirs, de lire leurs lettres, de connaître leurs secrets. On leur ferait des blagues. On leur glisserait des petits mots qu'ils ne découvriraient qu'au fur et à mesure. Des cochonneries, des insultes. Ils n'y comprendraient que couic !

— Non, non, gémissait Martine terrorisée à la seule idée de voir M'man se couler le long du tuyau de descente. Je t'assure que ce ne serait pas si drôle que ça.

— Tous ces bourgeois, ricanait Jeanne d'une voix amère. Tous ces mannequins qui se croient vivants. C'est nous qui avons la meilleure part, rappelle-toi toujours ça. La meilleure part.

Un peu grises, elles regagnaient enfin le sixième, refermaient la lucarne, remettaient l'échelle des ramoneurs à sa place. À cet instant, elles découvraient qu'elles mouraient de faim. S'il n'y avait plus d'argent sous le linoléum, on mangeait des tartines de pain beurrées et du café clairet, dans la composition duquel il entrait beaucoup d'eau, de sucre, de chicorée et très peu de café.

Quand on ne montait pas sur le toit, on partait par les rues bordées d'arbres, à l'assaut du bois de Boulogne.

Au bout du périple, il y avait le Pré Catelan, jardin aux vertes pelouses encombré de tricoteuses anglaises ou allemandes en pèlerine bleu marine et d'enfants impérieux, habitués à être obéis de leur nurse, et qui, dès leur plus jeune âge, s'adressaient aux autres avec cet inimitable ton de commandement qui constitue l'accent des marmots des quartiers chic.

C'était pendant ces déambulations paresseuses que Martine essayait d'extorquer à sa mère les pièces de puzzle qui lui faisaient encore défaut. La marche poussait Jeanne à la confidence, et pour peu que le tour de manivelle initial ait été donné avec suffisamment d'habileté, le monologue se poursuivait au gré d'un coq-à-l'âne mené par de mystérieuses associations d'idées. Dans ces moments, la jeune femme ressemblait à ces spectatrices hypnotisées par des magiciens de foire, qui se mettent à confier au public leurs secrets les plus intimes. Le tout était d'attendre l'instant idéal, un certain point de moindre résistance.

Martine se décidait alors à poser des questions épineuses telles que : « C'était qui, mon père ? »

Le jour où elle formula cette interrogation pour la première fois, elle s'attendait à voir Jeanne sursauter, mais la jeune femme répondit sans réticence, comme si la chose était dépourvue d'importance réelle.

— Je ne sais pas, ma biche, murmura-t-elle. J'avais quinze ans, c'était chez les bonnes sœurs, à la pension, pendant la guerre. Tu veux vraiment savoir ? ça n'a rien de romantique. C'est le genre de bêtises que font les filles lorsqu'elles arrivent à cet âge. Quand la curiosité les pousse à faire tout le contraire de ce que leur commande le bon sens.

— Oui, mais, *exactement* ? insista Martine.

— Je t'assure, fit Jeanne avec un rire triste, c'est sans intérêt. Je n'étais pas amoureuse, ne va pas t'imaginer des romances.

— Je n'imagine pas puisque tu ne me dis rien, s'impatienta la fillette.

Alors Jeanne se mit à raconter. Il ne fallait jamais la pousser très longtemps, elle cédait au bonheur de la narration. En d'autres temps, elle aurait été conteuse au coin du feu, elle serait allée de ferme en ferme pour animer les veillées. En des époques plus reculées encore, elle aurait rejoint une troupe de troubadours faisant la route des châteaux. Elle avait le don de planter une atmosphère en quelques mots, de faire se lever les images, de croquer un personnage en trois détails piquants. Quand elle racontait, elle s'absentait, elle était ailleurs, et Martine devait la prendre par la main pour l'empêcher de traverser la rue alors que le feu était vert.

Ce jour-là, elle raconta la pension, la guerre. Cet aviateur anglais que les sœurs cachaient dans le grenier. Enfin, c'étaient les filles qui le prétendaient anglais et pilote, en réalité personne ne sut jamais rien de son identité ni de son rôle dans le conflit.

— D'ailleurs on ne savait même pas quelle tête il avait, murmura Jeanne. Le grenier était dépourvu d'installation électrique, et il y avait tellement de toiles d'araignée qu'on ne pouvait allumer une bougie sans courir le risque de mettre le feu à tout cet enchevêtrement. Il fallait lui rendre visite dans le noir, déposer la nourriture à son chevet, et s'en aller aussitôt. Le plafond était très haut, à près de dix mètres au-dessus de nos têtes, et les sœurs étaient bien trop vieilles pour escalader l'échelle, il avait fallu qu'elles se résignent à envoyer une gamine. La mère supérieure m'avait choisie parce que j'étais un garçon manqué, que j'étais la seule à n'avoir peur ni de l'obscurité ni des araignées.

Voilà, tout était presque dit, déjà. Pourquoi insister au risque de tricoter un mélodrame ? Était-il nécessaire de développer ? Il y avait cet homme blessé qui ne disait jamais un mot et ne quittait pas sa paillasse. Cette silhouette sans nom, sans visage. Une ombre d'homme dont on ignorait l'identité et qui se réduisait à un souffle, à des doigts qu'on frôlait lorsqu'on lui apportait sa gamelle. Pourquoi ne disait-il rien ? Certaines filles prétendaient qu'il avait failli se pendre avec les suspentes de son parachute en atterrissant dans un arbre, et que les câbles s'étaient noués autour de son cou, lui broyant presque les cordes vocales. D'autres disaient qu'il restait muet pour obéir aux ordres de la mère supérieure qui lui avait interdit de parler aux pensionnaires. On racontait tant de choses. Des bêtises, des fables : il s'agissait tantôt d'un déserteur allemand, tantôt d'un maquisard célèbre dont la voix était connue des auditeurs de *Radio Londres*. Le mystère excitait les imaginations. Chaque fois que Jeanne redescendait du grenier on la pressait de questions. Le soir, dans le dortoir, on se bousculait autour de son lit pour l'écouter raconter. Avait-elle vu le visage de l'homme ? À quoi ressemblait-il ? Était-il beau ? Jeune ? C'était amusant de voir s'enflammer ces jeunes filles si sages, qui, dans la journée, cousaient des médailles bénites sur leurs vêtements, collectionnaient les vignettes saintes, les indulgences, les brochures d'initiation au doux métier d'infirmière coloniale, et récitaient des *Ave Maria* au pied d'une gravure représentant sainte Thérèse de l'Enfant-Jésus.

— J'étais devenue une célébrité, expliqua la jeune femme. Jusque-là on n'avait jamais fait attention à moi parce que je n'étais ni très riche ni très bien habillée, mais d'un seul coup j'étais devenue le nombril du monde. Ça me grisait. La tête m'en tournait. J'ai commencé à mentir, à enjoliver. C'était obligé, je ne pouvais pas m'en tenir à des histoires de gamelles remises à tâtons, de frôlement de doigts. Elles étaient toutes là, avec leurs visages de chatons affamés autour de mon lit, elles voulaient autre chose. Du roman.

Mais l'homme, là-haut, comment Jeanne aurait-elle pu leur avouer qu'elle n'avait jamais osé lui adresser la parole ? Qu'elle n'avait même jamais cherché à s'approcher de son grabat. Comment leur dire qu'il ne sentait pas très bon, qu'il avait les mains moites, désagréables, et les ongles trop longs ? Comment leur faire comprendre qu'à peine soulevée la trappe du grenier, on prenait en plein visage l'odeur du seau hygiénique. Ce seau émaillé qu'il fallait descendre en prenant garde à ne pas le renverser… et en essayant de ne pas penser à ce qui s'y cachait. Où était le romantisme là-dedans ?

Jeanne savait d'instinct que si elle commettait l'erreur de dire la vérité, elle cesserait à la seconde même d'être une héroïne de roman pour devenir une pauvre souillon chargée des basses besognes. Une fille de salle que personne n'envierait plus, une videuse de pots de chambre attachée au service d'un malade malpropre.

Non, elle ne pouvait pas leur dire ces choses. Elle avait commencé à inventer, à maquiller la réalité. Elle avait raconté comment elle avait dû faire la toilette du jeune homme — car c'était bel et bien un jeune homme — un jour qu'il avait la fièvre. Comment, pendant qu'il était inconscient, elle avait dû lui ôter ses vêtements trempés de sueur. Comment elle avait alors touché son corps mince et musclé.

— *Partout ?* avaient haleté les filles.

— Partout, avait-elle affirmé au milieu des exclamations étouffées.

Elle avait appris à distiller les détails avec science, cultivant la frustration de son public nuit après nuit.

— Mais en réalité ? demanda Martine.

— En réalité ? fit Jeanne. J'avais peur de cet homme que je devinais peu commode. Il grognait quand la soupe était trop chaude ; il perdait vite patience quand je ne comprenais pas ce qui lui manquait. J'étais terrifiée quand sa main se refermait sur mon poignet. Elle était toujours moite, sans doute parce qu'il était blessé et qu'il avait la fièvre. Il me glissait des pages de carnet froissée dans la paume. Dessus, il écrivait ce qu'il désirait. Des mots tracés d'une écriture de gosse : *Eau. Vin. Désinfectant. Pansement.* Parfois, il faisait des fautes, ce qui me donne à penser qu'il n'était pas français.

— Jamais il n'a écrit son nom ?

— Jamais. Je ne sais même pas s'il se rendait

compte que c'était toujours la même fille qui lui apportait ses repas. Je n'ouvrais pas la bouche. Les sœurs me l'avaient interdit. L'une d'elles, sœur Marguerite, attendait au bas de l'échelle, en tendant l'oreille, pour s'assurer que je ne transgressais pas la règle.

— Tu n'étais pas... amoureuse de lui ? s'enquit Martine.

Jeanne pouffa de rire.

— Tu es folle, ma chérie ! Tu crois qu'on peut être amoureuse d'une ombre qui grogne dans le noir et qui sent mauvais ? Ce n'était pas le beau prisonnier de la tour, comme dans les contes de fées, celui dont tombe amoureuse la fille du geôlier. Non, c'était un homme blessé, qui avait peur, et que l'isolement rendait méchant.

— Mais comment... alors ?

Comment ? Pourquoi ? C'était à la fois simple et difficile à expliquer. À force d'inventer des frôlements, des contacts, de ce qu'en confession on dénomme des « attouchements », des désirs vagues lui étaient venus. Des curiosités. Des tentations aussi. Et puis cet homme qui n'ouvrait pas la bouche n'avait pas vraiment de réalité, c'était plutôt une sorte de fantôme mal-en-point. Une idée d'homme plus qu'un être de chair. Il aurait suffi qu'il prononce un mot pour que l'enchantement se dissipe. Une voix c'est toujours un visage. Si elle avait été déplaisante, la tête du fugitif aurait été à l'avenant, mais voilà, l'homme se taisait. Jeanne se taisait. Alors ? Une bougie ? Un briquet ? Mais c'était impossible, le grenier était rempli de paille sèche, de livres, de matelas. Quant aux toiles d'araignée, Jeanne les sentait lui effleurer le visage chaque fois qu'elle sortait de la trappe. Elle devinait toutefois que ce désir d'obscurité cachait un secret politique ; les risques d'incendie n'étaient qu'un prétexte inventé par les nonnes. Les ténèbres, cependant, fonctionnaient comme un piège, elles invitaient à oser. Elles suspendaient momentanément le jugement du regard, elles affaiblissaient la matérialité des actes commis en leur sein.

Le soir, dans les murmures du dortoir, Jeanne avait à présent honte de mentir à son public. Il lui semblait voir des lueurs ironiques briller dans les yeux de certaines filles. Elle sentait venir le moment où l'une d'elles oserait enfin crier : « Tu mens ! T'as tout inventé ! »

La griserie de l'invention se délayait. Elle était en danger. Il lui fallait maintenant rapporter la vérité ou se taire.

C'est pour cette raison qu'elle *l'avait fait*. Pour d'autres aussi sûrement, mais elle se rappelait surtout celle-là. L'honnêteté envers son auditoire. La peur d'être traitée de menteuse. Il lui fallait rattraper sa fiction, accepter de jouer le rôle qu'elle s'était écrit.

Une nuit, elle quitta le dortoir, grimpa dans les combles et se glissa dans le grenier. C'était l'été. Il faisait très chaud sous la toiture et elle entendit l'homme respirer avec peine comme s'il cherchait de l'air. Elle fit passer sa chemise de nuit par-dessus sa tête et se dirigea à tâtons vers lui. Comme elle approchait du matelas posé sur le sol, la main de l'homme se referma sur sa cheville. Elle resta là une seconde, puis sauta sur son genou et vint se poser sur son ventre, comme pour vérifier une hypothèse. Ces bonds successifs accréditaient l'idée d'une bête autonome sautant dans la nuit, et cette idée saugrenue faillit pousser Jeanne à s'enfuir.

Puis l'homme la saisit par le poignet et la força à s'agenouiller sur le grabat. Il était nu, lui aussi, à cause de la touffeur des lieux, mais Jeanne fut incapable de déterminer si ce corps qui s'emparait d'elle appartenait à un jeune homme ou à un vieillard.

Elle essaya de ne pas crier, même quand elle eut mal. Le poids de l'inconnu couché sur elle l'empêchait de respirer. L'homme lui semblait incroyablement pesant. Elle eut envie de nouer ses bras autour de son torse pour voir si elle parvenait à en faire le tour, de la même façon que, petite fille, elle essayait d'étreindre les arbres, mais elle n'osa pas. Elle songea : « C'est donc si lourd, un homme ? » Une cavalière coincée sous sa monture abattue devait éprouver quelque chose de semblable. Cet étouffement. Elle en était encore à démêler ces curieuses impressions que tout était déjà fini. Il roula sur le côté, haletant, elle en profita pour fuir le lit, ramasser sa chemise de nuit à tâtons et s'échapper. En bas, dans le couloir, elle s'aperçut qu'elle avait les cuisses pleines de sang et voulut aller se laver dans les lavabos. Elle se trouva nez à nez avec sœur Gabrielle qui faisait sa ronde.

— Que faites-vous là, ma fille ? s'étonna la religieuse.

— Je suis indisposée, ma sœur, mentit Jeanne.

— Vous ne pouviez pas prendre vos précautions avant de vous coucher ! fit la nonne agacée. Allez donc à l'infirmerie et demandez à sœur Étiennette de vous donner une garniture.

Curieusement, ce fut le lendemain soir que, pour la première fois, l'une des pensionnaires lui demanda si « elle l'avait fait » avec le type. Quand Jeanne répondit « oui », les filles refusèrent de la croire.

— Si c'est vrai, raconte comment c'était ! lui lança l'une des auditrices.

Jeanne découvrit qu'elle en était incapable. Elle ne se rappelait rien de son aventure. Rien de racontable. Rien que cette impression d'être écrasée par une statue tombée de son piédestal, un arbre abattu ou un cheval mort. Si elle rapportait cela, on se moquerait d'elle. Le reste ? À part la douleur, le sang et l'eau froide, elle n'en conservait aucun souvenir.

— Tu vois ! triompha celle qui l'avait apostrophée. T'en es pas capable ! Tu fais rien que raconter des histoires, c'est tout ! Et nous on perd notre temps à t'écouter.

— Et après ? demanda Martine. T'y es retournée ?

— Oui, pour lui porter à manger, c'est tout. Il ne cherchait pas à me toucher, non. Même pas à m'effleurer les doigts, rien. Ça a continué encore une semaine et on l'a évacué. Je ne sais pas où. Ça m'a presque soulagée. C'est à ce moment-là que j'ai découvert que j'étais enceinte. La guerre battait son plein, on était tout le temps bombardés. Les alertes étaient si fréquentes qu'on ne faisait même plus cours. Au bout d'un moment j'ai senti que les sœurs me regardaient de travers. Je crois qu'elles ont su que j'étais enceinte avant même que je m'en aperçoive. Plus tard, je me suis souvent demandé si elles n'avaient pas prévu le tour que prendrait les événements et si, mises au pied du mur, elles n'avaient pas choisi de me sacrifier, moi, le mauvais sujet de l'établissement. Parce que je n'avais pas une belle âme, et que le péché serait moins grand. J'invente peut-être, mais c'est une idée qui m'a souvent trotté par la tête. Pour elles c'était un moindre mal. Ce qui m'a fait peur, c'est que j'ai trouvé ça normal.

La mère supérieure la convoqua dans son bureau aux fenêtres étroites, étirées comme des meurtrières et dont la lumière tombait droit sur une gravure du Cœur saignant de Notre Seigneur Jésus.

— Mon enfant, dit-elle, ne vous attendez pas à un sermon, l'époque ne s'y prête pas. Je ne vous jetterai nullement la pierre, car sans doute avons-nous été quelque peu responsables de vos malheurs. Nous avons commis une erreur en vous exposant aux appétits d'un soldat enragé par la solitude et l'inactivité. Mais il en allait de l'intérêt supérieur de la patrie, et dans ces sortes de choses les destins individuels sont de peu de poids. Je n'ai pas prévenu Monsieur votre père qui se trouve quelque part en Grèce, sur un chantier de fouilles archéologiques, à ce qu'on m'a dit. Les relations postales sont désorganisées, comme vous le savez, et la guerre vit sans doute ses derniers soubresauts. J'ai pris la décision de vous séparer de vos compagnes, pour les préserver du mauvais exemple et vous épargner aussi d'être montrée du doigt. De plus, les parents de nos pensionnaires ne comprendraient pas que vos actes ne soient pas sanctionnés par un renvoi immédiat. Il me faut donc jouer de duplicité, même si cela me répugne. Eu égard aux services que vous nous avez rendus, je ne vous infligerai pas cette sentence, je vous demanderai simplement d'accepter de rester cloîtrée dans le petit pavillon du jardin jusqu'à ce que votre père soit de retour et puisse vous prendre en charge. Cette réclusion vous servira de pénitence et vous donnera l'occasion de méditer sur votre vie future. Pensez que le conflit touche à sa fin et que, bientôt, nos braves soldats rentreront dans leurs foyers. Il y aura parmi eux beaucoup de jeunes gens blessés, mutilés, qui rencontreront des difficultés pour trouver une compagne en raison de leur disgrâce physique. Sans doute seront-ils prêts à accepter des mariages de compromis. Ce sera pour vous l'occasion d'effacer votre faute. Une vie de dévouement au chevet d'un grand blessé de guerre vous vaudra l'indulgence de Notre Seigneur. Pensez-y avec ferveur et mettez à profit la solitude du pavillon pour vous préparer à cette tâche.

Elle fit une pause avant d'ajouter, un ton plus bas :

— Je n'ignore pas que Monsieur votre père est de ces caractères durs, intransigeants, qui sont le propre des grands esprits, et sans doute craignez-vous avec raison d'être chassée de la maison familiale lorsqu'il apprendra les faits qui nous occupent. Ne vous effrayez pas outre mesure, je me chargerai de lui faire comprendre que vous acceptez de vous repentir en contractant un mariage de charité, vous n'aurez pas ainsi à affronter sa colère. Nous vivons des temps troublés, et il importe de s'adapter aux épreuves que chaque nouvelle journée nous envoie. Pour ce qui est de votre futur mari, je le choisirai personnellement dans une bonne famille chrétienne éprouvée par la guerre. Soyez assurée que ce visage, sous ses cicatrices, cachera une belle âme. En attendant ce jour, je vous demande de cesser toute relation avec vos condisciples et de vous faire oublier.

La nuit même, Jeanne fut transférée dans le pavillon qui se dressait au fond du parc, dans un fouillis de broussailles épineuses. C'était une ancienne chapelle où, jadis, les chasseurs venaient se recueillir avant de courser le cerf. Elle servait aujourd'hui de remise et d'isoloir pour les sœurs qui éprouvaient le besoin d'entamer un jeûne, une retraite de purification. La bâtisse tenait le milieu entre le pigeonnier et la bastide. Les fenêtres en étaient toutes grillagées. Quelques cellules blanchies à la chaux occupaient le deuxième étage. L'endroit était dépourvu d'eau, d'électricité et de chauffage. Jeanne reçut l'ordre de ne jamais se montrer à la fenêtre et de pousser le loquet si par hasard quelques pensionnaires tentaient de s'introduire dans la remise. Pour tromper l'ennui, on lui donna *L'Imitation de Jésus-Christ*, *La Vie des pécheresses repenties*, un chapelet, ainsi qu'un certain nombre d'opuscules destinés à l'édification des filles de mauvaise vie et qu'on distribuait dans les dispensaires où ces brebis égarées venaient faire soigner les maladies contractées dans l'exercice de leur honteux commerce. L'un d'eux vantait les joies du travail rédempteur dans les léproseries d'Afrique orientale.

Au bout de quelques semaines la jeune fille découvrit avec une certaine surprise que cette claustration ne lui déplaisait pas. Elle n'avait pas honte d'être enceinte et, malgré tous ses efforts, ne parvenait pas à se persuader qu'elle avait bel et bien commis un péché. Depuis qu'elle connaissait la vérité sur son état, une voix chantonnait en elle, une voix qui murmurait : « Maintenant tu ne seras plus jamais seule. »

Elle passa huit mois dans le pavillon, dans une solitude qui ne lui pesait pas. Par bonheur les cagibis de la bâtisse regorgeaient de livres mis à l'index, et dont la mère supérieure avait oublié l'existence. Il y avait là tous les ouvrages extraits des donations faites à la pension par ses anciennes élèves. Des milliers de volumes provenant des bibliothèques léguées par des veuves de procureurs ou de notaires soucieuses de se débarrasser à peu de frais des collections de leurs défunts maris. Il se trouvait parmi ces grimoires nombre d'ouvrages libertins du XVIIIe siècle. *Les Bijoux indiscrets*, notamment. Mais aussi *Les Liaisons dangereuses*, pour ne citer que les plus connus. Les bonnes dames de Lorient ne s'étaient pas donné la peine de feuilleter les petits volumes reliés en cuir que leurs époux avaient l'habitude de remiser sur la plus haute étagère de la bibliothèque, et c'est sans malice aucune qu'elles avaient offert ces trésors à leur ancienne école. La sœur bibliothécaire, au moment d'effectuer son choix, s'était contentée, elle, de trier les ouvrages sans les ouvrir, écartant d'autorité tous ceux qui figuraient dans *Le Manuel de l'Index*.

Jeanne, émerveillée, lisait tout ce qui lui tombait

sous la main jusqu'à sombrer dans l'abrutissement, tel Balzac enfant trompant sa solitude en s'enivrant de lecture.

Les sœurs qui lui apportaient à manger lui adressaient rarement la parole et évitaient même de la regarder. Deux coups frappés contre le mur signifiaient qu'on venait de déposer un bouteillon de soupe, une miche de pain gris et un seau d'eau dans le vestibule.

Parfois cependant, la peur la réveillait au beau milieu de la nuit. Principalement lorsqu'elle rêvait qu'on la mariait à un mutilé de guerre portant des crochets métalliques à la place des mains. Elle songeait alors à ce vieux soldat de 14-18 qu'elle croisait lorsqu'elle était petite, à Lorient, rue de Belgique. Il avait eu le visage brûlé au lance-flammes dans les tranchées, sur la Somme, et portait depuis un masque de porcelaine afin de dissimuler aux passants ses traits ravagés. Ce curieux artifice le dotait d'une tête de poupée souriante que les prothésistes avaient essayé de rendre plus « vivante » en la dotant d'une fine moustache de dandy et de taches roses sur les joues. Jeanne se demandait si elle devrait accepter d'épouser un être aussi disgracié pour sa rédemption. Plus elle y réfléchissait, moins elle en voyait la nécessité.

Martine écoutait ce monologue comme elle lisait les livres de sa mère, tout esprit critique suspendu. De vagues soupçons affleuraient parfois à sa conscience, l'idée diffuse que M'man enjolivait peut-être les choses par déformation professionnelle, pour les rendre plus frappantes, mais elle se dépêchait d'étouffer au plus vite ces bouffées de lucidité qui lui auraient gâché le plaisir du conte. Il lui arrivait aussi de penser qu'Élodie, l'héroïne du *Masque aux yeux clairs*, aurait pu vivre de semblables aventures. Il aurait suffi pour cela d'un simple déplacement temporel et de quelques réajustements. Le mutilé de guerre promis à la jeune fille aurait été blessé au siège de Maastricht, à quelques mètres d'un d'Artagnan mourant. Un boulet lui aurait emporté les deux jambes, et pour dissimuler son visage ravagé par les éclats, il aurait porté un masque en cuir espagnol. Élodie aurait été détenue en quelque moutier par des religieuses austères ayant pour mission de rééduquer les jeunes baronnes débauchées de la cour du Roi Soleil.

En définitive, de Jeanne et d'Élodie, qui nourrissait l'autre ?

Par bonheur, ces sursauts critiques s'épuisaient vite et Martine cessait de couper les cheveux en quatre, même si elle savait au demeurant — Carmen le lui avait assez souvent répété ! — que les romanciers ont un peu trop tendance à confondre réalité et fiction.

— Tu as accouché dans le pavillon ? demandait-elle, pressée de connaître la fin de l'histoire.

— Non, répondait Jeanne. J'étais presque à terme quand la ville a été bombardée. La pension a été rasée en l'espace d'une heure. Je n'en ai réchappé que parce que j'étais à l'écart des bâtiments principaux. C'est ma claustration qui m'a sauvé la vie. Sans elle, je me serais trouvée couchée dans le dortoir à l'instant même où les bombes s'écrasaient sur l'institution.

— Et après ? s'inquiétait Martine.

— Après c'est une autre histoire, concluait Jeanne, signifiant par là qu'elle était lasse de raconter.

7

Ce jour-là, pendant qu'elles parcouraient l'avenue du Bois, M'man interrompit plusieurs fois son monologue pour regarder par-dessus son épaule, comme si elle guettait quelque chose ou quelqu'un. Martine fut très sensible à ces interruptions, ainsi qu'au ton distrait de sa mère. Certes, elles avaient l'habitude de ressasser les mêmes histoires au cours de leurs promenades, mais Jeanne le faisait chaque fois avec la même fraîcheur, comme si la répétition n'entamait en rien le plaisir qu'elle avait à narrer pour la énième fois un épisode que Martine connaissait par cœur. C'était comme si elle mettait à profit chacune de ces redites pour peaufiner son récit, ajouter de nouveaux détails, corriger un éclairage. Au bout du compte, le souvenir gagnait en épaisseur, s'enrichissait de développements annexes qui s'annonçaient par un sempiternel: «Tiens! ça m'était sorti de la tête. Je ne t'en ai jamais parlé, ça me revient tout à coup.»

Souvent Martine regrettait que les rues ne fussent pas plus longues car l'arrivée au but interrompait le récit de Jeanne de manière anarchique, sans que la jeune femme éprouve ensuite le souci de reprendre sa narration là où elle l'avait quittée. M'man détestait s'astreindre à une quelconque chronologie, de même qu'elle détestait les classements ou les plans. Tout itinéraire balisé la révulsait, et lorsqu'elle devait se rendre en un lieu inconnu, elle préférait partir en avance et se fier à son instinct plutôt que de consulter une carte.

« On n'a pas encore inventé le plan qui permettrait de savoir où va la vie, n'est-ce pas ? lançait-elle quand on moquait ce curieux travers. Alors autant s'habituer à se déplacer à l'aveuglette. »

Ce jour-là, Jeanne était distraite. Elle raconta l'histoire de la pension en coupant une bonne partie du monologue de la mère supérieure, puis elle abrégea le récit de la claustration au pavillon, passage que Martine adorait et qui donnait lieu à des développements infinis. Notamment sur les lectures interdites entassées dans le cagibi. (C'était quoi, *Les Bijoux indiscrets* ? Et *Les Liaisons dangereuses*, qu'est-ce que ça racontait ?)

La fillette, d'abord agacée, finit par comprendre que sa mère cherchait à déterminer si on les suivait. Elle n'avait jamais été très physionomiste et souffrait d'une myopie qu'elle refusait de corriger par coquetterie, prétendant que le port des lunettes la ferait ressembler à l'un de ces bas-bleus d'auteurs de la N.R.F.

— Le type en complet clair, dit-elle enfin. Ça fait un moment qu'il est derrière nous ? Non ?

Martine explora la perspective de l'avenue. Des petits ânes passaient, chevauchés par de charmants bambins à qui on avait remis de minuscules fouets constitués d'un bâton et d'une lanière de cuir afin qu'ils puissent frapper les bêtes si l'envie leur en prenait, et ils ne s'en privaient pas. Une cloche sonnait quelque part, annonçant l'imminence d'un spectacle de marionnettes. Beaucoup de messieurs allaient et venaient, le chapeau sur la tête, complet prince-de-galles et gants de pécari, un exemplaire du *Figaro* coincé sous le bras. Martine ne reconnut personne.

— Tu as peur ? interrogea-t-elle en serrant un peu plus la main de sa mère. Tu penses au type du journal ?

Jeanne se mordit la lèvre.

— Oui, dit-elle. C'est bête, hein ? Il faudrait peut-être que je me fasse couper les cheveux ?

— Non, gémit Martine, j'aimerais pas.

À la seconde même, elle s'en voulut de son égoïsme. Mais c'est qu'elle avait peur qu'une mauvaise coupe de cheveux n'enlaidisse Jeanne. Elle n'aurait pas aimé voir sa mère diminuée, moins belle ; soudain pareille aux autres femmes encombrant les rues. Si banales.

— Je suis idiote, soupira M'man. Allez, viens, il ne faut plus y penser.

— Tu pourrais demander à Dino de nous protéger ? hasarda Martine. Il a fait la guerre, il sait se battre.

Jeanne haussa les épaules.

— Oh ! Tu sais, Dino..., souffla-t-elle.

Martine savait ce que signifiait cette mimique : Dino arrivait au terme de son *engagement*, bientôt il cesserait de débarquer au sixième, et c'en serait fini de la corvée des croissants. Du moins pour un temps. Suivrait une période plus ou moins longue de solitude à deux pendant laquelle elles resteraient entre filles. C'étaient ces parenthèses que préférait Martine. Quand elle et Jeanne dormaient dans le même lit jusqu'à midi, quand elles faisaient les folles en se chatouillant ou en se déguisant avec de vieux vêtements, quand M'man lui apprenait à fumer, à boire du whisky (c'était fichtrement mauvais !) ou à se maquiller sans ressembler à la folle de Chaillot.

Il se produisait toujours une accalmie au cours de ces folies, un temps mort pendant lequel Jeanne reprenait respiration et se laissait aller à murmurer : « On est bien toutes les deux, on n'a pas besoin des bonshommes. Pourquoi est-ce qu'on ne pourrait pas rester comme ça toute la vie, hein ? »

Cela n'aurait pas gêné Martine, mais ces vacances ne duraient jamais bien longtemps. Ce jour-là, plantée au bord du trottoir, la main de sa mère dans la sienne, elle se demanda qui viendrait remplacer Dino ? Quel inconnu ?

Elle n'avait pas envie d'y réfléchir et décida de relancer la mécanique du conte, comme on donne un grand coup de manivelle pour faire redémarrer une voiture en panne.

— Dis, chuchota-t-elle. Tu n'as pas tout dit. Après le bombardement, tu sais. Quand tu étais dans la forêt. Quand je suis née, et tout ça.

Mais Jeanne ne l'écoutait pas. Le visage frémissant, elle scrutait la rue. Qui s'attendait-elle à voir surgir ? L'artiste du *Café des Amateurs* dont elle avait déchiré le dessin ?

Martine la tira par le poignet.

— Raconte ! ordonna-t-elle. Moi je regarderai. De toute façon tu ne reconnais jamais les gens, et j'ai une meilleure vue que toi.

Jeanne accepta de se remettre en marche. Comme chaque fois qu'elle avait peur, elle se voûtait un peu, rentrant la tête dans les épaules à la manière d'une petite fille qu'on va gifler.

— Je ne sais plus où j'en étais, fit-elle. J'ai perdu le fil.

— Le bombardement de la pension, indiqua Martine. Et applique-toi, j'aime pas quand tu sautes les détails.

Quand Jeanne était en forme, ses récits fonctionnaient comme des poupées gigognes aux emboîtements infinis. Elle était capable de dresser la biographie de chacune de ses compagnes d'internat ou de prendre une à une les sœurs de l'institution pour décortiquer les motivations parfois bizarres qui les avaient poussées à prendre le voile. C'était ça que Martine aimait dans les récits de sa mère : ils étaient inépuisables. Aujourd'hui n'était pas un bon jour, il faudrait donc s'en tenir à la version courte, celle qui progressait sans ramifications délicieuses. Entendre M'man raconter, c'était accepter de se perdre dans les bois en empruntant des chemins de traverse non balisés : on ne savait jamais où l'on arriverait, mais on était sûre d'une chose, le voyage vaudrait le coup d'œil.

— Quand je suis sortie du pavillon, commença Jeanne, la pension n'était plus qu'un tas de ruines. Tout brûlait. Les poutres se tordaient dans les flammes avec des craquements terribles. L'air était plein d'étincelles qui me brûlaient la bouche lorsque je respirais. Les pompiers n'étaient pas encore arrivés, il y avait tellement de foyers d'incendie ce soir-là qu'ils ne savaient plus où donner de la tête. La chaleur me cuisait la peau du ventre à travers le tissu de ma chemise de nuit. J'ai fait demi-tour, je suis rentrée dans le pavillon et j'ai rassemblé toutes mes affaires dans ma valise. Puis je suis partie, sans savoir où j'allais. Je me suis dit que c'était ma seule chance de ne pas épouser un mutilé de guerre, et que je ne devais pas la laisser passer. J'ai foutu le camp aussi vite que mon gros ventre me le permettait.

— Et après ? insista Martine, sachant que Jeanne éprouvait toujours une certaine difficulté à évoquer ce qui s'était passé ensuite.

Elle était ainsi. Il y avait dans son monologue des goulets d'étranglement qui la faisaient se taire. Il fallait alors l'exhorter à continuer, la fouetter comme les petits ânes du Ranelagh.

— Après..., dit Jeanne d'une voix sourde.

8

Après elle avait suivi une interminable route boueuse en se dandinant comme seules savent se dandiner les femmes enceintes, un peu à la façon de ce jouet qu'on appelait jadis un Culbuto. Elle ne parvenait pas à croire ce qui lui arrivait. Des peurs lui venaient, en vrac, absurdes. La peur d'être rattrapée par l'artiste mécontent du *Café des Amateurs*. Pour se rassurer elle se répétait : « Quand il verra mon ventre, il n'osera pas me faire de mal. » Mais peut-on savoir avec les fous ? Il faisait froid, on était en avril. L'incendie de la pension illuminait la nuit tel un immense bûcher et l'air empestait la fumée. Cette odeur se mêlait à celle, chimique, des bombes au phosphore. Le vent charriait brandons et étincelles à des distances incroyables, et, alors qu'elle était à plus de trois cents mètres des décombres, Jeanne continuait à sursauter sous la morsure des scories qui lui brûlaient la nuque. Elle ne savait pas où elle allait, mais une chose était sûre : il était hors de question qu'elle regagnât la maison familiale.

Depuis la déclaration de guerre, Henri Jurieux, son père, avait quitté Lorient pour vivre sur une île minuscule, au large de Saint-Malo, un bloc rocheux aplati où, en dépit des vents, s'accrochaient encore un peu de terre et de sable. Comme à Cézembre, non loin du Grand-Bé, une compagnie allemande avait investi les lieux, creusant et fortifiant le sous-sol de l'île décrétée zone stratégique pour la surveillance des convois maritimes. Des tourelles de bunkers étaient sorties de terre, la fente de leur heaume tournée vers l'Angleterre. Jeanne avait appris cela grâce aux lettres de Marion, la vieille bonne de la famille. Son père n'écrivait jamais. Depuis toujours il considérait comme excellente la pratique instinctive qui pousse les animaux à aller perdre leurs petits dans la nature dès que ceux-ci ont assimilé quelques rudiments de survie. Toute démonstration d'affection lui était odieuse et un simple baiser sur la joue lui arrachait un sursaut de colère. Le milieu universitaire voyait en lui un misanthrope. Fallait-il détester la compagnie des hommes pour accepter de vivre sur un bout de rocher battu par les vagues ?

L'île s'appelait Bregannog, on avait du mal à la situer sur les cartes car elle était minuscule et située trop loin en mer pour attirer les estivants. Quand il ne pleuvait pas et que les citernes restaient vides, il fallait y faire livrer l'eau douce par bateau. Le hameau situé à la pointe nord du rocher s'était vidé au fil des ans, et, quand Jeanne avait été expédiée sur le continent, il ne restait déjà plus que trois familles de pêcheurs au milieu des masures abandonnées. C'était une terre hostile, qui avait mauvaise réputation. La légende voulait que Bregannog soit le cercueil d'une fée condamnée au sommeil éternel par Merlin l'Enchanteur. Enfermée dans un sarcophage de granit, elle avait été confiée à l'océan, dans l'espoir d'un rapide engloutissement, mais rien ne s'était passé comme prévu. Même endormie, la fée avait réussi à déjouer la sentence en empêchant le cercueil de couler. Le sarcophage, immobilisé à la surface des flots, s'était peu à peu changé en île. Les cormorans avaient pris l'habitude de s'y percher, le vent l'avait recouvert de sable, de terre et de semences. Ainsi était née Bregannog, la pierre des tempêtes. Plantée en travers de la marée, elle faisait ricocher les vagues et créait des remous qui déséquilibraient les bateaux pour les jeter sur les récifs. Les marins prétendaient qu'il aurait été judicieux de la faire sauter à la dynamite et l'évitaient. Pour toutes ces raisons, les habitants de Bregannog n'étaient guère appréciés sur la terre ferme, on voyait en eux une engeance de naufrageurs, les complices d'un piège naturel dont ils profitaient peut-être.

Le père de Jeanne aimait cet endroit et s'y murait dans une solitude farouche depuis la mort de sa femme. Mais les Allemands avaient su l'y retrouver. Réquisitionné par les services artistiques du IIIe Reich, le professeur Jurieux avait été expédié en Grèce pour participer au pillage des trésors archéologiques qu'on expédiait à Berlin. On ne lui avait guère laissé le choix, pourtant sa docilité l'avait compromis et il ne faisait pas de doute qu'à la fin de la guerre on ne manquerait pas de lui réclamer des comptes.

Jeanne ne voulait pas retourner là-bas.

Ici, selon l'humeur de M'man, le récit subissait des altérations de tonalité. Si elle était joyeuse, Bregannog devenait une terre enchantée où, petite fille, elle collait son oreille contre le sol pour entendre battre à travers la roche le cœur de la fée endormie. Si elle était de mauvaise humeur au contraire, l'île se changeait en une terre maudite où les populations se trouvaient condamnées à boire de l'eau croupie, où le vent du large finissait par rendre les femmes chauves à force de leur étriller la peau du crâne avec du sel et du sable ; une prison, un château d'If dont personne ne pouvait s'évader sous peine d'être englouti par les remous.

Martine avait appris à lire dans le cœur de sa mère au travers des métamorphoses du récit. Le monologue de M'man fonctionnait à l'imitation de ces petites statues barométriques qui changent de couleur avec le temps. Dans la bouche de Jeanne le ressassement n'était qu'apparent, pour qui savait l'écouter chaque version livrait un nouveau secret.

À plusieurs reprises, Carmen avait entraîné Martine à l'écart pour lui souffler :

— Il ne faut pas prendre au pied de la lettre tout ce que te raconte ta mère, tu sais.

— Tu veux dire qu'elle ment ? rétorquait la fillette déjà prête à mordre.

— Non, grommelait la correctrice d'un ton embarrassé, c'est plus compliqué. Je crois qu'en vrai les choses ne sont pas aussi bien dessinées, si tu comprends ce que je veux dire. Elle voit des ruines gothiques là où il n'y a que des tas de cailloux. Des malédictions là où il n'y a que des hasards.

— Qu'est-ce que tu en sais ? sifflait Martine. T'es allée voir ?

Quoi qu'il en soit, la nuit du bombardement Jeanne prit le large avec pour tout bagage une petite valise de carton.

Il aurait pu lui arriver n'importe quoi. De temps à autre des véhicules à gazogène la dépassaient, l'éclaboussant sans faire mine de ralentir. Cinq années de guerre avaient usé la solidarité des Français et chacun avait désormais tendance à ne plus s'occuper que de ses affaires. Les paysans étaient las de ces cohortes de réfugiés sillonnant le pays, et qui s'abattaient telles des sauterelles sur les vergers et les champs. Le temps des charités chrétiennes était loin, tout se monnayait à prix d'or, de l'œuf frais jusqu'à la pomme de terre.

C'est alors qu'Egon entrait en scène, au volant de son vieux camion haut sur roues. Était-il vraiment arrivé si vite, au bon moment, juste à point ? Carmen en doutait. Martine, elle, voulait y croire de toutes ses forces car l'image de M'man trottinant le long de la route lui serrait le cœur.

Qui était Egon ? Un déserteur allemand ? Un Alsacien ayant pris le large pour ne pas être incorporé d'office à l'armée allemande ? Jeanne ne put jamais le déterminer avec précision. Il était grand, la tête couverte de boucles blondes, presque blanches, qui auraient pu être découpées dans la toison d'un de ces moutons trop propres que les paysans bichonnent le 24 décembre avant de les amener à l'église pour la messe de minuit. Egon parlait avec un accent bizarre que Jeanne n'avait jamais entendu auparavant. Il conduisait de gros camions brinquebalants chargés d'objets hétéroclites. Quand on l'interrogeait sur ses occupations, il répondait :

— Je me suis retiré du jeu. Maintenant je pousse mon propre pion, et je m'accorde le droit d'aller dans tous les sens.

Il prétendait avoir suivi des cours de sculpture aux Beaux-Arts de Paris, puis s'être éloigné du monde pour devenir guide de montagne. Il avait la peau tannée et ces rides précoces des gens habitués à vivre au grand air. Jeanne le regardait en biais, lorsqu'il était occupé à autre chose. C'était la première fois qu'elle côtoyait véritablement un homme. Jusque-là elle n'avait rencontré que des cousins, des garçons, avec tout ce que cela implique de puérilité, de farces idiotes et de tripotages maladroits. Comme beaucoup de petites filles, elle avait été peu à peu amenée à considérer les garçons comme une race inférieure, mentalement sous-développée, vouant aux choses mécaniques (voitures, locomotives, avions...) une dévotion presque religieuse. Un culte animiste de l'engrenage et de la soupape qui leur donnait trop tôt l'illusion de pouvoir diriger le monde en agitant quelques leviers. Elle était rentrée chez les bonnes sœurs imprégnée de cette opinion, et n'avait pas tardé à découvrir que ses compagnes de dortoir la partageaient à l'unanimité.

Mais aujourd'hui Egon était le premier représentant du sexe mâle qu'elle approchait sans entretenir avec lui un quelconque lien de parenté.

« Ce n'est pas tout à fait vrai, lui chuchotait la voix de sa conscience, l'homme du grenier... »

Jeanne s'empressait de la faire taire. L'homme du grenier n'avait jamais eu de visage, ni de nom, ni de sourire, ni...

Jusque-là, elle n'avait jamais pensé qu'elle trouverait un jour de la séduction à une barbe blonde de cinq jours, ou à des cheveux mal brossés, ou à une certaine façon de bâiller en s'étirant. Cela lui aurait paru absurde. Et pourtant... Egon c'était autre chose qu'un galopin en culottes courtes. Il pesait lourd, il était dur. Elle était certaine qu'allongé sur elle il l'aurait empêchée de respirer, comme l'ombre du grenier.

Egon avait vingt-cinq ans. Il avait de grosses mains caparaçonnées de durillons, des ongles ébréchés comme un garçon de ferme. Il était capable de se mettre tout nu sans aucune honte et de se vider un seau d'eau glacé sur la tête. Il appelait cela faire sa toilette. Il trafiquait. Connu de tous les sergents fourriers, il achetait des rations militaires, des pneus de camion, de l'essence, des cigarettes, des couvertures, du cognac. Dans chaque caserne, chaque campement, l'attendait une caisse, un chargement détourné de sa destination, et qu'on n'avait enregistré sur aucun bordereau. Il achetait, revendait, établissant des contacts.

— Bref, vous faites du marché noir, lui lança Jeanne avec mépris. Vous êtes comme les autres!

— Pas du tout, dit le jeune homme sans se vexer. Les autres veulent devenir riches, moi je veux m'échapper.

— Échapper à la guerre?

— Pas celle-là. Elle est déjà presque finie, elle ne compte plus. Non, l'autre, celle qui éclatera à peine la paix signée, et qui opposera les Russes aux Américains. Moi je vois loin, c'est une habitude qu'on prend à force de vivre dans les montagnes. Le regard scrute l'horizon. C'est là-haut que les choses sont écrites, pas au ras du sol.

Jeanne fit la moue, montrant ce qu'elle pensait de cette philosophie au rabais, mais Egon ne s'en offusqua pas.

— Les Allemands vont rentrer au terrier, dit-il, mais les autres vont se battre comme des chiens pour le partage de la carcasse. J'ai compris cela très tôt. C'est pour ça qu'il faut partir. Avec l'argent j'achèterai un bateau, je traverserai la mer et j'irai dans les îles, pour être le plus loin possible de l'Europe quand éclatera la prochaine guerre. Il faut préparer l'exode dès maintenant. La richesse je m'en fiche, je veux juste de quoi m'en aller.

Jeanne l'écoutait, troublée. Elle était un peu agacée de ne pas parvenir à le pousser à bout, à le fâcher, comme elle faisait jadis avec ses cousins. Avant son départ pour la pension, elle menait les garçons par le bout du nez, s'amusant à les pousser dans leurs derniers retranchements pour les voir exploser, bégayer, devenir tout rouges. Mais ses provocations, ses pointes, demeuraient sans effet sur Egon. Et ces échecs lui donnaient l'impression désagréable de n'être qu'une petite fille essayant de déraciner un baobab à coups de pied. C'est une occupation qui vous fait vite les orteils douloureux.

Egon vivait au milieu des bois, maquisard sans autre cause que la sienne. Là, à l'endroit le plus touffu de la forêt de Brocéliande, il avait aménagé un abri souterrain, une casemate dans le plus pur style 14-18 où il entassait ses trésors. Il était déconseillé d'y allumer une cigarette ou une bougie car des dizaines de jerricans d'essence étaient enterrés sous une mince couche de terre et les vapeurs de carburant ne demandaient qu'à s'enflammer à la première étincelle. Les caisses de conserves formaient une architecture mouvante, qui se construisait et se défaisait au rythme des livraisons. Toutefois l'odeur dominante restait celle du caoutchouc des pneus neufs entassés dans la pénombre.

— Tu peux rester là si tu n'as nulle part où aller, proposa-t-il. Je ne te demanderai rien. Ce n'est pas très prudent pour une fille de ton âge de se promener sur les routes en ce moment, tu sais? Le fait d'être enceinte n'a jamais protégé une femme de la méchanceté des soldats. Si tu t'imagines intouchable, c'est que tu n'es encore qu'une gamine.

Jeanne avait accepté sans dire merci, car il lui déplaisait de devoir quelque chose à un inconnu. Cette caverne d'Ali-Baba l'avait séduite dès qu'elle en avait franchi le seuil. On y était comme dans la cale d'un cargo, au milieu des denrées les plus disparates, des odeurs étrangères. Dans un coin, cinq cents paires de bottes en cuir de Prusse orientale attendaient autant de pieds pour se mettre en marche, cela formait une sorte d'armée fantôme au parfum délicieux.

— Tu pourras mettre ton enfant au monde, murmura Egon. Je t'aiderai. J'ai déjà fait ça dans la montagne.

Il parlait de ces choses avec une grande simplicité. La nuit, ils dormaient sur des lits de camp, s'éclairant au moyen de lampes de campagne connectées à des batteries.

Jeanne accoucha un mois plus tard, sur une table constituée de caisses de sprats fumés. Elle eut très mal et souhaita s'évanouir. Egon lui parlait comme à une pouliche en train de mettre bas. C'était à la fois humiliant et réconfortant. La peur et la souffrance lui faisaient oublier la honte.

— C'est une fille, annonça enfin l'homme. Comment veux-tu l'appeler ?

À ce moment, Jeanne prit conscience qu'elle n'avait jamais envisagé de donner un nom à l'enfant, pas plus qu'elle ne s'était préoccupée du sexe de celui-ci. Pendant huit mois elle avait refusé de penser au bébé comme à une personne réelle, peut-être parce qu'elle s'était défendu de l'aimer au cas où la mère supérieure déciderait de le lui enlever pour le confier à une famille en mal de descendance ?

— Si tu n'as pas d'idée, ce n'est pas grave, fit Egon. Comme il n'y a pas de mairie pour l'enregistrer tu pourras essayer plusieurs noms, et garder celui qui lui conviendra le mieux.

Au début, Jeanne avait guetté le nourrisson avec angoisse, scrutant son visage dans le sommeil, effrayée à l'idée d'y voir surgir des traits qui n'auraient pas été ceux des Jurieux. La marque de *l'autre*... Du fantôme du grenier. Elle avait peur de découvrir une couleur de cheveux étrangère, des yeux différents, un sourire venu d'ailleurs. Cette obsession ne la quitta guère durant les premiers mois, surtout quand la petite commença à s'animer et à s'agiter entre les parois de la caisse qui lui servait de berceau. Alors, elle l'observait davantage encore, essayant de la prendre en défaut... de la démasquer, de deviner sous son mince museau rose le visage de l'ennemi. Mais rien ne venait, et elle en fut rassurée. C'était comme si l'empreinte du géniteur inconnu s'était délayée au point de devenir invisible. Il n'était pas là. L'enfant ne portait pas sa marque.

Jeanne ne savait pas ce qu'elle aurait fait s'il en était allé différemment. Elle voulait que le nouveau-né fût sien, sans apports étrangers. Quand elle fut rassurée sur ce point, elle le baptisa en piquant un nom au hasard sur le calendrier. Ce fut Martine, qu'elle jugea acceptable.

Un jour Egon lui dit :

— La guerre est finie. Les Américains sont à Paris. J'aurais pu te mentir pour te forcer à rester ici en te faisant croire qu'on se battait toujours. Ç'aurait été facile, mais je préfère être franc avec toi. Tu peux sortir si tu en as envie. Je t'emmènerai avec le camion, tu n'as qu'à me dire où tu veux aller. Tu peux rester aussi. Il y a encore un peu d'argent à ramasser et puis je partirai. J'ai déjà versé un acompte pour le bateau. Si tu dis oui, je t'emmène. Il faut profiter de l'accalmie pour s'enfuir. La parenthèse sera de courte durée.

À chaque narration de cet épisode, Martine s'irritait de ne rien se rappeler de la caverne d'Ali-Baba, et elle se creusait la cervelle à la recherche d'images enfouies sous l'humus de treize années d'existence. Dans le même temps elle était très fière de n'être pas née comme n'importe quelle idiote des beaux quartiers dans une clinique huppée de Passy. Il lui semblait que cette aventure la prédestinait à quelque existence fabuleuse et la marquait du sceau des aventurières internationales. Elle s'imaginait assez bien en voleuse célèbre, en rat d'hôtel vêtu d'un collant noir et d'un masque de cuir. Une fille futée et intrépide qui n'aurait pas peur de courir le long des gouttières, à dix étages au-dessus du sol, les mains pleines de diamants.

Dans le cahier où elle consignait les souvenirs de M'man, elle avait ébauché plusieurs esquisses de la tanière d'Egon.

— Combien de temps sommes-nous restées là-bas ? interrogeait-elle.

M'man faisait la moue.

— Je ne sais pas. Je ne faisais pas le compte des semaines. On sortait peu à cause des patrouilles aériennes. Je me rappelle que lorsqu'on risquait le nez dehors j'étais éblouie par la lumière. Toi, tu te mettais à pleurer et tu te cachais les yeux avec tes petits poings.

— Qu'est-ce qui s'est passé ensuite ? demandait Martine. Je sais qu'on n'a pas pris le bateau, sinon on ne serait pas là.

— Oh ! soupirait Jeanne. Ensuite c'est compliqué, on en parlera une autre fois si tu veux bien.

9

Le lundi suivant Carmen et Jeanne se querellèrent. Martine, comme à son ordinaire, flânait dans les couloirs du sixième quand, se rapprochant de la chambre au terme de sa déambulation, elle perçut les échos de la dispute à travers la porte.

— Tu ne devrais pas raconter toutes ces choses à ta fille, disait la correctrice. Ce n'est pas bon pour elle. Ce n'est qu'une gosse et tu lui parles comme à une femme.

— Ça la rendra plus forte, objecta M'man. À son âge j'étais idiote, je ne savais rien de la vie. Si l'on m'avait mieux armée, il ne serait pas arrivé ce qui est arrivé.

— Je comprends, fit Carmen embarrassée, mais ce qui me gêne c'est la façon dont tu le lui transmets. Je ne sais pas, mais dans ta bouche les pires choses deviennent séduisantes. Tout se transforme en légende. Je suis certaine que la réalité n'était pas si belle. Quand tu racontes, tu gommes la crasse, la peur, le côté sordide. Ce dépucelage dans le grenier par exemple, je suis sûre que tu ne l'as pas accepté de ton plein gré. Ne me raconte pas d'histoires. Ce type t'a violée, et tu as vu son visage, tu sais qui c'était. Tu t'es laissé faire parce que ton éducation t'avait dressée à obéir aux hommes. J'imagine très bien ce que tu as pu éprouver, mais quand tu le racontes à Martine, ça devient du roman gothique : la jeune fille engrossée par un fantôme. Le donjon obscur tapissé de toiles d'araignée.

— C'est comme ça que ça s'est passé, s'entêta Jeanne. Je ne déforme pas. C'est toi qui as du vraisemblable une notion petite-bourgeoise. Tu es comme Sacha qui vit au milieu de ses livres ; son existence est si tranquille qu'il en vient à douter qu'on puisse se faire renverser par une voiture en traversant la rue ! Vous êtes des intellectuels, vous vieillissez en marge du réel. C'est vous qui déformez les choses, qui rétrécissez le monde ! Le vraisemblable c'est le critère des gens qui n'ont jamais quitté leurs pantoufles, sinon pour se mettre au lit !

Martine s'éloigna pour laisser aux deux femmes le temps de vider l'abcès. Carmen, au bord des larmes, finit par claquer la porte.

— Sacha nous attend ce soir pour dîner, lâcha-t-elle en s'éloignant, sa machine à écrire sous le bras. Essaie d'être à l'heure pour une fois. Je l'ai tanné pour qu'il vous déniche un autre logement. Ne me fais pas passer pour une imbécile.

M'man grommela une grossièreté que Carmen feignit de ne pas entendre.

— Ta mensualité t'attend à la comptabilité, ajouta-t-elle avec lassitude. Tu peux passer la chercher. Fais un effort pour ne pas la claquer dans l'après-midi.

Pendant qu'on allait chercher l'argent aux bureaux des Éditions du Château d'If, la fillette regarda fréquemment par-dessus son épaule pour détecter si on les suivait. Il lui sembla, à plusieurs reprises, remarquer une figure d'homme en canadienne de cuir fatigué et col de mouton se déplaçant dans leur sillage. Il lui parut vieux, mais au-delà de vingt ans tout le monde lui semblait vieux et elle avait le plus grand mal à admettre que M'man allait bientôt en avoir trente. Chaque fois qu'elle se retournait, l'inconnu était là, et ses yeux croisaient ceux de Martine comme s'il ne cessait de la fixer, même lorsqu'elle avait le dos tourné.

La fillette hésita sur la conduite à tenir. Fallait-il alarmer Jeanne de manière peut-être prématurée? La jeune femme était très nerveuse ces derniers temps, aussi Martine décida-t-elle de ne pas ouvrir la bouche. Son silence n'était d'ailleurs pas uniquement motivé par le souci d'épargner à sa mère une angoisse supplémentaire: elle avait au bout du compte l'impression curieuse que l'homme s'intéressait moins à Jeanne qu'à elle-même, Martine. Oui, c'était bien la fille qu'il fixait, pas la mère, et ce regard tenace finissait par provoquer une sorte de chatouillis dans la nuque de la petite fille.

Elle hésita sur la signification qu'il convenait d'apporter à cet intérêt. Elle avait l'habitude d'être regardée par les messieurs. M'man l'avait prévenue: elle était en train de grandir, des changements s'opéraient dans son corps, et les hommes allaient bientôt s'intéresser à elle. Leurs yeux seraient pleins de choses troubles, ils auraient l'air de chats reluquant une souris. C'était pour cette raison qu'elle devait désormais faire attention à ne plus se comporter comme une gamine, et notamment serrer les genoux lorsqu'elle s'asseyait dans le métro ou l'autobus de manière qu'on n'aperçoive pas sa culotte Petit-Bateau.

Soudain, Martine se demanda si l'homme qui la suivait n'était pas son père. Cette idée la hantait depuis un certain temps, et elle avait fini par la bichonner dans le secret de sa conscience à la façon de ces bibelots de cuivre qu'on ne peut s'empêcher d'astiquer sur sa manche pour les rendre plus brillants. Elle avait construit à ce propos un certain nombre de développements qu'elle étudiait avec un grand sérieux chaque fois qu'elle en avait le loisir. N'était-elle pas la fille d'un fantôme ? D'une ombre sans visage recroquevillée au fond d'un grenier ? L'enfant d'un spectre héroïque qui s'en était allé sauver la France avec la bénédiction des sœurs de l'institution ?

Il lui arrivait de se dire que ce père inconnu avait fini par retrouver sa trace, au fil des années. La guerre finie, son statut de héros de l'ombre avait fait de lui quelqu'un de puissant, un haut personnage ayant accès aux sphères du Pouvoir. La presse parlant de plus en plus fréquemment des barbouzes et autres serviteurs masqués d'un État qui avait pris l'habitude des luttes clandestines, Martine imaginait cet homme chef d'un service secret, disposant de moyens sans limites dont il usait pour retrouver la trace de l'enfant conçu au mois d'août 44 dans la touffeur d'un grenier.

Il lui avait fallu du temps pour parvenir à ses fins, mais ses agents avaient fini par remonter jusqu'à Jeanne et de là à Martine. Depuis il la faisait surveiller sans relâche, ordonnant qu'on lui remette des rapports détaillés sur la vie de Jeanne Jurieux, la romancière scandaleuse. Sans doute avait-il frémi de désapprobation en découvrant que sa fille unique vivait dans une chambre de bonne dépourvue du moindre confort, en compagnie d'une mère aux mœurs relâchées ? Sans doute nourrissait-il d'autres ambitions pour la chair de sa chair ?

C'était cela qui effrayait Martine. Et si L'HOMME décidait de la faire enlever par ses sbires, pour la soustraire à l'influence néfaste de M'man ? La chose ne présentait pas de grosses difficultés, il suffisait de la pousser dans une voiture un jour qu'elle se rendait chez Mahuzier, son «précepteur». Un bâillon de chloroforme ferait le reste, et elle se réveillerait prisonnière d'un grand hôtel particulier, en bordure du bois de Boulogne. Tout serait magnifique, les parquets immenses et luisants comme des miroirs, les murs couverts de boiseries dorées. Il y aurait des serviteurs en redingote, des dogues dans le parc, et des soubrettes à petit tablier blanc qui s'adresseraient à elle en lui disant « Mademoiselle ». L'HOMME viendrait lui rendre visite. Il serait grand, vêtu d'un costume sombre aux revers surchargés de rosettes. Il serait très vieux, au moins quarante ans, avec des cheveux blancs taillés en brosse et des lunettes noires qu'il ne quitterait jamais. Il s'arrêterait au seuil du grand salon et dirait d'une voix de ministre faisant un discours à la R.T.F. : « Mademoiselle ma fille, je n'aime pas votre prénom, il est vulgaire. Il faudra en changer. Que pensez-vous d'Anne-Sophie ? Ou encore de Marie-Cécile ? Dès que vous aurez fait votre choix je demanderai à mes hommes de rectifier votre état civil. »

Avant de tourner les talons, il dirait encore : « Vos vêtement sont odieux, vous remettrez ces hardes à votre camériste qui les brûlera. Une autre garde-robe vous attend dans le placard de votre chambre. »

Martine n'aurait d'autre choix que d'obéir à cet homme impérieux qu'il lui faudrait un jour se résoudre à appeler « père ». Ce serait une vie étrange, sans rapport aucun avec celle qu'elle avait connue. Cette fois, de vrais précepteurs viendraient lui donner des leçons de maintien, de danse, de piano. Un professeur d'équitation lui apprendrait à monter dans les allées du parc. Elle serait prisonnière, bouclée jusqu'à sa majorité dans une geôle dorée. De temps à autre, certains soirs, elle dînerait en tête à tête avec son père, chacun à un bout d'une table gigantesque, comme dans *Sissi impératrice*. Il y aurait des gardes derrière les tentures, les portes, et chaque fois qu'elle demanderait des nouvelles de M'man, son père lui dirait: « Oubliez cette femme, elle n'a fait que vous donner le mauvais exemple. Si je n'étais pas intervenu elle aurait fait de vous une déclassée, une marginale sans avenir. Oubliez toutes les fariboles qu'elle a pu vous mettre dans la tête. »

Lorsqu'elle dévidait ces images, Martine se sentait gagnée par un engourdissement délicieux dont la nature lui échappait, quelque chose à mi-chemin entre l'horreur et le bonheur nauséeux qui suit une ingestion forcenée de chocolat.

Alors qu'elle traversait au passage clouté elle regarda une dernière fois derrière elle, mais le suiveur avait disparu. Elle en fut un peu déçue; elle se réconforta en se disant que son père disposait d'une armée d'enquêteurs, et qu'une autre barbouze avait sans doute remplacé celle qu'elle avait repérée un instant plus tôt.

De retour au sixième, elle nota cette aventure dans son cahier intime. Blottie au fond du canapé écossais, elle se laissa reprendre par l'engourdissement et broda sur sa vie de prisonnière. Elle se demanda si elle chercherait à s'échapper, comme le frère jumeau du roi de France dans *Le Vicomte de Bragelonne*. Ne se laisserait-elle pas plutôt hypnotiser par le luxe de sa geôle dorée et les égards dont on l'entourerait?

— Tu rêves? lui lança soudain M'man. Ça fait deux heures que tu souris dans le vide comme une imbécile heureuse, tu sais bien que ce n'est pas bon de trop penser pour un enfant, c'est comme ça qu'on attrape la méningite.

Martine haussa les épaules, c'est la concierge qui avait mis cette idée dans la tête de Jeanne. Impressionnée, la jeune femme avait depuis tendance à secouer sa fille sans ménagement dès qu'elle la surprenait en flagrant délit de rêvasserie.

— Il faut faire ta toilette, ordonna M'man. Ce soir on dîne chez Sacha Barine.

Martine protesta. L'éditeur ne l'aimait pas, elle le devinait. Comme tous les collectionneurs il se défiait des enfants qui posent leurs doigts collants de confiture sur les objets les plus précieux.

— Ne fais pas ta sucrée, grogna Jeanne. Il est parfois utile de lui montrer que j'ai une fille à nourrir, ça l'empêche de devenir trop pingre sur les avances.

10

Sacha Barine était un curieux personnage, fils unique de Russes blancs ayant fui la révolution d'Octobre, il n'avait qu'une passion : la bibliophilie. C'était un homme de haute taille, presque chauve, dont le visage faunesque mettait mal à l'aise. De grandes oreilles presque pointues encadraient des yeux bridés, toujours brillant d'une lueur ironique. Sa bouche épaisse, sensuelle, semblait ne connaître qu'une mimique, le sourire dubitatif.

Il vivait dans une maison à double entrée de la montagne Sainte-Geneviève, à l'ombre du Panthéon, à la lisière des ruines de l'ancienne barrière de Paris. L'une des portes ouvrait sur les Éditions du Château d'If, c'est-à-dire trois bureaux étroits encombrés d'un fouillis de dossiers, et dont les murs pisseux disparaissaient sous les affiches criardes vantant les parutions de la maison. Les Éditions du Château d'If s'étaient spécialisées dans la romance historique saupoudrée d'érotisme. Là ce n'était qu'ouvrages contant les aventures de jeunes baronnes prises dans la tourmente de la Révolution française et contraintes de vendre leur corps au bourreau pour échapper à la guillotine, paysannes moyenâgeuses mariées d'autorité à quelque seigneur lépreux travaillé par l'abstinence. Un torrent d'outrances que Sacha Barine tenait en grand mépris mais qui lui rapportait beaucoup d'argent. La seconde porte, située aux antipodes de la première, donnait accès à un atelier de relieur où Sacha officiait en tablier de cuir, restaurant les ouvrages inestimables que lui apportaient des collectionneurs inquiets. Là flottait l'odeur des cuirs, de la colle de pâte chauffant dans sa petite marmite, de la poussière de papier volatilisée par la scie à grecquer. Penché sur une édition originale du XVe siècle, Sacha Barine rachetait ses fautes à petits gestes méticuleux et coups de polissoir experts. On disait que les fortunes rapportées par les Éditions du Château d'If disparaissaient dans le gouffre de sa passion bibliophilique, et qu'il courait le monde à la recherche de livres rares. N'hésitant pas à se ruiner pour un exemplaire comportant une faute de typo originale ou une annotation de la main de l'auteur. Il avait l'égoïsme des vrais passionnés, et lorsqu'on lui reprochait d'exploiter les romanciers qu'il tenait sous contrat, il répondait en ricanant :

— Je les paye mal, c'est vrai. Mais au moins ces pisse-copie ont-ils la satisfaction de savoir que l'argent qu'ils rapportent sert une grande cause. Les payer plus, ce serait leur permettre de boire davantage, de se droguer davantage. En exerçant une forte retenue à la base, je préserve cet argent d'une utilisation imbécile, et j'associe mon écurie à une œuvre de haute culture.

Il était difficile de savoir s'il parlait sérieusement, mais ses appartements situés juste au-dessus des bureaux recelaient des merveilles. Lorsque Jeanne et Carmen en franchissaient le seuil, Barine s'empressait de leur montrer les trésors récemment acquis. Le souffle court, les doigts effleurant à peine les ouvrages, il ouvrait sous leurs yeux de petits volumes anciens, à cinq nerfs de cuir noircis et fermoir de métal rongé par la rouille.

— Regardez cela, disait-il d'une voix haletante. Une curiosité. Un traité d'alchimie en espagnol. Le cordonnet qui sert de signet a été tressé à partir d'une mèche de cheveux de Catherine de Médicis. Remarquez leur teinte grise, argentée, presque métallique.

En ces instants, l'éditeur cynique s'effaçait pour laisser la place au vieil enfant émerveillé dont Carmen disait : « Il en deviendrait presque touchant », ce à quoi Jeanne répliquait : « C'est une canaille. Un Janus. Il a deux visages comme il a deux bureaux. Je n'ai jamais aimé les hommes qui entassent trop d'objets chez eux. »

Si elle était impressionnée par les murailles d'ouvrages tapissant l'appartement de Barine, Martine n'aimait pas beaucoup les dîners chez l'éditeur car celui-ci ne manquait jamais d'adopter à son égard une attitude humiliante. D'une part, il la surveillait d'un œil de gendarme lorsqu'elle faisait mine d'approcher la bibliothèque, d'autre part, dès qu'elle était à table, il l'ignorait avec superbe, comme si elle n'avait pas plus d'intelligence qu'un chiot.

Les choses ne furent en rien différentes ce soir-là. Comme d'habitude, Barine avait disposé mille pièges à l'intention de la fillette : de multiples verres, des cuillères, des fourchettes en triple exemplaire, plusieurs couteaux dont elle ignorait l'usage. Elle avait peu à peu acquis la certitude qu'il agissait ainsi pour l'humilier et lui faire comprendre qu'elle n'avait rien à faire chez lui. Chaque repas était une torture, elle devait épier les gestes de M'man pour essayer de ne pas trop s'enferrer dans le maniement des outils d'argent étalés sur la nappe. En ces instants de honte, elle songeait qu'il en irait différemment le jour où son père la ferait enlever pour la séquestrer dans sa grande maison du bois de Boulogne. Là, elle apprendrait enfin à devenir une vraie demoiselle, elle n'en sortirait que pour être présentée au bal des Débutantes, dans une longue robe blanche de grand couturier. Elle se voyait très bien, virevoltant avec grâce et découvrant, au terme d'une valse, Sacha Barine dans un coin de la salle. Vieux, les mains tremblantes, il aurait le plus grand mal à porter à ses lèvres sa coupe de champagne. Il serait si maladroit qu'il baverait même un peu sur les revers de son habit, et Martine (devenue entre-temps Anne-Sophie de la Traversière) irait lui tamponner la bouche avec son mouchoir en lui murmurant : « Alors, Sacha, on s'est échappé de l'hospice ce soir ? »

En attendant que sonne l'heure de la vengeance, la fillette en était réduite à observer Sacha Barine, Carmen et Jeanne qui discutaient âprement de part et d'autre de la table. Elle dut faire un effort d'attention pour saisir le sujet de la conversation, car, dès qu'elle s'ennuyait, elle avait tendance à décoller de la réalité.

La discussion ayant ce soir-là tendance à s'enliser, Carmen estima plus important d'amener le débat sur le sujet qui l'intéressait.

— Jeanne est bouleversée par cette histoire d'attentat au vitriol, dit-elle. Cela a réveillé en elle un traumatisme d'enfance. Elle est si nerveuse qu'elle ne peut plus se concentrer sur son travail. Si ça continue, le tome trois des aventures d'Élodie ne sera jamais prêt à temps.

M'man dut alors raconter l'anecdote du *Café des Amateurs*. Pendant tout le récit, Sacha afficha un sourire amusé comme si on lui narrait là la plus plaisante des choses.

— Mais c'est du roman gothique ! s'exclama-t-il dès qu'elle eut fini. C'est donc là que vous avez puisé l'idée du *Masque aux yeux clairs* ? Tout y est : le peintre méchant, le tableau lacéré. C'est amusant, vous devriez en faire part aux journalistes de la presse féminine, elles adoreraient ça !

Il prit le temps d'allumer un mince cigare et conclut :

— Vous ne prenez tout de même pas cette histoire au sérieux ? Si vous vous êtes mis dans la tête que cet homme vous poursuit depuis l'enfance, il est temps d'aller consulter un psychiatre... ou d'écrire un scénario de film pour Alfred Hitchcock. Personne n'a la haine si tenace, à part les héros d'Alexandre Dumas !

Il fit une pause, puis ajouta d'un ton grondeur :

— Excusez-moi, mais en pleine guerre d'Algérie, avec toutes ces bombes qui explosent en plein Paris, cet incident me paraît d'une grande futilité.

Jeanne se renfrogna. Carmen, sentant venir l'incident, tenta de mettre de l'huile dans les rouages.

— Sacha, insista-t-elle. Vous ne pouvez nier que nous avons reçu beaucoup de lettres de menaces à cause des scènes érotiques que contient *Le Masque aux yeux clairs*.

Barine haussa les épaules.

— C'est vrai, avoua-t-il, mais il y a aussi beaucoup de courrier émanant de lectrices enthousiasmées. L'un dans l'autre les choses s'équilibrent.

Pris d'une soudaine inspiration, il se leva et pria ses invitées de le suivre jusqu'aux bureaux où s'entassaient les sacs postaux. Là, Jeanne et Martine purent plonger les mains dans la masse bruissante de centaines de feuilles de papier à lettres, lignées, unies ou quadrillées, blanches, bleues, roses, et même parfumées.

Ces ordures sont passibles de la chambre correctionnelle ! lut Martine. *Elles dégradent la femme française, la mère de famille dont les fils sont morts pour la Patrie au cours des récents conflits, en la présentant comme une catin se prélassant au fond des lits et toujours à la recherche de nouveaux plaisirs lubriques. Sachez que les honnêtes femmes de notre beau pays se préoccupent peu de cette sorte d'assou-*

vissement. Leur éducation catholique les en a heureusement préservées.

Une autre missive, écrite avec tant de violence que la plume avait traversé le papier, affirmait :

Une punition s'impose, exemplaire! Si la justice française ne se décide pas à l'appliquer, nous saurons, nous, représentants des honnêtes gens, sévir de la manière la plus cinglante et infliger à Jeanne Jurieux, la catin plumitive, la peine qu'elle mérite! Qu'on lui fasse donc subir le sort dont elle menace son héroïne à longueur de volume. Sans doute, lorsqu'une bonne giclée de vitriol lui aura rongé la face, sera-t-elle moins disposée à noircir du papier!

— Laisse ces saloperies, dit sèchement Carmen en arrachant les feuillets des mains de Martine.

Barine tirait à petites bouffées sur son cigare. Les yeux étrécis, il semblait méditer quelque mauvais coup.

— Remarquez, souffla-t-il, que ce serait un magnifique coup de publicité. Quelle réclame ! Je suis certain qu'on réimprimerait dans l'heure qui suivrait la parution du journal.

— J'espère que vous n'êtes pas sérieux? lança Carmen d'un ton glacial.

— Bien sûr que non, fit Sacha. Je plaisantais, mais tout de même, quel coup ce serait !

Martine eut la sensation qu'il jouait au chat et à la souris, prenant plaisir à inquiéter les deux femmes.

On se sépara sur ce malaise, et Carmen raccompagna la mère et la fille rue Greuze, dans sa 2 CV grise qui ferraillait sur les pavés.

— C'est un sale con, murmura M'man. Il s'est fichu de nous toute la soirée.

— Tu deviens méchante, soupira Carmen. Je ne m'avoue pas vaincue. J'arriverai à lui soutirer un logement. Je sais qu'il a placé du fric dans un programme immobilier à vocation sociale. En échange on a dû lui octroyer un certain quota d'appartements pour loger ses employés. Sa comptable en bénéficie.

— Des H.L.M. ? grogna Jeanne. Tu veux nous expédier dans la zone ?

— Tu préfères vivre comme une clocharde pourvu que ce soit dans les beaux quartiers ? rétorqua la correctrice. Au fond tu n'es qu'une snob. Combien de temps crois-tu que la chose pourra durer ? Comment feras-tu quand Martine aura dix-sept ans ? Tu lui mettras un sac sur la tête pour qu'elle ne te voie pas en train de baiser ? Tu n'as pas peur que tes amants de passage ne commencent à s'intéresser à ses petites fesses ? C'est que les tiennes seront déjà en train de se friper, ma chérie !

— Tu es dégueulasse ! cria Jeanne en claquant la portière.

Elles se quittèrent fâchées, comme cela arrivait souvent, et M'man mit beaucoup de temps à s'endormir.

Le lendemain matin Dino arriva tout excité, brandissant *France-Soir.*

— Hé ! lança-t-il, à peine franchi le seuil de la chambre. On parle de toi dans le journal !

Il ne mentait pas, c'était en première page. Une photo de M'man côtoyait celle de la fille vitriolée la semaine précédente.

La romancière Jeanne Jurieux menacée par un fou ? hurlait le titre en lettres grasses. *Le vitrioleur s'est-il trompé de victime ?*

M'man devint blême.

— C'est un coup de Sacha, balbutia-t-elle. Il en a eu l'idée hier soir. Je suis sûre qu'il a bondi sur le téléphone dès que nous l'avons quitté. Il a des tas de copains journalistes. Bon sang ! Il s'est débrouillé pour faire passer ça à la première heure.

L'article n'apportait rien de nouveau, il se contentait de rappeler que la romancière scandaleuse, Jeanne Jurieux, faisait l'objet de nombreuses menaces en raison du caractère licencieux de ses écrits. Suivait une reproduction de la couverture du *Masque aux yeux clairs*.

— Il ne manque plus que notre adresse, murmura M'man dont les mains tremblaient.

11

Devant la tournure prise par les événements, Jeanne renvoya Dino en arguant du fait qu'elle voulait rester seule pour réfléchir. Le jeune homme partit en claquant la porte, agacé par ces « histoires de bonnes femmes », et en claironnant qu'il commençait à en avoir marre des « vapeurs des intellos ».

Carmen débarqua une heure plus tard, pâle elle aussi.

— C'est grave, souffla-t-elle. C'est comme si on te désignait du doigt, ça peut donner des idées à tous les dingues qui veulent faire parler d'eux. Il faut ficher le camp.

— C'est Sacha ? demanda Jeanne.

— Il prétend que non, soupira Carmen. Je me suis engueulée avec lui mais il se défend comme un diable. Tu le connais. Il a toujours été très convaincant dans le mensonge. On finit par douter. On se dit qu'il est peut-être innocent.

— C'est lui, cracha M'man. Il l'a fait pour vendre ses foutus bouquins.

— Il y a au moins quelque chose de positif dans l'affaire, fit Carmen. J'ai obtenu qu'il te prête un logement. J'aurai la clef ce soir. Préparez-vous à déménager. Je passerai vous chercher. En attendant ne sortez sous aucun prétexte. Et n'ouvrez la porte à personne.

— Où va-t-on ? s'enquit Jeanne.
— Je préfère ne pas te le dire, chuchota Carmen avec un certain embarras. Je ne veux pas que tu donnes l'adresse à Dino. Il faut couper les ponts, tu comprends ? Du moins pour un temps. C'est à cette seule condition que tu seras en sécurité.

Ce fut une curieuse journée. Martine dut faire sa valise selon les préceptes enseignés par sa mère, c'est-à-dire en abandonnant sur place tout ce qui n'y entrerait pas. Elle se trouva confrontée à des choix douloureux car quelque chose lui soufflait qu'elles ne reviendraient jamais rue Greuze. Le moment tant redouté était donc venu ? Dans quelques heures elles quitteraient le royaume des toits et c'en serait fini des déambulations le long des couloirs, de la bronzette sur la plage de fer. Elle se retenait de pleurer car elle sentait M'man à bout de nerfs. Assise sur le lit, sa valise déjà bouclée à ses pieds, Jeanne fumait cigarette sur cigarette, emplissant la chambre de fumée bleue. Martine n'arrivait pas à décider des livres qu'elle devait emporter. Les albums de Moustache et Trottinette qu'elle avait lus un millier de fois quand elle était plus jeune ? Les « Bob Morane » ? Les aventures de la Petite Annie et de son chien Zéro ? Les Club des Cinq ? Toute la collection des chefs-d'œuvre d'Alexandre Dumas, et surtout *La Dame de Monsoreau*, qu'elle connaissait presque par cœur ?

Jeanne, elle, avait pris quelques vêtements, et ses fameux cahiers, ceux déjà couverts de sa grosse écriture ronde, et ceux encore vierges car elle craignait d'être en rupture de stock. Trouvait-on seulement des cahiers Centurion là où les emmenait Carmen ?

Il fallut attendre le soir en se contentant de grignoter des tartines de pâté de foie. Le pain était rassis et la dînette n'avait rien d'amusant. M'man ne desserrait pas les dents et sursautait dès que le plancher du couloir grinçait.

Enfin, alors que la nuit tombait, Carmen vint gratter à la porte. Elle avait la clef de l'appartement. Elle la brandit tel un trophée. C'était une petite clef noircie, toute bête, pendue à un bout de carton où était griffonnée une adresse.

Pour la dernière fois elles descendirent les six étages en file indienne. Martine était fatiguée et luttait contre les bâillements qui lui distendaient la mâchoire, elle avait peur d'être malade en voiture. La 2 CV de la correctrice attendait devant le porche. Avant d'y grimper, Jeanne s'assura que la rue était vide. L'équipée prenait l'allure d'une fuite à Varennes. Il fut décidé que Martine s'assiérait à l'arrière avec les valises et qu'elle ferait fonction de guetteuse.

— Regarde bien les voitures ! ordonna M'man. Si l'une d'elles nous suit, tu nous le signales aussitôt.

Martine fut sur le point de protester de son incompétence. Elle avait tendance à confondre les véhicules entre eux : Aronde, Versailles, Dauphine, toutes lui semblaient jumelles. Elle ne reconnaissait guère que les 2 CV et les tractions avant Citroën, qui se faisaient de plus en plus rares. Carmen démarra, et la voiture s'élança dans un vacarme de boîtes de conserve entrechoquées.

— Où va-t-on ? interrogea M'man. Tu peux le dire maintenant.

— C'est près de Versailles, expliqua Carmen, au milieu des forêts. Une cité ouvrière qui s'appelle le Domaine des Étangs. L'appartement est assez confortable : un trois-pièces, salle de bains, cuisine, mais il n'y a pas l'eau chaude. On essaiera de s'organiser. J'ai deux lits de camp dans le coffre, ça vous dépannera pour un début.

— Mais oui, coupa Jeanne irritée, arrête de jouer les mamans, tu m'agaces.

Martine surveillait la rue par la lunette arrière, il devint très vite évident que personne ne les suivait

Elles quittèrent Paris par la porte de Saint-Cloud, après avoir laissé derrière elles la patinoire Molitor. À partir du pont enjambant la Seine, la route montait en côte très vive, et Martine, qui ne s'était jamais éloignée de Paris, se demanda si c'était ça la montagne. La 2 CV traversa une agglomération vieille et noirâtre, aux maisons entassées les unes sur les autres. Des masures qui, dans le halo des réverbères, prenaient un aspect sinistre. Puis, soudain, les immeubles rapetissèrent, s'espacèrent... et surgit la forêt. Deux grandes bandes de végétation poussant de chaque côté de la route. Des panneaux apparaissaient fugitivement dans la lumière des phares : *Garches, Vaucresson*. Et partout la forêt en troncs serrés. Ici les trottoirs n'étaient pas goudronnés, les mauvaises herbes y poussaient, des bêtes traversaient la route, juste devant la voiture. « Des lapins, disait Carmen. Il y en a beaucoup. »

La Châtaigneraie. Le Chesnay. Rocquencourt.

— Je crois que je me suis un peu perdue, avoua Carmen, mais on ne devrait plus être très loin.

Le nez écrasé à la vitre, Martine constatait avec effroi que les rues étaient vides. Il y avait très peu de circulation et personne, absolument personne, ne se promenait comme l'on fait le soir à Paris.

— Je savais que ce serait une cité dortoir ! grogna Jeanne. Tu as jeté un coup d'œil dehors ? Il est à peine dix heures et ils sont déjà tous au lit !

— Arrête ! siffla Carmen. Ne commence pas à critiquer. Si tu crois que c'était facile d'obtenir ça de Barine, tu te trompes. J'ai bien cru qu'il allait me foutre à la porte, mais j'ai tenu bon. Pour toi.

Martine nota qu'on l'avait oubliée dans la transaction, mais se tint coite. Quelque chose qui ressemblait à une caserne sortit enfin de la nuit. Des bâtiments tristes, tous semblables, qu'entourait un mur d'enceinte en partie éboulé aux allures moyenâgeuses.

— C'est là, dit Carmen.

De grands numéros au pochoir différenciaient les bâtisses. Des pelouses boueuses, à l'herbe rare, creusaient des tonsures dans ce tissu urbain placé sous le signe de l'uniformité. Martine sentit son estomac se nouer d'appréhension. Il fallut encore une demi-heure pour que Carmen parvienne à s'orienter dans le dédale des allées. Ici les rues n'avaient pas de nom, juste des numéros.

— La méthode américaine ! plaisanta-t-elle.

Sa boutade ne fit rire personne. Enfin on s'arrêta au pied d'une bâtisse blanchâtre sur les murs de laquelle l'humidité avait laissé des traces de pelade.

— C'est ici, fit la correctrice, au troisième étage. Là où il n'y a pas de rideaux.

— Formidable. On se croirait dans la banlieue de Berlin un quart d'heure avant la chute du bunker d'Adolf, soupira Jeanne en ouvrant la portière.

12

Elles grimpèrent au troisième par un escalier sonore aux degrés de ciment. Le moindre chuchotement résonnait comme à l'intérieur d'une cathédrale, et Martine eut l'impression que des portes s'entrebâillaient aux étages supérieurs. Carmen ouvrait la marche, la clef à la main, M'man traînait en arrière, la bouche maussade. Elle prit le temps de s'arrêter sur le palier du deuxième pour allumer une cigarette et jeta son allumette par terre.

— Voilà, annonça Carmen en déverrouillant une porte bleu marine dont la peinture s'écaillait.

Puis elle fit un geste magique : elle abaissa un interrupteur, et la lumière électrique jaillit d'une ampoule pendue au plafond. Très vite, elle répéta ce miracle dans toutes les pièces. Martine eut le souffle coupé devant tant d'espace vide. Il y avait des chambres à ne plus savoir qu'en faire, des robinets d'où l'eau coulait à volonté, des interrupteurs partout. Quand on parlait, les voix éveillaient de curieux échos de catacombes. Il y avait des cabinets où les voisins n'avaient pas le droit d'aller, une baignoire, un balcon. C'était immense. La fillette courait maintenant d'une pièce à l'autre, tournant comme une toupie, les bras étendus. Au sixième, elle pouvait ainsi toucher les deux murs du couloir, ici elle flottait dans le vide. Sur le rebord d'une fenêtre, elle trouva une petite étoile de mer séchée, oubliée par les précédents occupants... ou laissée là en signe de bienvenue. Elle y vit un heureux présage. Comme elle se précipitait vers Jeanne pour lui montrer ce fragile trésor, elle prit conscience de l'air renfrogné de sa mère et comprit qu'elle devait dissimuler son enthousiasme.

Il fallut aider Carmen à porter les lits de camp ainsi que la caisse contenant les ustensiles de première nécessité : casseroles, assiettes, réchaud de camping. Pendant qu'elles effectuaient ce va-et-vient, des ombres apparurent aux fenêtres voisines.

— Je vous ai dessiné un plan de la cité, expliqua la correctrice. Il y a un supermarché un peu plus bas. Il vous reste de l'argent ?

Carmen partie, elles assemblèrent les lits, et M'man s'empressa d'éteindre toutes les ampoules, comme si cette lumière omniprésente l'éblouissait. Martine se demanda si, maintenant qu'elles possédaient plusieurs pièces, elles devraient dormir dans des chambres différentes ? C'était une idée nouvelle qui l'embarrassait un peu. Elle était si excitée qu'elle doutait de pouvoir fermer l'œil. Elle avait envie de crier pour entendre sa voix résonner d'un bout à l'autre de l'appartement. Assise au bord du lit de camp, elle répéta ce mot : *appartement, appartement*.

M'man se déshabilla sans rien dire et se coucha en culotte et soutien-gorge, enroulée dans l'une des couvertures de l'armée prêtées par Carmen.

Le lendemain matin, Martine fut réveillée par la lumière entrant à flots au travers des multiples fenêtres. Elle se rendit compte qu'en l'absence de rideaux tous les gens des maisons voisines pouvaient voir ce qui se passait chez elles. C'était gênant ! N'osant plus bouger, épinglée par le poids de tous ces regards invisibles, elle se roula dans sa couverture et s'assit sur son lit. Il y avait tant et tant de fenêtres, de tous les côtés, devant, derrière, au-dessus. Au sixième, on dominait la rue, on vivait à la façon des oiseaux perchés en haut des arbres, ici c'était le contraire. Le troisième vous mettait dans la position du moineau guetté par l'épervier. On avait envie de lever la tête pour voir ce qui allait vous tomber dessus.

Jeanne grogna, dérangée par le jour. Son premier réflexe fut de tâtonner à la recherche de ses lunettes noires et de s'en masquer le visage. Martine osait à peine jeter un coup d'œil par la fenêtre. À Paris, le vasistas du sixième ouvrait sur le ciel, et l'on pouvait se promener toute nue dans la chambre sans courir le risque d'être aperçue par les voisins. Ici c'était très différent. On avait des comptes à rendre.

— Il faudrait des rideaux..., hasarda-t-elle d'une petite voix.

— Pas la peine, grogna M'man. Ça m'étonnerait qu'on reste ici longtemps. C'est mortel ce truc. On se croirait dans un film néoréaliste italien.

Quand elle commençait à parler de manière incompréhensible c'est qu'elle était de mauvaise humeur, mieux valait donc ne pas chercher à établir le contact. Martine décida de s'habiller dans la salle de bains, hors de portée des regards indiscrets. La baignoire la fascinait, elle ne put se retenir d'y grimper. M'man la surprit ainsi, accroupie entre les parois de fonte émaillée.

— La plupart des gens y mettent des patates! ricana-t-elle. Ou du charbon. Il y en a même qui tendent un grillage par-dessus et y élèvent des poules ou des lapins.

Elles mangèrent les sandwiches préparés par Carmen. À cause de la chaleur le pâté avait pris un drôle de goût.

Il fallait envisager d'aller au ravitaillement. Quand

Martine sortit faire les courses, elle se heurta à un garçonnet en culottes courtes et béret qui l'apostropha.

— C'est toi la nouvelle? lança-t-il en tordant la bouche à la manière de Jean Gabin. On t'a vue débarquer hier soir. Vous avez pas de meubles, vous êtes des romanichels? T'as pas de père? D'habitude c'est les pères qui portent les paquets. D'où tu viens? T'es drôlement habillée, on dirait une fille de docteur.

Martine le trouvait horrible mais essaya de ne pas se montrer impolie. Elle s'enquit fort civilement de la direction du supermarché, ce qui provoqua un froncement de sourcils chez le gamin.

— Tu parles bizarre! observa-t-il avec suspicion. Comme une fille de riches. Ici c'est pour les ouvriers, si vous avez des sous vous n'avez rien à y faire! Vous êtes des pistonnés? Mon père dit qu'il y a plein de pistonnés dans la cité, et qu'il est temps que le Parti communiste y mette bon ordre. T'as la télé?

Martine avoua que non, dans le XVIe la télévision était considérée comme une distraction plébéienne que les gens comme il faut se faisaient un devoir de ne pas cautionner. Elle tenta de l'expliquer à son jeune voisin qui lui éclata de rire au nez.

— Tu déconnes! s'esclaffa-t-il. La télé c'est vachement bien. Tu connais pas le commissaire Bourel et *Les Cinq Dernières Minutes*? Tu dis ça parce que t'es jalouse. Moi je m'appelle Jojo Lempereur, et toi?

Elle eut du mal à se défaire de lui, car il paraissait malgré tout décidé à lui faire les honneurs des lieux. Elle comprit au bout d'un moment qu'elle se trompait et qu'il tentait en réalité, par une sorte de formation accélérée, de lui inculquer les règles de la cité.

— Ici c'est le bâtiment 94 A, énonçait-il d'un ton sans réplique, tu peux jouer avec les gosses des numéros d'à côté, mais pas plus loin. Faut pas fréquenter ceux des autres bâtiments, c'est des ennemis, y z'ont pas le droit de venir sur notre territoire. S'ils le font, on leur casse la gueule, et les filles on leur enlève la culotte. C'est la loi, faut faire gaffe. Dans les caves, on y va pour se tripoter, alors c'est à toi de voir si ça t'intéresse et si ta mère le permet. Mais je te préviens, y a des souris.

Il continua ainsi plusieurs minutes sans reprendre sa respiration, égrenant les tables d'une loi fort complexe, truffant son discours de gros mots qui faisaient sursauter Martine. Dans un effort de convivialité il partagea avec la fillette un chewing-gum plat et rose qu'il appelait un Globo. Puis il entreprit de faire l'historique de la cité. Selon lui, il s'agissait du parc d'un ancien château détruit par les bombardements pendant la guerre et réquisitionné par les Allemands qui l'avaient transformé en stalag.

— C'est pour ça qu'il y a un mur tout le long, dit-il, avec des ouvertures pour les mitrailleuses, tu verras, c'est chouette ! On s'y planque avec les copains, et taratata ! On les fusille à bout portant.

Pour donner du poids à ses informations, il révéla qu'en faisant des travaux d'excavation derrière le 94 on avait sorti de la pelouse une mitrailleuse toute rouillée et les restes d'un mirador.

— Le plus beau c'est le supermarché ! triompha-t-il. Quand on a commencé à creuser les fondations, les terrassiers sont tombés sur un charnier, là où les Boches balançaient les prisonniers exécutés. Ensuite, à la Libération, le camp a été occupé par les Américains, puis les propriétaires en ont fait don à la ville, pour bâtir des logements sociaux, c'était vachement sympa de leur part.

Martine, saoulée d'informations, se demanda s'il cherchait à l'épater ou s'il ne faisait que réfracter une vérité fort différente de celle qu'on côtoyait dans le XVIe arrondissement.

Le supermarché n'avait de « super » que le nom. C'était une casemate préfabriquée juchée sur un socle de parpaings. Le toit en était si bas qu'à l'intérieur les cheveux des adultes frottaient presque le plafond. Une enseigne rouge baptisait cet étrange endroit du nom de Goulet-Turpin.

Dans les jours qui suivirent, Martine compléta son éducation. Située à l'écart de la civilisation, la cité des Étangs ne possédait ni boucherie ni boulangerie. Des camions passaient, signalant leur arrivée de deux coups de klaxon. Une trappe horizontale s'ouvrait alors dans le flanc du véhicule pour transformer celui-ci en une boutique ambulante munie d'un étroit comptoir. Là, au milieu des mouches et des guêpes voraces, on débitait de la viande ou du fromage aux ménagères descendues des bâtiments environnants. Martine s'aperçut très vite que ces matrones n'avaient aucun scrupule à lui voler son tour, et elle dut exiger d'être servie, ce qui la fit taxer d'insolence.

— Ça vient d'arriver et ça veut jouer les princesses ! ricana une commère dans son dos, un jour qu'elle avait dû jouer des coudes pour ne pas être une fois de plus refoulée à l'arrière de la file d'attente.

Au pied du 94, elle rencontrait souvent Jojo, qui par ses questions ou ses saillies lui donnait une image constamment réactualisée de leur cote d'amour auprès des habitants de la cité.

— Ta mère elle sort jamais, lui assenait-il. Paraît qu'elle est malade. Et puis elle a toujours ses lunettes noires sur le pif, comme les vedettes de cinéma. Mes parents disent qu'elle est habillée comme une putain, et qu'elle se cache de son maquereau. Pourquoi tu vas jamais à l'école ? T'as pas le droit, tu sais ? Si tu continues, quelqu'un te dénoncera et les assistantes sociales te foutront dans un orphelinat. Pourquoi tu joues pas dehors ? T'es trop prétentieuse ?

Martine avait le plus grand mal à lui échapper. Elle ne disait rien à Jeanne des calomnies courant sur leur compte, mais elle commençait à éprouver une certaine inquiétude. Pour la première fois de sa vie, elle prit conscience qu'elle avait un peu honte de la manière dont M'man s'habillait. Puis elle eut honte d'avoir eu honte. C'était compliqué. Jeanne, elle, était entrée dans une phase de mutisme. Recroquevillée dans un coin de la salle de séjour, elle écrivait sur ses genoux, ses cahiers répandus autour d'elle. Martine se demandait si, à travers les fenêtres dépourvues de rideaux, les gens des alentours pouvaient la voir, et ce qu'ils en pensaient. Ce brusque souci de l'opinion d'autrui l'agaçait, car, à Paris, elles avaient toujours vécu en se moquant des voisins, en rebelles fières de leur différence. Elle ne comprenait pas ce qui lui arrivait et en ressentait un grand malaise. Plus que tout, le silence et l'indifférence de M'man lui devenaient insupportables. Elle prit l'habitude de s'éclipser le jeudi après-midi, quand les adultes ne s'étonnaient pas de voir une enfant gambader dans la rue, bref, quand c'était permis.

Jojo lui fit découvrir la forêt qui s'étendait derrière la cité, et Martine put vérifier qu'il n'avait pas menti.

Avant d'être un camp de prisonniers, l'endroit avait effectivement abrité un château, château réduit en miettes par les bombardements alliés, mais dont il subsistait des ruines éparses et insolites. Au détour d'un taillis on se trouvait ainsi nez à nez avec un tronçon de statue mutilée, criblée de balles. Des têtes de pierre, des mains de marbre gisaient çà et là, dans l'herbe et les ronces.

— Y en avait beaucoup plus avant, commentait Jojo, mais les gens des villas viennent les piquer pour les mettre dans leur jardin. Faut pas croire, mais y a pas plus voleurs que les riches !

Les « gens des villas » — en fait la zone résidentielle qui constituait la plus grande partie du tissu urbain environnant — étaient sa bête noire. Des riches qui, selon lui, détestaient les ouvriers de la cité et voyaient dans les H.L.M. un enfer de vice, d'inceste et d'alcoolisme.

Il y avait aussi deux étangs d'agrément qui retournaient à la vie sauvage, une grotte artificielle sur une petite île, et des roseraies éparses, fleurissant étrangement au milieu des monticules de terre amassés par les excavatrices. Oasis dérisoires ayant survécu à la destruction de l'ancien parc.

Ce château fantôme, dont on ne pouvait plus qu'imaginer la topographie, excitait l'imagination de Martine qui croyait presque y voir se promener de belles dames en crinolines, l'éventail à la main, comme dans une aventure de Sissi. Jojo, lui, ne s'animait que devant les statues trouées dont il essayait d'extraire les balles avec son canif, et les grenouilles des points d'eau qu'avec ses copains ils s'amusaient à faire fumer jusqu'à ce qu'elles explosent.

À la moindre averse, toutefois, cette végétation se changeait en un immense bourbier qui vous accrochait aux semelles assez de glaise pour lester un scaphandrier.

Jojo dit encore à Martine qu'avec de la ruse, et à condition de connaître les bons endroits, on pouvait voir des biches, échappées de la réserve de chasse présidentielle de Rocquencourt. Il était possible de les surprendre très tôt le matin ou bien à la nuit tombante. Elles n'étaient pas très farouches, et si l'on prenait soin de se taire et de rester immobile, elles acceptaient de se laisser contempler quelques secondes avant de s'enfuir dans les taillis d'un coup de reins élastique. Martine refusa de le croire jusqu'au jour où, en contournant un arbre, elle se trouva nez à nez avec un faon. Ce prodige la plongea dans un état voisin de l'hébétude. Agacé par son sourire béat, Jojo fit remarquer que les biches ça ne servait pas à grand-chose tant qu'on n'avait pas de fusil !

Mais ce qui avait le plus éberlué la fillette c'étaient les champs remplis de vaches qui bordaient la route menant à Versailles. Elle n'aurait jamais imaginé que, si près de Paris, on pût voir s'ébattre de semblables animaux. Jusqu'alors, en bonne Parisienne, elle avait toujours classé les vaches dans une faune lointaine, cousine des hippopotames. Des bêtes qu'on n'entr'apercevait guère qu'au terme d'une interminable expédition. Les avoir là, à sa porte, la troublait profondément.

— C'est rien, rigola Jojo. Si tu te lèves la nuit pour faire pipi, regarde par la fenêtre, tu verras les lapins sortir de la forêt pour venir brouter les pelouses. Des fois, on aperçoit aussi un renard qui vient fouiller dans les poubelles.

C'était comme si une arche de Noé, échouée dans la forêt, avait ouvert ses écoutilles pour libérer son armée de voyageurs à quatre pattes. La tête embrouillée par les révélations de Jojo Lempereur, Martine se sentait à la lisière d'un domaine fabuleux. Son étonnement provoquait l'hilarité du garçon.

— Ben dis donc ! ricanait-il. Pour une Parisienne t'as pas vu grand-chose dans ta vie !

Piquée au vif, elle lui rétorqua qu'elle avait vu Brigitte Bardot, Jean Gabin, Paul Meurisse, Curd Jurgens. Il haussa les épaules et lui demanda si elle le croyait si bête.

— Tu racontes n'importe quoi ! grogna-t-il, ces gens-là, personne ne les voit jamais.

Plus au sud, les alentours de la cité laissaient deviner les vestiges d'une époque rurale florissante. Çà et là, on surprenait les ruines d'une ferme, d'une bergerie. Un lavoir couvert de mousse où l'eau chantait encore. À part la « nationale », peu de routes avaient eu le privilège d'être goudronnées, elles sinuaient telles des pistes africaines, poussiéreuses l'été, se transformant en fondrières à la première averse, semées de trous où Martine enfonçait parfois jusqu'à la cheville.

Mais le plus pittoresque c'était les Américains...

Sur la route de Rocquencourt se dressait une base du SHAPE (Supreme Headquarters Allied Powers in Europe), avec ses soldats, ses véhicules, son univers autarcique où n'entraient que des denrées en provenance des États-Unis.

— Ils font tout venir par avion, expliqua Jojo. La bouffe, les journaux, les voitures. Ils n'achètent jamais rien de français, ils disent que c'est tout de la camelote, sauf peut-être le pinard. Ils vivent entre eux. Ils ont de chouettes illustrés : *Batman*, *Superman*, *Dick Tracy*. Avec les copains, on va les ramasser dans leurs poubelles. C'est autrement mieux qu'*Akim*.

Lorsqu'elle prenait faction à la fenêtre, Martine voyait passer d'étranges voitures bardées de chrome, comme elle n'en avait jamais vu que dans les films d'Eddie Constantine. Des Buick, des Studebaker, des Chrysler. Si les véhicules français ne l'intéressaient pas, elle avait toujours été fascinée par les monstres de métal américains. De temps à autre filait une Jeep conduite par des M.P. à casque blanc, ou un autocar militaire vert olive portant l'inscription U.S. ARMY.

Là encore, Jojo lui apprit ce qu'elle devait savoir : les Américains avaient leur propre supermarché (ça s'appelait un P.X.), leur propre cinéma, leurs propres stations d'essence. Ils employaient des Françaises comme femmes de ménage, et disaient qu'elles ne savaient pas travailler. Le prestige de l'uniforme leur permettait de draguer toutes les filles du coin qui rêvaient de se faire épouser et de partir en voyage de noces à Hollywood. On les aimait et on les détestait tout à la fois, parce qu'on se sentait petit, moche et mal fringué en face d'eux. On chuchotait que le Grand Charles ne pouvait pas les piffer, et qu'il donnerait bientôt un coup de frein à leur arrogance. Il ne fallait tout de même pas qu'ils se croient chez eux, hein ? Jojo, quand il était en veine de confidences, expliquait comment son père allait, la nuit, peindre de grands US GO HOME sur le goudron des routes du voisinage pour faire chier les Ricains.

— Ici, les bonnes femmes ne trouvent pas le coin très folichon, observait-il quand l'heure était aux considérations sociologiques. Y en a pas mal qui se mettent à picoler dès que leurs maris sont partis à l'usine. Fais attention à ta mère, elle pourrait bien s'y mettre comme les autres !

Carmen venait trois fois par semaine. Souvent, elle passait le dimanche à l'appartement sous le prétexte de dactylographier les nouveaux cahiers de M'man, ce qui provoquait la colère des voisins.

Comme il n'y avait pas encore de table, on piqueniquait par terre sur une nappe dépliée. Martine trouvait ça amusant.

— Si les gens d'à côté nous reluquent, grommelait Jeanne, ça va encore les conforter dans l'idée qu'on est toutes cinglées.

Carmen apportait de menus cadeaux. Un jour elle débarqua avec un vieux poste de T.S.F. qui crachotait. Dès lors, Jeanne et Martine prirent l'habitude d'écouter tous les mardis soir *Les Maîtres du mystère*, une émission policière dont la musique inquiétante leur flanquait la chair de poule. Éteignant les lumières, elles se pelotonnaient sur le sol, dans un coin de la pièce, l'œil rivé sur les lumières jaunes du poste posé sur le linoléum. Martine se surprenait alors à fixer le haut-parleur comme si quelque chose allait soudain crever le tissu pour bondir dans la pièce. Une fois, elle faillit dire : « On est bien, hein ? » mais se mordit la langue à la dernière seconde car il lui semblait que M'man n'apprécierait guère cet aveu, et qu'elle y verrait même une sorte de trahison. Jeanne n'aimait pas le F3, et encore moins la cité. Elle regrettait les boutiques de Paris, les lumières, la cohue des trottoirs devant les magasins du Printemps, les hautes vitrines illuminées. Elle regrettait l'odeur du métro, celle du zinc des toits chauffés par le soleil, les mille cinémas dont les affiches vous sautaient au visage. Elle aurait donné n'importe quoi pour revoir *Johnny Guitar, Quand passent les cigognes, Et Dieu créa la femme.*

Ici, il n'y avait qu'un cinéma de campagne, installé dans un hangar aménagé, et qui passait de vieux films familiaux.

Carmen, s'inquiétant de l'expression maussade de Jeanne, attira un soir Martine à l'écart.

— Ta mère, lui demanda-t-elle, est-ce qu'elle sort un peu ?

— Non, avoua la fillette. Jamais. Les gens du coin ne l'aiment pas beaucoup, tu sais. Ils disent qu'elle est habillée comme une pute, qu'elle fait des chichis avec ses lunettes noires. Ils disent aussi que c'est une fille mère qui s'est fait engrosser par un bon à rien. Ils disent qu'on devrait me mettre à l'Assistance publique parce que je ne vais pas à l'école.

Carmen eut une grimace agacée.

— Pour l'école, fit-elle, je suis allée voir Mahuzier, je lui ai fait signer le certificat. Je te le donnerai tout à l'heure, ne le perd pas. Si une assistante sociale venait vous rendre visite, il faudrait le lui montrer. De toute manière, à la rentrée prochaine Jeanne devra t'inscrire au lycée de Versailles, tu ne peux pas continuer comme ça.

— Tu crois que c'est utile ? interrogea Martine. M'man dit qu'on ne restera pas ici très longtemps.

Le visage de Carmen se contracta et elle dut prendre sur elle pour dissimuler sa colère.

— Il faut que tu sois plus adulte qu'elle ! chuinta-t-elle. C'est bien ici, c'est propre, il y a le bon air. Tu as envie de retourner dans le placard de la rue Greuze ? Franchement ?

Martine ne savait pas. Elle aurait voulu, par solidarité avec sa mère, détester la cité, mais elle n'y arrivait pas. Des tas de choses l'en empêchaient : les morceaux de statues, les roses... tous ces fantômes d'un passé si romantique.

— Il faut qu'elle s'habitue, insista Carmen. Passez les vacances ici, à la rentrée on essaiera de louer quelque chose de plus gai aux environs. Une petite maison. Ça dépendra de l'argent dont vous disposerez. En attendant, Sacha va retenir le loyer du F3 sur les droits d'auteur, ça réduira d'autant la mensualité. Ne faites pas de folies.

Les grandes vacances approchaient à pas de géant. Jojo annonça qu'il partirait bientôt en « colo ». Martine ne comprenant pas le sens de ce mot, il dut préciser : « en colonie », mais la fillette crut comprendre qu'il allait s'embarquer pour les lointains territoires français d'outre-mer.

— Ce n'est pas dangereux ? s'enquit-elle en songeant à cette Algérie dont parlaient les adultes et où se déroulaient des événements cruels dont les journaux faisaient leurs choux gras.

— Mais non ! C'est chouette ! répliqua le gamin. On se marre bien.

Martine, troublée par cette réponse, décida que

les garçons étaient décidément des animaux bien étranges et cessa d'y penser.

Jojo l'emmenait maintenant hors de la cité, complétant peu à peu sa connaissance des environs. Ils allaient ainsi jusqu'aux grilles de fer rouillé qui entouraient les logements des familles des G.I., aux abord du SHAPE. Il y avait là une petite résidence érigée au bord de la nationale, véritable ville américaine en miniature qui se composait d'une dizaine de blocs séparés par des terrains de base-ball où des gosses bizarrement équipés de masques grillagés et d'énormes gants de cuir frappaient une balle à l'aide d'un gourdin, puis (sans qu'on parvienne à saisir le motif de leur comportement) se mettaient à courir en cercle en poussant des cris.

— Cherche pas à piger, observa Jojo. C'est un jeu de cinglés.

Martine et son compagnon longeaient la grille, s'arrêtant parfois pour appuyer leur front contre les barreaux, lorgnant avec incrédulité cette portion d'Amérique où les gens se promenaient vêtus de manière invraisemblable, où les dames osaient sortir avec des bigoudis sur la tête, où les adolescents portaient de minuscules casquettes affublées d'une interminable visière.

— C'est mieux que le zoo ! ricanait Jojo. Et c'est gratuit.

Il ne fallait pas s'attarder, toutefois, car on finissait par se faire apostropher par les adolescents dans un sabir incompréhensible qui n'avait rien de très amical. Le but de ces expéditions était bien sûr les fameuses poubelles miraculeuses dont Jojo vantait si souvent le contenu. Elles regorgeaient de *comics* dont les G.I. et leurs enfants faisaient grande consommation. Il fallait bien sûr les repêcher au milieu des bouteilles de sirop d'érable poisseuses, des rognures de bacon et des débris d'une curieuse tarte à la tomate dénommée pizza, nourriture de base, semblait-il, de ces étrangers qui parlaient du nez en tordant la bouche, au point qu'on finissait par se demander s'ils n'étaient pas hémiplégiques.

Une fois le repêchage effectué, Martine et Jojo s'installaient sur un talus, en bordure de la nationale, et dépouillaient leurs trésors. Jojo s'intéressait tout spécialement aux onomatopées : Shazzam ! Whiiizzz ! Splassh ! Arrhg ! Gurgle ! dont il n'existait aucun équivalent dans les illustrés français où les objets se contentaient d'émettre des sons très quelconques : Pan, Bing, Toc...

— Ils sont prétentieux ces Amerlos, énonçait-il, mais pour les histoires dessinées, ils sont forts, y a pas à dire.

Côte à côte, ils essayaient de décrypter les bulles et de comprendre le sens des histoires aux couleurs violentes, imprimées sur un mauvais papier qui s'effritait, et dont l'odeur ne ressemblait en rien à celle des petits journaux français. Quand ils avaient achevé leur lecture, Jojo désignait la route et expliquait pour la millième fois :

— C'est là que passe le Tour de France. J'ai vu Bobet l'année dernière. Tu connais Bobet ? Mon père dit qu'il est fini et qu'il faudra maintenant compter avec Jacques Anquetil.

Ces noms n'avaient aucun sens pour Martine, et son ignorance plongeait Jojo dans des abîmes de stupeur.

C'est dans l'enceinte de la cité que la fillette entendit pour la première fois les mots : crouillat, bougnoule, bicot, melon, qui alimentaient les conversations des ménagères au long des files d'attente. Elle ne les comprenait pas davantage que ceux employés par Jojo, mais la façon dont les gens les prononçaient lui faisait peur.

Les vacances arrivèrent enfin, et le garçonnet lui annonça qu'il partait en «colo».

— Maintenant t'es plus aussi gourde qu'à ton arrivée, fit-il d'un ton satisfait. On se reverra peut-être à la rentrée, si je ne suis pas trop occupé avec les copains. J'peux pas passer mon temps avec toi, tu comprends, ce serait mal vu. Là, c'était différent, t'étais nouvelle, et comme je suis un peu le chef du secteur, c'était mon boulot de te mettre au parfum.

Du jour au lendemain, il disparut du champ de vision de Martine sans que la fillette en éprouve une peine véritable. Elle avait toujours eu beaucoup de mal à se lier avec les enfants de son âge, et leur préférait de loin le commerce des grandes personnes. De plus, ses escapades avec Jojo Lempereur l'avaient éloignée de M'man, elle se sentait un peu coupable de cette désertion.

L'été coïncida avec la décision que prit Jeanne de sortir enfin du F3.

— De toute façon je suis en panne, décréta-t-elle en repoussant ses cahiers. Ce que j'écris en ce moment ne vaut pas un clou, autant aller se promener.

Elle s'habilla comme elle l'aurait fait à Saint-Germain-des-Prés, d'un bustier noir, d'un pantalon corsaire léopard et de talons aiguilles, sans oublier bien sûr les traditionnelles lunettes de soleil. Martine aurait voulu lui faire comprendre que cet accoutrement ne convenait pas à leur nouvel environnement mais n'osa formuler ses craintes. Quand elles quittèrent le 94, des ombres se bousculèrent derrière les rideaux des cuisines et Martine sentit tous ces regards malveillants se ficher dans ses omoplates comme autant de fléchettes. Les hauts talons de Jeanne s'enfonçaient dans le goudron trop mou des trottoirs, y creusant un interminable pointillé qu'on ne se priverait pas de montrer du doigt dans les jours à venir. M'man s'était mis dans la tête de rejoindre Versailles, seul îlot à peu près civilisé de la région. Plantées au bord de la route, elles attendirent un autocar qui ne se décida pas à venir. Des Jeeps passaient, pilotées par des soldats qui poussaient des exclamations enthousiastes en apercevant Jeanne. Sans la présence gênante de Martine, ils n'auraient pas hésité à s'arrêter, c'était facile à deviner. La fillette commença à se sentir mal à l'aise.

— Puisque c'est comme ça, on y va à pied ! décida la jeune femme. Après tout ce n'est pas si loin.

Elles se mirent en marche. Au bout d'un quart d'heure, en ayant assez de se tordre les chevilles sur les cailloux, Jeanne se déchaussa pour continuer pieds nus, les escarpins à la main. Elle était belle, dans le soleil. Avec le pantalon léopard qui moulait ses fesses haut perchées et ses longues cuisses elle avait l'air d'une danseuse. Martine éprouvait généralement de la fierté lorsqu'elle la découvrait ainsi, mais les sifflets tonitruants s'échappant des véhicules militaires la faisaient se ratatiner au fil des minutes.

— C'est drôle, observa Jeanne, tous ces Américains sur cette route poussiéreuse, on se croirait en Californie, tu ne trouves pas ?

Ce que redoutait Martine finit par se produire : une grosse voiture — une Dodge — finit par s'arrêter à leur hauteur. Elle était conduite par un officier souriant qui leur proposa « de les rapprocher ». M'man accepta aussitôt et s'installa à côté du conducteur pendant que Martine se glissait à l'arrière. Si le militaire fit d'abord quelques efforts pour parler français, la conversation se déroula en anglais dès que M'man lui eut fait comprendre qu'elle connaissait assez bien cette langue. Martine décida de se désintéresser de ce qui se passait. Elle détestait quand Jeanne se mettait à rire de cette façon, et qu'elle faisait des mouvements de tête pour rejeter sa queue de cheval en arrière, ce qui avait pour conséquence immédiate de faire saillir sa poitrine. Cédant à une bouffée de terreur prémonitoire, la fillette se prit à imaginer les réactions des voisins si M'man commençait à inviter des soldats américains à la maison.

Les mains glacées, elle jeta un bref coup d'œil au conducteur, essayant de déterminer s'il correspondait au genre d'homme qui émouvait d'ordinaire Jeanne. Car elle ne variait guère dans ses choix et ses courtisans se ressemblaient tous plus ou moins. Dino, le dernier en date, avait été la copie carbone de ses prédécesseurs : Teddy le jazzman et Paul le mécanicien. Ils entretenaient tous un air de famille avec ce jeune acteur dont on commençait à parler dans les journaux : Alain Delon.

Martine s'agita, de la banquette arrière elle ne distinguait que la nuque rasée du conducteur. Il riait lui aussi à présent, d'une voix basse roulant des cailloux dans un sac de cuir.

— Veursouaaailles ! annonça-t-il enfin avec son curieux accent qui étirait les syllabes françaises comme du chewing-gum. Tooute leu moonde il deuuscend...

Martine fut heureuse de s'échapper. Elle joua les pestes et tira M'man par la main pour l'empêcher de bavarder davantage avec le type, car elle craignait par-dessus tout que l'Américain ne devienne lui aussi un « type », remplaçant Dino dans cette fonction. Elle n'avait aucune tendresse particulière pour Dino, mais elle y était habituée, et elle n'avait pas envie de changer. Elle devenait trop grande pour s'amuser encore de ce carrousel.

— Ce que tu peux être désagréable ! grogna Jeanne. Il était sympa ce mec, il me racontait qu'avant de venir ici il était instructeur à Biloxi, le camp de formation des Marines.

— J'm'en fiche ! lâcha Martine. Il a une nuque de veau, pleine de petits poils piquants, c'est affreux.

Elles explorèrent le vieux Versailles, avec ses maisons bourgeoises, ses avenues immenses et sa perspective du château, mais l'angoisse empêchait Martine de s'intéresser au spectacle des rues qui l'aurait passionnée en temps normal. Dans un Prisunic, Jeanne vola de menus objets pour les jeter un peu plus loin dans une poubelle. Martine détestait quand sa mère s'abandonnait à ses pulsions kleptomanes, c'était le signe qu'elle était sur le point de faire des bêtises, par désœuvrement ou par désir suicidaire de provoquer un éclat.

— Arrête ! lui ordonna-t-elle alors que Jeanne s'apprêtait à dérober un roman policier de James Hadley Chase à l'étalage d'une librairie.

— Pourquoi ? s'étonna la jeune femme. C'est marrant, non ?

Mais Martine ne trouvait pas cela drôle du tout.

— Tu deviens chiante ! grogna Jeanne. C'est Carmen qui déteint sur toi, je ne te félicite pas pour le choix de tes modèles.

En traversant l'avenue de la Reine, la fillette s'aperçut qu'on les suivait.

C'était l'homme repéré aux abords du Ranelagh, quelques semaines auparavant. Celui qui portait une canadienne de cuir fatigué à col de mouton sale. Il se comportait bizarrement... comme s'il désirait se cacher de Jeanne mais pas de Martine. Cela se sentait au regard suppliant qu'il jetait à la fillette. Dès que la jeune femme tournait la tête, il disparaissait dans un renfoncement, une porte cochère ; en revanche, lorsque Martine le fixait droit dans les yeux, il se contentait de prendre un air de chien battu invitant à la complicité.

Remuée, la petite fille renonça à donner l'alarme. Elle avait l'impression que l'inconnu cherchait à lui dire quelque chose. Il n'émanait de lui aucune menace. Aucune onde d'agressivité.

Incapable de démêler les sentiments qui l'agitaient, elle cessa de le regarder et se concentra sur le bout de ses chaussures. Des idées saugrenues la traversèrent. Était-ce une barbouze ? Un agent de son père ? Venait-on la prévenir qu'elle allait bientôt être « enlevée » et devait par conséquent se préparer à une nouvelle existence ?

Elle n'eut pas le temps d'y réfléchir car M'man la poussa dans l'autocar qui devait les ramener à la cité des Étangs. Quand le véhicule s'ébranla, Martine se retourna une dernière fois pour examiner les gens massés au bord du trottoir. L'inconnu s'était évaporé. Elle en vint à se demander si elle n'avait pas tout inventé, cédant une fois de plus à ces excès d'imagination que lui reprochaient si souvent les institutrices.

13

Elle ne devait pas tarder à le revoir, cependant, car elle découvrit bientôt qu'il avait pris faction à la cité des Étangs.

Chaque fois qu'elle se rendait au supermarché il était là, sur le trottoir, un peu voûté, dans cette veste de cuir qu'il ne quittait jamais en dépit de la chaleur, avec son air de chien battu encore frissonnant de la dernière averse. Elle avait du mal à lui donner un âge. Sans doute était-il très vieux, quelque chose comme quarante ans ? Il se tenait souvent à proximité d'une grosse voiture américaine aux chromes piquetés de rouille qui, malgré sa carrosserie rutilante, ne devait pas être de première jeunesse. Il ne disait rien, ne faisait aucun geste. Quand elle regagnait le bâtiment, remorquant les sacs à provisions, il la suivait au ralenti sans jamais oser rouler à sa hauteur.

Elle en avait assez. Depuis un moment déjà la curiosité avait pris le pas sur la peur. Elle avait maintenant la quasi-certitude qu'il ne lui ferait aucun mal. Il avait l'air trop malheureux pour ça. Trop minable.

Un matin, alors qu'elle allait chercher le pain, elle le trouva encore là. Tout fripé, le visage gonflé, comme s'il avait dormi enveloppé dans une couverture à l'arrière de sa voiture. Cette fois, cédant à une impulsion, elle marcha vers lui et dit, sans animosité :

— Qu'est-ce que vous voulez ?

— Te voir, fit-il avec un drôle d'accent. Tu ne me reconnais pas ?

— Si, soupira Martine, vous nous suivez depuis plusieurs semaines. Ma mère est myope mais pas moi.

— Non, protesta l'homme. Ce n'est pas ça que je veux dire. Tu aurais pu te souvenir d'avant. Quand tu étais petite… Mon visage ne te dit vraiment rien ?

— Non, avoua la fillette.

— Ta mère t'a pourtant souvent parlé de moi, chuchota l'inconnu. Je suis Egon.

Martine tressaillit. Egon ? L'homme qui avait recueilli M'man après le bombardement de la pension ? Le type qui trafiquait de l'essence et des pneus ? Elle écarquilla les yeux. Jamais elle ne l'aurait imaginé avec cette tête ! Lorsque Jeanne racontait, elle lui donnait toujours l'apparence d'un jeune dieu grec aux cheveux bouclés couleur d'or. Egon… C'était ce vieux bonhomme ? Les cheveux frisaient encore, mais ils étaient gris et clairsemés. La barbe mal rasée était grise elle aussi.

Sans pouvoir se retenir, elle demanda :

— Quel âge avez-vous ?

— Trente-huit ans, annonça-t-il. Tu ne me voyais pas comme ça, hein ? Ta mère a toujours tendance à embellir.

Il sourit. Il avait un beau sourire et de belles dents. Ça lui améliorait un peu la tête. Elle en avait besoin.

— Veux-tu faire un tour avec moi ? interrogea-t-il. Je voudrais te parler. Ça fait longtemps que j'essaie de t'approcher sans parvenir à me décider.

— Vous voulez que j'aille chercher Jeanne ? fit Martine. Elle sera peut-être contente de vous voir.

— Non, lança Egon. Seulement toi. Jeanne c'est du passé, je ne crois pas qu'elle apprécierait beaucoup que je débarque à l'improviste.

Martine hésita. Quelque chose lui souffla que l'homme jouait les gentils pour l'amadouer et qu'elle ferait mieux de s'enfuir, mais la curiosité la tenaillait. C'était la première fois qu'un adulte se déplaçait pour la rencontrer, elle, Martine. Jusque-là, elle avait plutôt évolué dans le fond du décor, laissant le devant de la scène aux grandes personnes. C'était intéressant de devenir quelqu'un d'important. D'accorder des audiences.

— D'accord, fit-elle sans plus réfléchir. Où on va ?

— On roule un peu, proposa Egon. Tu aimes les grosses voitures ?

Elle dit oui, mais s'abstint de faire remarquer que la sienne était un peu usée. L'homme abaissa les vitres pour chasser l'odeur de sommeil qui régnait dans l'habitacle. Il avait vraiment dormi là, sur la banquette arrière, dans l'attente du passage de la fillette. Celle-ci en fut émue.

Ils roulèrent, mais comme Egon conduisait vite, Martine nota avec un pincement à l'estomac qu'ils s'éloignaient beaucoup de la cité.

— On a vécu ensemble, tu sais? dit-il soudain sans quitter la route des yeux. Je t'ai souvent lavée, baignée. Je t'avais installé une caisse en guise de berceau. C'était la guerre, on vivait sous terre, dans une casemate.

— Je sais, fit Martine. M'man m'a raconté. Vous lui avez dit qu'elle ne devait pas se presser pour choisir mon nom.

Egon eut un rire désabusé.

— C'est vrai, dit-il, j'aurais préféré un autre prénom. Brunehilde ?

— Quoi ? hoqueta Martine, c'est affreux !

— Ingeborg alors ?

— Pouah !

Ils continuèrent ainsi deux minutes durant, faisant semblant de s'amuser pour tenter de s'apprivoiser.

— Tu ne te rappelles rien ? insista l'homme soudain anxieux. On a vécu pourtant treize mois ensemble.

— À treize mois on est encore un bébé, énonça Martine. On ne peut pas se souvenir des choses. Je sais que vous nous avez hébergées, et que c'était rudement gentil.

Ce compliment n'eut pas l'effet escompté. Le visage d'Egon se ferma, et, pendant cinq minutes, il conduisit sans ouvrir la bouche. Martine s'inquiétait. La voiture filait bon train. On traversait une banlieue assez laide. Des masures lépreuses que séparaient des terrains vagues aux palissades abattues. Elle crut distinguer un campement de romanichels. Une pancarte annonça NANTERRE, puis disparut. Un fleuve gris coulait sur la gauche, enjambé par des passerelles métalliques aux allures d'insectes desséchés. La peur s'insinua en elle.

— Vous deviez partir en bateau..., hasarda-t-elle pour relancer une conversation qu'elle devinait nécessaire à la bonne humeur du conducteur.

Encore une fois, elle se trompa.

— Ah ! oui, le bateau, grinça Egon. Il est toujours là, tu le verras bientôt. Il a vieilli lui aussi, à force d'attendre que Jeanne se décide.

Martine songea qu'elle aurait aimé descendre, rentrer chez elle et oublier cette rencontre. Sans trop savoir pourquoi, elle avait l'impression gênante de trahir M'man. De plus, le vrai Egon ne correspondait pas du tout à l'image qu'elle s'en était faite à travers les souvenirs de Jeanne. Elle était déçue, comme lorsqu'un livre qu'on adore est adapté au cinéma, avec des acteurs trop différents de ceux qu'on a longtemps portés en soi, dans le secret de son âme. Elle avait envie de crier à l'usurpation. L'homme qui se tenait en ce moment même à côté d'elle ne convenait pas du tout au rôle, il fallait que le metteur en scène rectifie son générique le plus vite possible !

Dehors, le paysage devenait de plus en plus triste. Dans un terrain vague, des enfants en guenilles s'amusaient à sauter à pieds joints sur un tas de vieux matelas, provoquant un invraisemblable nuage de poussière. Un cimetière de voitures apparut à l'horizon, mille-feuille de carcasses aplaties aux couleurs de rouille. Egon s'engagea dans la travée centrale, roulant entre deux murailles d'épaves aux phares énucléés. À certains carrefours se dressaient des montagnes de pneus ou de pare-chocs. L'air empestait le caoutchouc brûlé. Des chats maigres, le poil collé sur l'échine, se poursuivaient entre les carcasses, jouant les funambules sur la ferraille déchiquetée sans jamais se blesser. Egon arrêta la voiture. Spectacle insolite, un voilier calé sur des béquilles se dressait au milieu des voitures. Il n'avait pas de mâts et sa coque n'était qu'à demi recouverte de peinture bleue. Lorsque Martine s'en approcha, elle constata qu'il n'était pas terminé. Des pièces de bois traînaient aux alentours, attendant d'être mises en place. Une vulgaire échelle de peintre en bâtiments, appuyée sur la coque, permettait d'accéder au pont.

— Il y a dix ans qu'il est comme ça, fit Egon. J'ai renoncé à le finir. Maintenant ce sont les chats qui l'habitent, ou les clochards, quand ils arrivent à se faufiler dans la casse sans que je m'en aperçoive.

Non loin du voilier se tenait une bicoque de deux étages, mi-pavillon de banlieue mi-hangar. Les bouteilles de gaz alimentant les chalumeaux oxhydriques qui servaient à découper les carcasses formaient une haie militaire le long du chemin. Quelqu'un avait essayé d'humaniser ce décor en plantant des fleurs autour de la maison. La terre, saturée de déchets minéraux et de caoutchouc brûlé, n'avait pas permis à ces végétaux de se développer comme on l'espérait.

— C'est à moi, expliqua Egon avec un geste vague embrassant le décor. Je suis devenu ferrailleur après la guerre. Il y avait un marché pour ça, des tas de véhicules détruits à récupérer. J'ai découpé des chars d'assaut, des Jeeps, des avions, et même une fois un sous-marin allemand! Ça c'était du bon acier, et qui se vendait à prix d'or, pas comme les boîtes à sardines d'aujourd'hui.

Il poussa Martine vers la maison. La fillette sursauta, car elle n'aimait pas qu'on la touche. Le rez-de-chaussée sentait le café chaud. Une grosse femme à cheveux gris passa le nez dans l'entrebâillement d'une porte et demanda quelque chose dans une langue que Martine ne comprit pas. Egon la rabroua.

— C'est ma mère, dit-il. Elle s'obstine à parler allemand, comme en Alsace. Elle me demandait si tu étais juive. Elle a toujours peur que je cache des juifs et que ça nous attire des ennuis. Elle n'arrive pas à se mettre dans la tête que la guerre est finie. Elle croit qu'on vit une trêve, et que ça va recommencer, d'un jour à l'autre. Elle fait des stocks de provisions. Viens par là, c'est mon bureau.

Il dirigea la petite fille vers une vaste pièce qu'encombraient des caisses de paperasse, une machine à calculer, et des fragments de moteurs huileux posés sur des journaux. La première chose qu'aperçut Martine en s'avançant au seuil de ce capharnaüm fut une photo de Dino punaisée sur le mur, au milieu d'un fouillis de coupures de presse se rapportant aux succès littéraires de Jeanne. C'était un cliché représentant Dino en culotte de boxeur, les mains enfoncées dans de gros gants de cuir. Elle allait poser une question quand elle avisa deux autres photographies. La première de Teddy, le jazzman qui avait précédé Dino dans les bras de M'man, la seconde de Paul, le mécanicien spécialisé dans les voitures américaines qui avait été le grand amour de Jeanne pendant six mois, le temps qu'elle rencontre le joueur de trompette.

Egon avait remarqué le coup d'œil de la fillette.

— Tu sais qui sont ces gars ? demanda-t-il en prenant une expression rusée assez déplaisante.

— Oui, fit Martine, les anciens amoureux de Maman. Comment avez-vous eu leur photo ?

— Parce qu'ils me l'ont donnée, ricana Egon. De leur plein gré. Je les connais bien. Ils travaillent pour moi. Ce sont mes ouvriers, ils bossent à la casse de voitures. Je les ai engagés l'un après l'autre, parce qu'ils se ressemblaient. Et parce qu'ils correspondaient tout à fait au genre d'homme que ta mère apprécie. Tu comprends ce que j'essaie de te dire ?

— Non, balbutia Martine.

— C'est moi qui les ai mis dans les bras de Jeanne, murmura Egon. L'un après l'autre, au fur et à mesure qu'elle se lassait d'eux. Elle a cru les séduire, mais elle se trompait, c'est moi qui les envoyais à elle, en mission commandée. Elle ne s'en est jamais doutée mais j'ai fait ça pour garder le contact, pour avoir un œil sur elle au cours de toutes ces années. Je préférais la savoir dans les bras d'un autre que courir le risque de la voir s'évaporer. Comme ça j'avais un espion dans la place, quelqu'un qui me tenait au courant de ses projets, de ses états d'âme.

Martine crut qu'elle allait se mettre à hurler, puis elle se réconforta en se répétant que l'homme était fou, qu'il racontait n'importe quoi, qu'une telle machination était impossible.

— Mais si, c'est faisable, dit Egon comme s'il lisait ses pensées sur son visage. Avec quelqu'un d'aussi prévisible que Jeanne c'est même relativement facile. Il m'a suffi d'expédier mes gars dans les bistrots qu'elle a l'habitude de fréquenter, ces fameuses « caves » de Saint-Germain-des-Prés, et de laisser jouer l'attirance physique. J'ai toujours été derrière vous... toutes ces dernières années. C'est pour ça que ta mère a souvent eu l'impression d'être suivie. C'était moi. Parfois je ne pouvais pas m'empêcher de venir rôder dans le quartier, pour vous observer de loin.

— Mais... pourquoi ? gémit Martine. Parce que vous êtes toujours amoureux d'elle ?

Egon eut un rire triste.

— Non... oui, je ne sais plus, avoua-t-il. Ça n'a plus beaucoup d'importance maintenant, ce qui compte c'est toi. Je ne voulais pas te perdre. J'avais peur qu'elle t'emporte quelque part à l'étranger, là où je ne pourrais pas te retrouver.

— Moi ? bégaya Martine.

— Oui, fit Egon en s'agenouillant soudain devant elle. Tu n'as pas encore compris ? Tu es ma fille.

— Quoi ? hoqueta Martine. Maman ne m'a jamais parlé de ça. Vous racontez n'importe quoi ! Mon père c'était quelqu'un caché dans un grenier. Un homme sans visage.

Les grosses mains d'Egon se posèrent brutalement sur ses épaules, la faisant taire. Elles étaient sales et abîmées, ces mains, marquées par les cicatrices des brûlures causées par le chalumeau. Les ongles, ébréchés et noirs, avaient quelque chose d'un peu effrayant. « Des mains d'ogre », pensa-t-elle en se maudissant de sa sottise.

— Il ne faut pas croire toutes les fables racontées par ta mère, dit plus doucement Egon. Il n'y a jamais eu d'homme sans visage. Cette histoire de grenier sort d'un roman que je lui lisais le soir quand elle était enceinte. Bien sûr, tu es trop jeune pour t'en rendre compte, mais ça ne tient pas debout. Ce n'est pas du tout comme ça que les choses se sont passées. Je ne sais pas pourquoi elle a voulu te faire croire que tu n'avais pas de père. Ou plutôt si, je m'en doute. Elle pensait sans doute que je n'étais pas assez bien pour le rôle. Elle rêvait de quelqu'un de plus romantique.

Martine fit un bond en arrière pour se dégager. Les paumes brûlantes de l'homme avaient laissé deux flaques chaudes sur ses épaules. Elle ne savait plus ce qu'elle devait faire. Courir vers la porte et s'enfuir dans la nuit... ou écouter ce que cet étrange individu avait à lui dire.

— Vous insinuez qu'elle a menti? lança-t-elle pour gagner du temps.

Egon secoua la tête.

— Pas vraiment, soupira-t-il. Disons qu'elle a arrangé les choses à sa convenance, et qu'elle a peut-être fini par y croire. Je sais que tu es effrayée, mais laisse-moi une chance de te raconter la vérité, tu veux bien?

14

Egon avait trouvé Jeanne au milieu des décombres du pensionnat bombardé. Ce jour-là il conduisait un camion bourré de bidons d'essence « réquisitionnés » par un militaire peu scrupuleux dans un dépôt de carburant de la Kommandantur. Cette cargaison inflammable lui commandait d'accélérer et de traverser la zone dangereuse au plus vite avant qu'une flammèche ne vienne incendier la bâche de son véhicule, pourtant il n'hésita pas à se ranger au bord de la route quand il aperçut une petite silhouette enveloppée dans une couverture et dressée telle une ombre chinoise au beau milieu de l'incendie. C'était celle d'une jeune fille qui se tenait immobile dans le vent d'étincelles, les mains plaquées sur le visage, essayant sans doute de protéger ses yeux des tourbillons de cendre brûlante. Egon abandonna le camion, mit sa veste de cuir sur sa tête, et plongea dans la tourmente. Il ne restait plus rien de la bâtisse, si ce n'était la grille d'enceinte avec ses angelots au visage grêlé. Un entonnoir énorme occupait le centre du bâtiment. Quelques murs tenaient encore debout, mais tous les parquets s'étaient empilés les uns sur les autres, formant un immense bûcher de lattes et de corps entremêlés. Les arbres du parc avaient perdu leurs feuilles sous le souffle de l'explosion ; des lits, des armoires et des cadavres pendaient au bout des branches maîtresses. L'odeur était insoutenable, la chaleur atroce. Egon eut l'impression de se jeter tête basse contre une plaque de fer portée au rouge. Il saisit la jeune fille dans ses bras et l'emporta vers le camion, tournant le dos au brasier qui ronflait de plus belle. Les brandons pleuvaient tout autour d'eux, et il s'attendait à chaque seconde à en voir tomber un sur la bâche protégeant les bidons d'essence. Enfin, il se hissa dans la cabine avec son fardeau, déposa la jeune fille sur le siège du passager, et démarra pour fuir l'enfer.

Dès qu'il se fut engagé sous le couvert, à l'abri des grands arbres, il tenta de questionner la survivante, mais celle-ci resta silencieuse. Prostrée, les mains plaquées sur la figure, elle paraissait choquée. Il se demanda si elle n'avait pas été blessée aux yeux, et tenta d'écarter ses mains pour l'examiner, mais ce geste déclencha chez elle un tel mouvement de panique qu'il préféra renoncer. Comme elle ne répondait pas lorsqu'il la questionnait, il supposa que l'explosion l'avait rendue momentanément sourde. C'était assez fréquent lors des bombardements. Certains rescapés retrouvaient l'ouïe au bout de quelques jours, d'autres restaient sourds à perpétuité.

Pour l'heure, il n'avait pas trop le temps d'y réfléchir. Il lui fallait regagner son maquis pour enterrer sa cargaison. Quand il eut mis les bidons en lieu sûr, il se lava à grande eau pour se débarrasser de l'odeur de chair carbonisée qui lui collait à la peau. La gamine, couverte de suie, la chemise de nuit roussie, empestait la couenne grillée. On ne pouvait pas la laisser dans cet état. Comme elle semblait incapable de la moindre réaction, il la déshabilla lui-même et la savonna au bord de la mare où il avait l'habitude de faire ses ablutions. Elle se laissa faire, elle semblait prête à accepter n'importe quoi pourvu qu'on ne tentât point d'écarter les mains qu'elle tenait toujours pressées sur son visage. Egon crut qu'elle était défigurée, ou s'imaginait l'être. Il tenta de la rassurer puis, en l'absence de toute réponse, renonça bientôt à son soliloque. D'abord il l'avait dévêtue sans malice, croyant avoir affaire à une petite fille. Une fois nue, il découvrit que c'était déjà une femme, et s'en trouva quelque peu gêné. Il voulut lui passer des vêtements secs, mais, comme elle refusait toujours de baisser les bras, dut se résoudre à l'envelopper dans une couverture propre. Il la coucha ensuite sur un lit de camp, au fond de la casemate où il entassait les caisses de rations, d'huile, de cirage et de savon qu'il revendait aux civils. Elle se recroquevilla en tremblant, et resta ainsi toute la journée.

— Oui, murmura Egon, c'est comme ça que je l'ai rencontrée. Elle n'était pas enceinte, elle ne portait pas de valise à la main, et elle ne se promenait pas tranquillement le long de la route comme elle l'a raconté par la suite à Dino et aux autres.

Martine ne chercha pas à le contredire. Egon s'assit sur une chaise de paille qui grinça et se tourna vers la fenêtre, s'absorbant dans la contemplation des voitures fracassées qui lui cachaient l'horizon.

— Elle a été longtemps malade, reprit-il. Je la faisais manger comme un bébé, à la cuillère, mais j'avais de la patience. J'ai été infirmier dans un hôpital militaire, j'y ai vu pas mal de soldats traumatisés par les pilonnages d'obusiers, je savais qu'il ne fallait pas s'attendre à des miracles.

Sa voix s'était amenuisée et coulait de sa bouche en un souffle qu'un rien pouvait éteindre. Il évoquait maintenant les premières semaines de Jeanne dans le terrier de la casemate, cet ancien poste d'observation datant de la guerre de 14, et que la végétation de l'entre-deux-guerres avait dissimulé aux regards. Quand Jeanne accepta enfin de décoller les mains de son visage, ce fut pour se cacher la tête sous sa couverture. Elle ne souffrait pourtant d'aucune blessure, seuls ses cheveux avaient pâti des étincelles de l'incendie. Elle avait recouvré la parole, mais c'était pour gémir des choses incohérentes, pour crier qu'un homme la poursuivait, un homme qui allait venir lui lacérer la figure avec un porte-plume. Des bêtises, des cauchemars. Egon choisit d'abord de ne pas y prêter attention. Pour l'apaiser, il s'asseyait à son chevet, prés du lit de sangles, et lui faisait la lecture. C'était la seule chose qui la calmait. Il lui lisait n'importe quoi, tout ce qui lui tombait sous la main. Des romans de soldats, souvent en allemand, qu'il traduisait au débotté. Le contenu avait peu d'importance, seul comptait le ton de la voix, apaisant. Ce ton qu'adoptent les vétérinaires auprès des animaux malades, et que les bêtes reconnaissent d'instinct. Il était assez frotté de médecine pour savoir que les traumatismes de guerre réveillent les peurs enfouies et font sortir des placards les croquemitaines oubliés de l'enfance. Au lazaret de Strasbourg il avait tenu une nuit entière la main d'un servant de *Raketenpanzerbuchse* (sorte de bazooka allemand) dont l'arme avait explosé sur son épaule, et qui suppliait saint Nicolas de le tirer du saloir avant que le méchant boucher ne le coupe en morceaux.

Jeanne était très belle. Il se surprenait à la regarder dormir, lui qui, jadis, se déplaçait à tâtons pour économiser les batteries alimentant les lampes du terrier. De temps à autre il tendait l'index pour lui caresser la joue, le menton, les lèvres. Elle frissonnait dans son sommeil, il reculait aussitôt. Il se disait : « Elle a quinze ans, ce n'est plus une enfant. » Il avait appris son nom et son âge grâce à une petite étiquette brodée cousue à l'intérieur de sa chemise de nuit. Il répétait : « Jeanne, Jeanne », comme l'on fait avec les animaux auxquels on essaye d'apprendre le nom qu'on leur a donné. Dans la journée, au volant du camion, il lui arrivait de plus en plus souvent de penser à elle. Il avait hâte de rentrer. Il ne prenait plus autant de risques que par le passé, il se fichait beaucoup moins de ce qui pouvait lui arriver.

« Je deviens trouillard », songeait-il sans s'en émouvoir outre mesure. Le soir, il la retrouvait à la même place, pelotonnée sous ses couvertures, fixant le vide, tressaillant au moindre craquement de brindille.

— Il va venir, répétait-elle. Il a dit qu'il me punirait parce que j'ai déchiré son dessin. Il est là… Il se rapproche.

Elle était terrifiée, elle respirait vite, la bouche entrouverte. Pour la rassurer, Egon décida d'entrer dans sa folie. Il lui montra son pistolet, un gros luger P.38 récupéré sur le cadavre d'un officier allemand. Pour l'impressionner, il en fit claquer la culasse à genouillère car cette manœuvre produisait un son métallique impressionnant.

— S'il vient je lui ferai un trou dans la tête ! gronda-t-il. Moi, les ogres, je les étends raides morts. C'est mon royaume ici, et personne n'a le droit d'y mettre les pieds sans mon autorisation.

Cette démonstration puérile eut le don de calmer Jeanne. Elle risqua une main hors de la couverture pour toucher l'arme. Plus tard, Egon se demanda très souvent si elle n'était pas restée avec lui à cause du pistolet qui la protégeait contre l'ogre au porte-plume.

Il lui fallut du temps pour recomposer le puzzle : le *Café des Amateurs*, les combats de boxe, l'artiste gribouillant dans un coin de la salle. Il voyait les choses à sa manière : le rapin avait dû s'amouracher du profil de la petite, c'était compréhensible. En lui offrant ce dessin, il avait sans doute cru la conquérir. Mais le truc avait raté. Soit parce qu'il était dépourvu de talent, soit parce qu'il avait accentué le caractère sensuel des traits de la gamine. Celle-ci avait été horrifiée par la révélation d'une nature profonde que le bourrage de crâne de la pension religieuse l'obligeait à refouler. Elle avait mal réagi en déchirant la feuille de papier. Un réflexe pour faire disparaître la preuve de sa faute... de ses mauvaises pensées.

Oui, c'est ainsi qu'il voyait les choses. Il décida de faire une enquête, de mettre la main sur le bonhomme et de le traîner ici, à genoux, pour qu'il promette à Jeanne de la laisser en paix. Il faudrait chercher dans les cafés, remonter la piste des épaves puisant leur talent dans l'alcool de patate. Il s'en sentait capable.

Il fit quelques tentatives dans ce sens mais n'aboutit à rien. Personne n'avait revu l'artiste depuis la destruction du *Café des Amateurs*. Peut-être avait-il péri dans la catastrophe ?

Jeanne ne voulait pas sortir du terrier. Elle s'y trouvait bien. Elle disait : « Lis-moi une histoire... » et il obéissait.

Sa préférée était celle du prisonnier de la tour qu'on a enfermé dans une cellule sans fenêtre parce que personne ne doit voir son visage. La fille du geôlier qui va lui porter son repas doit le faire à tâtons, dans l'obscurité absolue. Son père lui a recommandé de ne jamais allumer de chandelle, car le visage du condamné est si monstrueux qu'elle mourrait aussitôt de frayeur. Il attend sa fille au bas de l'échelle qui permet d'accéder au cachot, pour vérifier qu'elle ne parle pas au malheureux. Il se maudit d'être devenu vieux au point de ne plus pouvoir escalader lui-même les barreaux, et de devoir confier son travail à une enfant.

Jeanne adorait ce conte, version populiste de la légende d'Éros et Psyché.

La nuit, Jeanne éprouvait de grandes difficultés à

trouver le sommeil. Elle ne pouvait dormir sans qu'Egon pose une lampe-torche allumée près de son lit. Les ténèbres la terrifiaient. À d'autres moments, elle exigeait au contraire qu'on éteigne cette même lampe.

— Tu ne comprends pas ? haletait-elle. La lumière signale notre présence. Il va la voir. Il va venir.

Egon lui montrait le luger qu'il cachait sous son oreiller.

— Qu'il vienne ! ricanait-il. Je l'attends !

Une nuit, elle se glissa contre lui, sous la couverture.

— Comme ça je n'ai pas peur, dit-elle.

Il crut que c'était son contact qu'elle cherchait. Plus tard, il décida qu'elle avait tout simplement voulu se rapprocher du pistolet. Il avait imaginé un geste de tendresse là où il n'y avait qu'un souci de précaution.

C'est comme ça que la chose arriva, parce qu'il avait choisi de croire que...

Parce que ça l'arrangeait.

Parce qu'il en avait envie, et qu'il y pensait depuis longtemps.

Jeanne se laissa faire. Et il eut l'impression qu'il s'agissait pour elle d'un jeu sans importance. Elle était vierge pourtant, mais elle ne tenta pas de le repousser ou de se défendre, ou... Il se reprocha tout de suite sa faiblesse. Il avait toujours eu horreur des soldats qui, parce que c'est la guerre, n'hésitent pas à violer les petites filles. Mais Jeanne n'était plus une petite fille, n'est-ce pas ? Elle avait quinze ans. Avant 39 beaucoup de jeunes paysannes se mariaient encore aux alentours de leur seizième année, alors, quelle monstruosité avait-il commise ? D'ailleurs il n'hésiterait pas à « réparer » dès la paix revenue.

— Un mois après elle était enceinte, murmura Egon. Ça m'a fait plaisir parce que j'ai pensé qu'à cause de son état elle n'oserait plus s'en aller. C'était moche, mais j'étais fou d'elle. À l'époque les femmes qui avaient fauté étaient prêtes à épouser n'importe qui plutôt que de se retrouver fille mère. J'étais heureux. Jeanne allait mieux, ses terreurs s'apaisaient. Un jour, elle m'a dit : « Apprends-moi à tirer avec le pistolet, maintenant je dois aussi défendre le bébé. » Comme un imbécile, j'ai obéi. C'était une erreur. En apprenant à se défendre, elle apprenait à se passer de moi, mais j'étais trop bête pour le comprendre.

Ils s'enfoncèrent dans les bois pour brûler des cartouches. On n'avait plus besoin de se cacher, les Allemands avaient fichu le camp, c'était la paix. Egon liquidait son stock. Persuadés qu'on allait bientôt changer la monnaie, les collaborateurs traquaient leurs liasses de billets contre des denrées matérielles. De l'essence, mais aussi des chaussures, du fer, du cuir, des rouleaux de drap. La guerre était finie mais le rationnement continuait. Egon entassait son butin dans une ancienne caisse métallique ayant contenu des balles de mitrailleuse. Il voulait quitter l'Europe avant que les Yankees et les Popofs ne se sautent à la gorge.

— Tu es née en avril 46, annonça-t-il en plantant son regard dans celui de Martine. Et pas en 45, comme le prétend Jeanne. Ce qui fait que tu as douze ans et non treize. Pendant la guerre c'était facile de tricher sur les déclarations d'état civil.

La fillette reçut cette information avec contrariété car elle était encore à l'âge où l'on apprécie de vieillir d'un an à chaque anniversaire. Ce rajeunissement inopiné lui faisait l'effet d'une dégradation au front des troupes.

Mais Egon avait déjà repris le fil de son récit. Jeanne avait accouché dans le terrier. Elle était restée quelque temps encore cachée au creux de la forêt, attendant que l'enfant soit sevrée, puis, un jour qu'Egon faisait une « livraison », elle s'était enfuie, emportant le pistolet et quelques-unes des liasses de billets entassées au fond de la caisse à munitions.

— J'ai cru perdre la tête, dit l'homme. Je l'ai cherchée partout. J'ai même engagé un détective privé. Un ancien flic de la police militaire des Forces alliées. Elle n'était pas chez son père. D'ailleurs celui-ci avait les pires ennuis. Considéré comme collabo, on le séquestrait chez lui, en attendant de le faire passer en jugement.

— Mais vous l'avez tout de même retrouvée, lâcha Martine. Sinon vous ne seriez pas là à me raconter toutes ces histoires.

Egon se leva brusquement, et la fillette eut peur de s'être montrée trop insolente.

— Je l'ai retrouvée par hasard, fit-il en se plantant devant la fenêtre. Dix ans plus tard. Elle avait mal tourné. Elle avait fait la vie dans les caves de Saint-Germain-des-Prés. Elle était passée d'un type à un autre. Elle s'occupait mal de toi, c'était devenu quelqu'un de vulgaire... d'aigri. Si tu n'avais pas été là, j'aurais tourné la page, mais un jour je t'ai vue alors que vous marchiez toutes les deux au Pré Catelan. Ça m'a fait un choc, tu lui ressemblais tellement. *Tu étais elle*, avec dix ans de moins... alors j'ai pensé qu'il ne fallait pas que ça rate une seconde fois, que tu deviennes comme elle, une traînée.

Il s'ébroua, baissa les yeux comme s'il éprouvait de la gêne à s'être ainsi laissé aller.

— Tu me crois, maintenant ? fit-il en cherchant une fois de plus le regard de la fillette.

— Je ne sais pas si je peux vous faire confiance, lâcha Martine après un temps de réflexion. Vous nous avez espionnées, vous avez combiné des choses... des mensonges, Dino, tout ça. Si c'est vrai, vous êtes trop tordu pour que je puisse vous croire.

L'homme se cabra, mécontent.

— Tu t'imagines tout savoir, lança-t-il sur un ton de défi. Tu as déjà décidé de me donner le mauvais rôle ! Tu crois savoir qui sont tes vrais amis, n'est-ce pas ? Et pourtant tu te trompes ! Sais-tu pourquoi vous êtes venus habiter à la cité des Étangs ?

— Parce que Sacha, l'éditeur de ma mère, a demandé à des journalistes de publier un article pour se faire de la publicité, répliqua Martine. Un article qui risquait d'exciter encore plus le dingue du vitriol. Carmen a pensé qu'il serait plus prudent de nous faire quitter Paris. Voilà, c'est simple.

Egon éclata d'un rire sourd.

— Simple ! Tu es naïve, ma petite fille. Tu crois comme ça que Carmen est votre amie ? Et si je te disais que c'est elle qui a appelé le journal, de sa propre initiative... Elle l'a fait le soir où vous êtes allés dîner chez Barine, après vous avoir raccompagnées. Elle a appelé le journal d'une cabine publique, j'étais là, j'ai tout entendu. Elle a demandé à un de ses copains de *France-Soir* de lui rendre ce service.

— C'est pas vrai ! cria Martine.

— Bien sûr que si, martela Egon. Je suppose qu'elle ne l'a pas fait par méchanceté, mais pour vous rendre service. Elle n'a jamais pris cette histoire de vitrioleur au sérieux, par contre, elle était horrifiée par votre façon de vivre au sixième. L'agression du palais de Chaillot, c'était l'occasion rêvée de faire votre bonheur à votre insu. Elle a décidé d'effrayer encore un peu plus Jeanne pour l'amener à accepter de déménager. Elle savait que c'était sa seule chance de vous faire bouger.

Martine aurait voulu protester, mais elle ne trouvait rien à dire.

— Voilà à qui tu préfères sans doute faire confiance ! siffla Egon. La gentille Carmen ! Une gouine qui rêve de faire place nette autour de

Jeanne. Tu ne comprends pas qu'elle est amoureuse de ta mère ? Tu es pourtant assez grande pour avoir entendu parler de ces choses, non ?

Il se passa soudain la main sur le visage comme s'il prenait conscience d'être allé trop loin. Il resta ainsi quelques secondes, les yeux enfouis dans la paume, et, quand il releva la tête, il avait de nouveau cet air de chien battu qui avait tant remué Martine.

— Pardonne-moi, murmura-t-il. Il ne faut pas que nous nous disputions. Pas nous. Nous deux ça doit être autrement, mieux que les autres, tu comprends ?

Le temps avait passé. Martine s'aperçut qu'il était tard. Soudain la grosse femme ouvrit la porte et dit quelque chose en allemand.

— Elle nous demande si nous avons faim, traduisit Egon. Viens, il faut manger. Et puis c'est ta grand-mère, tu dois faire sa connaissance.

On s'assit autour d'une table, dans la pièce principale. Des rubans de papier tue-mouches pendaient du plafond, longs serpentins adhésifs sur lesquels agonisaient des dizaines d'insectes. Martine, qui n'avait jamais vécu à la campagne, découvrait cet ustensile avec des yeux horrifiés. La grosse femme posa des assiettes creuses sur la toile cirée et les emplit de soupe au vermicelle bouillante. Puis elle s'installa en bout de table, fixant la fillette avec une insistance gênante.

— Elle s'appelle Gertha, dit Egon. Ta grand-mère, elle se nomme Gertha Wassen, tu peux lui dire Mutie, elle comprendra.

Martine ne parvenait pas à lever le nez de son assiette. Une grand-mère ? C'était donc ça ? Elle n'avait jamais rencontré le père de Jeanne, encore moins sa mère puisque celle-ci était morte peu de temps après avoir accouché. Jusqu'à aujourd'hui toute sa famille s'était résumée à M'man, à Carmen… et aux «types» de passage, et voilà qu'elle devait adopter de nouveaux usages, appeler «Mutie» une inconnue qui la regardait avec des yeux méchants. C'était trop pour un seul après-midi. Tout cela était très différent de ce qu'elle avait imaginé dans ses rêves. Egon ne ressemblait pas du tout au monsieur à lunettes noires qui la séquestrait dans une luxueuse villa de l'avenue du Bois. Ici, il n'y aurait pas de poney, pas de serviteurs, pas de professeur de maintien.

Personne ne disait mot, et le seul bruit peuplant le silence était celui de la soupe aspirée par les bouches d'Egon et de «Mutie». Martine épiait l'homme à la dérobée. Était-ce réellement son père? Elle tenta de s'imaginer en train de lui dire papa. C'était un mot qu'elle avait peu prononcé dans sa vie. Il n'en allait pas de même pour d'autres vocables qu'elle s'entraînait à chuchoter en secret, tels: *je vous aime*, ou *mon chéri*, ou encore *embrassez-moi…* mais *papa*, non, elle n'avait jamais été tentée d'en apprivoiser les sonorités. Elle chercha à se rappeler tout ce qu'elle avait lu à propos de la «voix du sang» dans les romans, et elle tendit l'oreille pour en discerner les échos dans sa propre chair, mais rien ne vint. Les fibres de son corps ne lui chuchotaient rien, aucune indication utilisable. Était-ce normal? Pouvait-on se trouvez nez à nez avec son père et rester froide comme une escalope sortant du Frigidaire?

Elle avait de plus en plus envie de rentrer mais n'osait en formuler la demande. M'man devait commencer à s'inquiéter… à moins qu'elle ne fût sortie avec les Américains. Depuis quelque temps elle s'absentait dans la journée, et Martine la soupçonnait d'aller retrouver l'officier qui les avait véhiculées jusqu'à Versailles.

— Il est tard, dit tout à coup Egon, tu vas dormir

ici. C'est mieux comme ça, ça nous permettra de faire un peu plus connaissance. Je te raccompagnerai demain matin.

— Maman va s'inquiéter, protesta Martine, je dois rentrer ce soir.

— Ta mère s'inquiéter? ricana l'homme. Tu te fais des illusions. Tu sais à quoi elle occupe ses après-midi en ce moment? À s'envoyer en l'air avec un sergent des Marines dans un petit hôtel de Versailles, près de la gare des Chantiers. Romantique, non? Je connais l'endroit. La fumée des trains en a recouvert les carreaux d'une espèce de peluche de suie. C'est sordide.

Il se leva, repoussant sa chaise avec brutalité.

— Tu vas rester ici, décida-t-il. Demain j'aurai une discussion avec Jeanne. Il est temps de mettre les choses au point. Tu es ma fille, et je m'occuperai de toi bien mieux qu'elle. Elle a une mauvaise influence. Tu crois que je ne sais pas que tu ne vas jamais à l'école?

Martine aurait voulu protester, mais les mots ne sortaient plus de sa gorge. Elle venait de comprendre ce que l'homme avait dans la tête: il voulait l'enlever à sa mère, il voulait la récupérer.

Gertha Wassen se mit à parler. Elle ne semblait pas d'accord. Elle désignait quelque chose à l'extérieur — peut-être la route ou la voiture — comme si elle ordonnait à son fils de ramener la petite fille chez elle. Egon lui répondit dans la même langue, avec violence, et abattit son poing sur la table.

— Vieille tête de mule, grommela-t-il en français. Elle est jalouse, bien sûr. Elle ne veut pas de toi ici, mais elle s'habituera, ne t'affole pas. Viens, je vais te montrer ta chambre.

Martine lui emboîta le pas. La nuit allait bientôt tomber et elle ne voulait pas dormir ici, dans cette maison inconnue, avec ces gens étranges qui semblaient penser qu'ils avaient des droits sur elle. Était-elle forcée de leur obéir ? Elle se retourna, cherchant un appui illusoire du côté de la grosse femme. Il lui sembla que le regard de Gertha était chargé d'angoisse, d'impuissance, et qu'il essayait de lui transmettre un incompréhensible message.

Egon grimpa un escalier étroit et obscur qui débouchait dans une grande pièce qu'on avait tenté de diviser en trois chambres au moyen de cloisons en frisette. Le résultat n'était pas très esthétique et donnait au lieu l'aspect d'un bureau de vote muni d'isoloirs géants. Les meubles, récupérés dans une brocante, mêlaient tous les styles. Certains avaient perdu une porte ou un tiroir. Les miroirs fêlés avaient été rafistolés à la bande adhésive. Egon désigna un lit d'enfant aux draps propres, dont l'oreiller s'ornait d'un lapin brodé.

— Je l'ai préparé ce matin pour toi, annonça-t-il fièrement. J'ai choisi moi-même les draps. J'espère que ça te plaira. J'ai aussi acheté une petite chemise de nuit. Il y a des mois que j'attends cette minute. Je voulais recevoir ma fille dignement, c'était le moins que je pouvais faire. Tu verras, tu seras heureuse ici. Tu auras tout ce que tu voudras, tu n'auras qu'à demander. Je sais que j'ai l'air minable, à première vue, mais c'est parce que je mets tout mon argent de côté depuis des années, pour toi. C'est mon trésor de guerre, et il sera tout à toi, tu pourras y plonger les mains, tu sais ? Comme dans les histoires de pirates. Tu as lu *L'Île au trésor* ?

Martine sentit sa gorge se nouer, elle se raidit pour ne pas éclater en sanglots. Tout lui faisait horreur. La tendresse envahissante de cet homme lui donnait envie de s'enfuir en hurlant, et pourtant elle restait là, figée comme une idiote. Mais que pouvait-elle faire d'autre ? Il était si grand, si fort.

— J'ai un tas de projets, dit Egon en s'asseyant

dans un fauteuil d'osier bancal. J'ai eu le temps de penser à ça depuis ta naissance, mais maintenant tout est au point. Installe-toi, je vais t'expliquer. On a la nuit devant nous. C'est bien normal qu'un père et une fille bavardent après une si longue séparation, n'est-ce pas ? Tu sais pourquoi ta mère ne t'a jamais parlé de moi ? Elle voulait se venger en me privant de mes droits de paternité. Elle t'a confisquée à moi. Les femmes sont possessives, elles ont toujours tendance à considérer que l'enfant leur appartient en totalité, que l'homme compte pour du beurre, mais c'est faux.

Martine s'assit sur le lit. Les draps, à peine sortis de l'emballage, étaient lisses et amidonnés sous ses doigts.

— Je ne peux pas te laisser chez ta mère, répéta Egon. Je sais trop ce qui risque d'en découler. Tu ne t'en rends pas encore compte parce que tu es petite, mais ça s'organise à ton insu. Ton jugement est déjà faussé. Je suis sûr que tu trouvais normal de vivre dans la promiscuité de cette chambre de bonne. Et ces types... tous ces types. Un jour ils s'intéresseront davantage à toi qu'à Jeanne, et tu seras en danger. Je ne veux pas que ça se produise, j'ai trop vu de saloperies de ce genre pendant la guerre. Il est temps de te soustraire à ces mauvaises influences, même les juges me donneraient raison si on devait passer en justice.

Il quitta son siège et vint s'agenouiller devant Martine. La fillette n'aimait pas le voir ainsi, trop humble, avec cette drôle de lueur dans les yeux.

— Jeanne était belle, chuchota-t-il, mais elle a pourri. Elle n'a pas tenu ses promesses, elle a laissé filer sa chance. En m'abandonnant elle s'est condamnée. Regarde ce qu'elle est devenue : une putain qui écrit des cochonneries, des livres qu'on devrait brûler comme on le faisait au début de la guerre. Des bouquins vicieux que les libraires devraient refuser de vendre. Je ne ressens plus rien pour elle, elle est trop différente de ce qu'elle était jadis. C'est une étrangère… quelqu'un qui me dégoûte, et qu'on devrait punir d'une manière ou d'une autre.

Il reprit son souffle dont l'écho emplissait la chambre, et tendit une main vers Martine.

— Mais toi, balbutia-t-il. Toi, tu es comme elle avant… avant qu'elle ne s'abîme. Il ne faut pas que tu subisses le même sort. Je te protégerai, je l'empêcherai de te faire du mal, parce que c'est ce qui va se produire. Elle va vieillir pendant que tu deviendras de plus en plus belle, alors elle commencera à te jalouser, puis elle te détestera. Je sais comment les choses se passent entre mère et fille quand un père n'est pas là pour y mettre bon ordre. Pour l'instant elle te traite encore comme un petit chien, tu l'amuses, mais elle ne chantera plus la même chanson quand elle s'apercevra que tu es devenue sa rivale.

Martine reculait, froissant le drap sous ses cuisses. Les paroles d'Egon tournoyaient dans sa tête avec des bourdonnements de guêpes folles. Elle ne pouvait détacher les yeux des mains de l'homme, toutes zébrées de cicatrices rétractiles. Elle se répétait que ce n'était pas sa faute, qu'il s'était brûlé avec quelque chose et qu'il ne fallait pas le haïr pour ça, mais la peau luisante, décolorée, la dégoûtait. Il s'échauffait en parlant, et son odeur emplissait la pièce, mélange d'huile de vidange, de sueur et de tabac. « L'odeur de Dino, pensa-t-elle, et celle de Teddy… et celle de Paul le mécano. » Tous les « types » avaient-ils partagé l'odeur du cimetière de voitures ? Était-ce la preuve qu'Egon disait vrai lorsqu'il prétendait les avoir jetés dans les bras de Jeanne ?

— Tu verras, dit Egon. Maintenant que tu es là je finirai le bateau. On le remorquera jusqu'à la mer et on partira pour les îles, n'importe où. On débarquera dans une république bananière et ils te trouveront si jolie que tu deviendras leur petite reine. Ça te ferait plaisir, dis ?

Ça y était. Il avait de nouveau posé ses grosses pattes sur les épaules de Martine. La chaleur de ses paumes traversait la mince étoffe de la robe telle celle d'un cataplasme irradiant au travers d'un torchon.

— Tu seras ma princesse, marmonna-t-il, tu n'auras qu'à commander. On fera fortune là-bas. On achètera une plantation et tu te promèneras au milieu des esclaves dans une belle voiture brillante. Tu auras un chauffeur qui te dira « Mademoiselle ».

La pénombre envahissait la chambre. Martine se demanda quelle heure il était. Egon était tout contre le lit à présent, et elle appréhendait le moment où il l'attirerait contre elle pour lui ordonner de l'embrasser. Car il allait le faire, elle le devinait. Depuis un instant il ne cessait de regarder sa bouche. Il faudrait qu'elle lui mette les bras autour du cou, qu'elle l'appelle « papa », « gentil papa » et qu'elle accepte de poser ses lèvres sur cette barbe piquante et grise. Elle n'en avait aucune envie, et s'il essayait de l'y contraindre, elle se débattrait.

— Tu es plus belle qu'elle, souffla-t-il en posant un doigt sur le menton de la fillette pour la contraindre à tourner la tête. C'est parce qu'il n'y a pas de malice en toi... J'ai eu raison de venir te chercher, elle n'a pas encore eu le temps de t'abîmer. Tu ne retourneras plus jamais là-bas. Tu verras comme je vais bien m'occuper de toi à présent.

Il se mouilla les lèvres, jeta un bref coup d'œil à la fenêtre, et dit :

— C'est la nuit, il faut dormir. Tu dois être bouleversée par tous ces changements, ça ira mieux demain. En attendant, tu vas passer ta jolie chemise de nuit. Je vais t'aider.

Il avait posé les doigts sur le bouton fermant le col de Martine. La fillette sauta en arrière avec tant de force que son dos heurta le mur.

— Non, dit-elle tandis que son cœur cognait contre ses côtes. Je ne suis plus un bébé, je peux me déshabiller toute seule. Et puis il est trop tôt, je ne veux pas déjà me coucher.

L'homme fronça les sourcils.

— Si, grogna-t-il, pour les enfants comme il faut c'est l'heure d'aller au lit. Mais je vois que ta mère t'a donné de mauvaises habitudes et qu'il faudra te reprendre en main. Ne crois pas que ça me fasse plaisir, c'est pour ton bien. Je ne veux pas que ma petite fille se conduise comme une vaurienne. Il faudra m'obéir.

Il posa un genou sur le lit, sa main froissait déjà la robe de Martine, comme si elle allait faire sauter d'un coup tous les boutons. La fillette glissa contre le mur. Comme elle perdait l'équilibre, elle chercha l'appui de la table de chevet et ses doigts se refermèrent sur la lampe. Sans réfléchir à ce qu'elle faisait, elle s'en saisit et l'abattit de toutes ses forces sur le crâne d'Egon. Le pied de porcelaine éclata, l'ampoule se brisa, et l'homme s'abattit sur le sol, entraînant dans sa chute draps et couvertures. Martine resta figée, la main ouverte. Du sang perlait entre les mèches grises d'Egon. « Je l'ai tué, pensa-t-elle. J'ai tué mon père. »

Elle tremblait sans pouvoir se mettre à pleurer. La porte s'ouvrit et la silhouette pataude de Gertha Wassen s'avança sur le seuil.

— Je ne voulais pas, bégaya Martine. Il faut appeler une ambulance, ce n'est peut-être pas grave.

Pendant une seconde, elle eut la conviction quc la grosse femme allait la saisir par les cheveux et la gifler à tour de bras, mais Mutie se contenta de lui prendre la main en murmurant : « *Kommen sie. Kommen sie.* »

Martine se laissa guider. Elles redescendirent au rez-de-chaussée. Là, Gertha fouilla dans la poche de son tablier pour en tirer un billet froissé.

— Taxi, articula-t-elle. Taxi.

Et elle fit de nouveau un geste en direction de la route. Elle avait ouvert la porte et poussait la fillette dehors.

— *Schnell,* fit-elle sur un ton presque suppliant.

Martine la regarda.

— Je ne voulais pas, répéta-t-elle. Vous lui ferez mes excuses quand il se réveillera. Il vaut mieux qu'il ne cherche pas à me revoir, ça n'aurait pas marché entre nous.

Gertha Wassen referma la porte mais demeura embusquée derrière le battant, à l'observer à travers la vitre. Martine se décida enfin à tourner les talons. Elle remonta au pas de course la travée serpentant entre les murailles de carcasses et déboucha sur la route. La nuit tombait, elle ne savait pas où elle se trouvait. Elle tremblait à l'idée qu'Egon allait peut-être sortir de son évanouissement et se lancer à sa poursuite. Il en avait le droit, n'est-ce pas, puisqu'il était son père ? Il la ramènerait là-bas, la forcerait à passer cette fichue chemise de nuit. D'abord elle n'aimait pas les chemises de nuit, elle préférait les pyjamas, et puis ce lapin brodé sur l'oreiller, c'était idiot, un vrai truc pour les bébés, quel âge s'imaginait-il qu'elle avait ?

Elle courut jusqu'à ce qu'un point de côté l'oblige à ralentir. Dans les minutes qui suivirent, elle scruta la route à la recherche d'un taxi, mais ce type de véhicule ne devait guère fréquenter une banlieue aussi pauvre. Et puis quelque chose lui soufflait qu'aucun taxi ne s'arrêterait pour charger une enfant solitaire ; tout ce qu'elle risquait en se singularisant ainsi c'était de provoquer l'intervention de la police. Elle considéra le billet froissé remis par Gertha, puis fouilla dans sa poche pour recueillir le peu de monnaie qui restait des commissions. (*Oh! et les sacs pleins de nourriture qui étaient restés dans la voiture d'Egon! Que dirait M'man quand elle apprendrait ça?*) Après avoir hésité, elle entra dans un café, se haussa sur la pointe des pieds pour poser les pièces sur le comptoir et réclama un jeton. Le patron la regarda d'un drôle d'air, comme s'il allait lui dire de ficher le camp, mais elle lui parla très poliment, ce qui parut l'impressionner. Elle s'enferma dans la cabine et grimpa sur le tabouret; là, elle forma le numéro de Carmen, ODÉon 55-13.

Dès qu'elle se fut identifiée, la voix de la correctrice explosa dans l'écouteur.

— Mon Dieu! Mais où es-tu donc? Ta mère est folle d'inquiétude, elle vient de m'appeler d'une cabine. Je me préparais à partir.

— Je suis dans un café, dit Martine. À Nanterre. Ça s'appelle *Au casse-croûte des ferrailleurs,* c'est au bord d'une route.

— Ne bouge pas, balbutia Carmen, je viens te chercher. Demande l'adresse au patron et fais-toi servir quelque chose en attendant. Qu'est-ce qui s'est passé?

— C'est Egon, murmura la fillette. Il m'a enlevée. Je viens juste de m'échapper. Il voulait me garder avec lui, pour toujours.

— Mon Dieu! bégaya Carmen. Egon... Il a refait surface celui-là?

Martine fit comme on le lui demandait et s'installa devant un Vittel-Délices orange. Elle s'était assise au fond du café, là où quelqu'un passant sur la route ne pourrait pas la voir. Elle buvait en essayant de ne pas faire trop de bruit avec sa paille. Elle n'avait jamais été très habile à ce jeu et produisait souvent d'abominables borborygmes dont elle avait honte.

Pour passer le temps, elle décida de dialoguer dans sa tête à la manière des héroïnes de la bibliothèque verte. « Eh bien, ma fille ! se dit-elle, comment te conduis-tu ? À peine viens-tu de te trouver un père que tu lui fends le crâne ! Quel comportement ! Crois-tu qu'il t'aimera encore après ça ? »

Elle renonça parce qu'elle n'avait pas tant que ça envie de s'amuser. Egon était-il son père ? Elle avait beau essayer de penser à autre chose, elle en revenait toujours là. Elle but deux autres sodas, puis eut envie de faire pipi, mais elle n'osa demander où l'on pouvait se soulager. Carmen arriva enfin, un peu pâle.

— Tu n'as rien ? demanda-t-elle dans un souffle. Viens, j'arrive de Paris, il faut que je te ramène chez ta mère, elle est dans un état infernal. Qu'est-il arrivé ?

Dès qu'elles furent dans la 2 CV, Martine entreprit de raconter son aventure. Carmen la dévisageait d'une drôle de manière et, à plusieurs reprises, elle dit : « Il ne t'a rien fait, tu es sûre ? Tu peux me le dire, je ne le répéterai pas. »

Martine parla de la chemise de nuit, de la lampe brisée.

— Il ne faut pas le laisser t'approcher, fit Carmen. C'est un malade. Un anormal. Pourquoi crois-tu que ta mère l'a abandonné dès qu'elle en a eu l'occasion ? Elle avait peur de lui.

— Mais c'est mon père ? interrogea Martine.

La correctrice ouvrit la bouche mais laissa transparaître une brève hésitation.

— Non, se décida-t-elle enfin à répondre. Je ne crois pas. Enfin, je ne sais pas... Je n'étais pas là pour tenir la chandelle, comme on dit. Ta mère ne m'a jamais parlé de ça. Il a dû tout inventer.

— Et pour Dino ? insista la fillette. Dino et les autres types. Tu crois qu'ils lui obéissaient, qu'ils étaient là en service commandé ?

— C'est du délire! grogna Carmen en étreignant le volant avec nervosité. Egon a pu découper leurs photos dans des journaux, des revues professionnelles, je ne sais pas... Il a pu les photographier lui-même à leur insu. En tout cas ça ne prouve rien. Non, à mon avis il a essayé de t'embrouiller. Je te répète que c'est un malade. Là-bas, en Bretagne, il avait fini par considérer que Jeanne lui appartenait. Il voulait l'embarquer d'office dans je ne sais quelle traversée absurde alors même qu'il n'avait jamais mis les pieds sur un bateau! C'est un drôle de zigoto. Peut-être un déserteur de l'armée allemande. S'il revient à la charge, on le menacera de lui expédier les flics à domicile, ça m'étonnerait qu'il apprécie. Il était mouillé jusqu'au cou dans une affaire de marché noir, et ça n'a pas dû beaucoup changer.

Martine songea que Carmen parlait sans reprendre son souffle mais qu'elle n'avait pas répondu à la question principale: Egon était-il son père, oui ou non? Elle formula une fois de plus sa demande.

— Ma pauvre petite, que veux-tu que je te dise? Tu crois que c'est vraiment important? Les bonshommes ça va ça vient, ta mère te dirait la même chose. Ils ne s'intéressent à leurs gosses qu'au moment où ils commencent à se sentir vieux et à se préoccuper du partage de leur héritage. Avant, ils trouvent ça trop sale ou trop bruyant. Egon ne mérite pas que tu te mettes martel en tête.

Elle parut réfléchir, regarda une dernière fois Martine, et conclut:

— De toute manière tu ne lui ressembles pas.

«Elle l'a donc vu? songea Martine. Où? Et dans quelles circonstances?» Elle faillit poser la question mais, retenue par une force incompréhensible, préféra s'abstenir.

— Je ne veux pas te mentir, reprit Carmen. Je suis comme toi, dans le brouillard. Si Jeanne sait qui est ton père, elle a ses raisons pour ne pas nous le dire. Elle a peut-être jugé que ça ne t'apporterait rien de le savoir? Après tout, mieux vaut pas de père du tout qu'un paternel abruti ou méchant, tu ne crois pas?

Elle réfléchit quelques secondes, puis ajouta:

— Je suppose qu'il existe des moyens scientifiques pour savoir ça... des prises de sang ou je ne sais quoi, mais quel intérêt, en définitive? On surestime toujours la part de l'homme dans la fabrication d'un enfant! Ce n'est pas lui qui le porte, ce n'est pas lui qui souffre pour le mettre au monde. À mon avis, un gosse n'appartient à son père que dans la proportion de 10 ou 15 %, pas davantage. Ça devrait être consigné dans la loi. Tu as vécu jusqu'à aujourd'hui en te passant de père, et tu t'en trouvais très bien. J'espère que tu ne vas pas découvrir tout à coup qu'il te manque! Si?

— Non, dit Martine.

Et c'était vrai. Elle se sentait soulagée d'avoir échappé à Egon. À aucun moment, lors de sa brève séquestration au cimetière de voitures, elle n'avait été capable de s'imaginer vivant au milieu d'une nouvelle famille. Sans doute était-elle trop grande à présent pour être apprivoisée? On lui avait souvent répété qu'il ne fallait pas adopter de chats ou de chiens adultes parce qu'ils avaient déjà contracté nombre de mauvaises habitudes auxquelles il aurait été vain d'essayer de leur faire renoncer. Elle voyait dans ce théorème une loi s'appliquant à son propre cas.

Quand elles arrivèrent à la cité, M'man guettait la route derrière la fenêtre sans rideaux de la cuisine. Elle semblait à la fois très inquiète et dans une colère noire.

À peine Martine eut-elle ouvert la porte de l'appartement que Jeanne se rua sur elle pour la gifler.

— Petite salope ! hurla-t-elle. Où étais-tu passée ? J'étais morte d'inquiétude !

La fillette recula sous le choc. Jamais auparavant Jeanne ne l'avait frappée. La surprise avait anesthésié la douleur cuisante de la gifle. Carmen se précipita sur la jeune femme pour lui saisir les poignets.

— Calme-toi ! lança-t-elle. Tu es injuste, la pauvre n'y est pour rien. Je vais t'expliquer.

Et elle repoussa Jeanne à l'intérieur du F3 afin que les voisins n'entendent rien des détails qui allaient suivre. Martine demeura figée, incrédule. D'un seul coup, et sans qu'elle sût très bien pourquoi, elle se sentit étrangère en face de ces deux femmes chuchotantes. Pas concernée.

Quand elle connut la vérité, M'man s'agenouilla devant elle pour la serrer dans ses bras, mais cette attitude, qui rappelait trop celle adoptée par Egon une heure auparavant, fit se rétracter la fillette.

— Je te demande pardon, sanglota Jeanne. J'avais perdu la tête. Je ne pouvais pas savoir. Ce salopard ne t'a pas fait de mal au moins ?

— Non, grogna Martine agacée. Je voudrais qu'on parle d'autre chose.

— Ce n'est pas ton père, dit Jeanne. Ne crois rien de ce qu'il a pu te raconter. C'est un détraqué. C'est après moi qu'il en a, il cherche à me punir de l'avoir abandonné. Mais je ne pouvais plus vivre avec lui, il était trop bizarre.

— Je m'en fiche, trépigna Martine. J'en ai marre de vos histoires. Je voudrais qu'on me laisse tranquille !

Elle regretta soudain de n'être pas partie en colo avec Jojo Lempereur. Il lui pesait d'être plus « mûre » (comme disaient les profs !) que la plupart des gosses de son âge. Elle aurait donné n'importe quoi pour devenir bête et insouciante, à condition que cette bêtise l'isolât définitivement des manigances des adultes. Pourquoi ne vendait-on pas dans les pharmacies un sirop qui vous aurait permis d'oublier tous vos soucis ? Ce soir, elle en aurait avalé sans hésitation trois grandes cuillerées !

Cette nuit-là elle dormit très mal sur son lit de camp. À plusieurs reprises, elle rêva que les mains brûlées d'Egon se refermaient sur elle. Ce n'était pas agréable.

Deux jours plus tard, une nouvelle femme fut vitriolée devant la gare des Chantiers, à Versailles.

Aux policiers qui l'interrogèrent, elle dit n'avoir pas distingué le visage de son agresseur à cause de la nuit et du chapeau rabattu qui faisait de l'ombre sur ses traits.

Quand les journaux publièrent la photo de la malheureuse, Martine sentit un mauvais frisson lui parcourir la colonne vertébrale.

Une fois de plus la victime ressemblait à Jeanne.

15

Cette fois — sans doute parce qu'un fonctionnaire avait fait la relation avec l'article paru quelques semaines auparavant dans *France-Soir* — la police se déplaça. Un matin, deux hommes vêtus de complets bon marché, et portant au cou une cravate « ficelle » un peu grasse, vinrent frapper à la porte de l'appartement. Ils avaient les cheveux tondus comme des militaires et de sales petits yeux fouineurs. Quand Martine les fit entrer, elle sentit qu'ils étaient fâcheusement impressionnés par l'état de dénuement du logement.

— Vous avez emménagé il y a longtemps ? questionna le plus vieux.

— C'est vide, grogna le plus jeune. On croirait une planque du F.L.N.

Ils s'appelaient Morne et Bruton. Ils avaient les ongles sales et des chaussures pas cirées. Morne, le plus vieux, suçait des cachous pour essayer de masquer l'odeur de tabac qui s'échappait de sa bouche lorsqu'il prenait la parole.

M'man devint nerveuse dès qu'elle les vit. Elle n'aimait pas la police. Depuis que son père avait été taxé de collaboration avec l'ennemi elle savait qu'elle n'avait aucune indulgence à attendre de ces messieurs. Comme on ne disposait d'aucune chaise pour faire asseoir les enquêteurs, tout le monde dut rester debout... mais il était assez difficile de leur proposer de s'installer en tailleur sur le lino, comme pour jouer à la chandelle, n'est-ce pas ?

— On vient juste par routine, grogna Morne. En ce moment, avec toutes ces histoires d'attentats, on n'a pas le temps de s'occuper des dingues qui s'en prennent aux vedettes. Généralement, les célébrités ont les moyens de se payer un garde du corps, c'est aussi bien.

— À moins que vous n'ayez une activité politique, insinua Bruton, le plus jeune. C'est souvent que les intellectuels se fourrent dans la tête d'aider les bougnoules. Vous avez entendu parler des porteurs de valises ? Des gens de gauche qui se cotisent pour permettre aux Arabes d'acheter des armes avec lesquelles ils tueront les appelés du contingent. Assez dégueulasse, non ? Des Français qui payent pour qu'on assassine d'autres Français.

— Je ne m'intéresse pas à la politique, balbutia Jeanne.

— Mon collègue vous dit ça parce qu'il y a pas mal de règlements de comptes entre ceux qui soutiennent les Algériens et les autres, qui défendent les colons. Le vitriol, ça pourrait ressembler à une punition ou à une mise en garde, par exemple si vous donniez de l'argent pour la cause du F.L.N. et qu'on voulait vous en dissuader. De nombreuses vedettes sont compromises là-dedans. Les Renseignements généraux les ont à l'œil. Principalement des écrivains. Alors, n'est-ce pas, comme vous écrivez...

Pendant qu'il parlait, il arpentait le F3, scrutant les valises posées sur le sol. Les caisses de livres et de vêtements tenant lieu de commode ou de buffet.

— C'est précaire, observa-t-il.

— C'est temporaire, répliqua Jeanne. Nous ne faisons que passer. Nous allons partir en Bretagne dans quelques jours... pour nous installer dans la maison de mon père.

Martine faillit hausser les sourcils. Hé! C'était quoi cette histoire de départ en Bretagne? M'man venait-elle de l'inventer dans le seul but de justifier leur pauvreté?

— Vous connaissez-vous des ennemis? demanda Bruton.

Jeanne haussa les épaules, parla des lettres de menaces expédiées à son éditeur.

— C'est moche ce qui est arrivé à cette pauvre fille, grommela Morne. Surtout si elle a payé à votre place. Elle était jolie avant. Maintenant elle a l'air d'avoir été maquillée pour jouer dans *Les Yeux sans visage*. Vous avez vu ce film?

— C'est regrettable mais je n'y suis pour rien, protesta Jeanne d'une voix blanche.

— Ça se discute, fit Bruton. Si vous n'aviez pas écrit ce bouquin, on n'aurait pas cherché à vous le faire payer. Mais cette fille, elle était innocente, elle.

— Le problème, intervint Morne, c'est de savoir si le type s'est trompé, ou bien s'il s'amuse à tourner autour du pot. Vous voyez ce que je veux dire? On dirait que ça l'excite de vous faire peur. Il frappe toujours à proximité de votre domicile, comme pour vous faire comprendre qu'il sait où vous essayez de vous cacher. Vous habitiez le XVIe: il frappe devant le palais de Chaillot. Vous venez ici: il récidive à Versailles. J'espère qu'il ne va pas s'amuser à asperger une pauvre fille sous vos fenêtres, pour vous montrer qu'il se rapproche.

— Cette... femme, bégaya M'man. La victime... elle me ressemblait?

— Ouais, fit Bruton. Y avait un air de parenté. Même coiffure, même genre de visage. Le type a dû traîner dans les rues pour trouver un sosie convenable. Sauf votre respect, vous n'êtes pas mal mais vous ne valez pas Brigitte Bardot, c'est facile de vous dénicher une jumelle.

— Je pensais que vous aviez de l'argent, observa Morne. Avec tous ces livres vendus... Même ma femme l'a lu, votre roman. Je suis étonné de vous trouver ici, dans un logement social. Vous avez des problèmes financiers ?

Jeanne dut expliquer une fois de plus qu'elle gagnait beaucoup moins d'argent qu'on ne le pensait, et que la plupart des auteurs ne touchaient qu'un pourcentage dérisoire sur le prix de vente de leurs œuvres. Morne fit la moue, comme si la démonstration le laissait sceptique.

— Je ne peux pas vous demander de rester, conclut-il, puisque vous n'êtes pas impliquée dans l'affaire, mais je ne peux pas non plus vous fournir de protection. Je vous l'ai déjà dit, nous sommes débordés par les événements d'Algérie. Le mieux serait que vous filiez à l'anglaise, en essayant de ne pas être suivie. Ne donnez votre adresse à personne. Coupez les ponts. Il faut éviter les fuites. Ne laissez pas vos coordonnées, même à votre employeur. Une secrétaire, une employée qui ne vous a pas à la bonne peut très bien renseigner notre bonhomme.

Ils s'en allèrent sur ce dernier conseil.

La visite de la police ne passa pas inaperçue à l'intérieur de la cité. Elle ne contribua pas à améliorer l'image de Jeanne auprès des habitants.

— Pourquoi as-tu parlé de la Bretagne ? s'enquit Martine lorsque sa mère eut quelque peu recouvré ses esprits.

— Parce qu'on ne peut pas rester ici plus longtemps, murmura la jeune femme. Tu ne vois donc pas que le danger se rapproche ? Si ça se trouve c'est Egon le coupable. Il a décidé de me faire peur. Il s'en prend à toutes les filles qui me ressemblent. Et il continuera tant que je ne me serai pas avouée vaincue. C'est du chantage pour te récupérer. Il espère que je finirai par me sentir coupable et que je céderai, mais il se trompe.

— Egon ? s'étonna Martine. Il n'a pas l'air assez méchant.

— Qu'est-ce que tu en sais ! gémit M'man. Tu es trop jeune pour t'en rendre compte. Et puis tu m'as dit qu'il avait des brûlures sur les mains... et si c'était des cicatrices dues au vitriol, hein ? Il a pu s'asperger par maladresse.

— Tu aurais pu le dire à la police, fit remarquer Martine.

— On ne peut pas se fier à ces gens-là, dit Jeanne en frissonnant. Ils ont l'esprit tordu. Ils partent toujours du principe qu'on est coupable. Tu as vu ceux-là ? Ils voulaient à tout prix m'impliquer dans une affaire politique ! C'est tout ce qui les intéressait. Non, il faut qu'on se débrouille toutes seules.

Elle se mit à faire les cent pas dans l'appartement, en proie à une grande excitation, masquant son appréhension sous un entrain factice.

— Je t'ai parlé de l'île, fit-elle. Bregannog. On se terrerait dans la maison familiale. Personne ne pourrait débarquer sans qu'on le repère. On ne peut pas se cacher là-bas ! C'est un caillou nu. Ce serait facile de monter la garde. Tu serais ma vigie, ma petite sentinelle.

— Oui, lança Martine transportée à cette seule idée. Et comme j'ai une bonne vue je pourrais le repérer de loin !

— Il faut que j'en parle à Carmen, dit Jeanne. Je n'ai pas le courage d'y aller en train. Si Egon n'est pas le vitrioleur, alors ce peut être n'importe qui. N'importe quel bonhomme caché dans la foule. Il pourrait tout aussi bien m'attaquer sur le quai de la gare.

Le plan ourdi par M'man était plus facile à imaginer qu'à mettre en action. En effet, bloquée à Paris par ses travaux de réécriture, Carmen ne pouvait tout abandonner au premier appel de détresse sans courir le risque d'être licenciée par Sacha Barine. Jeanne, bien décidée à échapper à son poursuivant mystérieux, refusa désormais de sortir et interdit à Martine de franchir le seuil du logement. Le soir, au moment de se coucher, elle allait à plusieurs reprises vérifier que la porte était bien fermée. Ces précautions ne la tranquillisaient qu'à demi car, en le regardant de plus près, elle s'était rendu compte que le battant se composait de deux rectangles de contre-plaqué cloués sur un simple cadre de bois. Il suffisait donc d'un coup d'épaule appuyé pour enfoncer ce fragile rempart.

Cette sensation d'insécurité se trouvait aggravée par le fait qu'en raison des vacances d'été la cité se vidait peu à peu. La plupart des voisins avaient déjà pris le large. Martine et sa mère les avaient vus s'en aller au volant de voitures surchargées, la cage des serins ficelée sur la galerie. Les aires de stationnement se dégarnissaient chaque jour un peu plus. Les cris des enfants s'étaient tus. Quand la nuit tombait, les fenêtres des bâtiments voisins restaient noires. Le 94 était lui-même à peu près vide.

— Quand ceux du rez-de-chaussée auront fichu le camp, observa Jeanne, nous serons toutes seules.

Cette perspective la faisait pâlir d'angoisse.

— N'importe qui pourrait entrer ici, murmurait-elle le soir lorsqu'elle était étendue sur son lit de sangles. Les portes sont en carton, les serrures viennent du Prisunic. Il suffirait d'un pied-de-biche pour faire sauter le battant. Que ferions-nous si quelqu'un se mettait en tête de s'en prendre à nous? Même si j'ouvrais la fenêtre pour crier, personne ne m'entendrait.

Martine partageait ses inquiétudes. Au début, le dépeuplement de la cité l'avait amusée, et elle s'était un temps appliquée à y voir les résultats d'une quelconque fin du monde. « Tout le monde serait en hibernation, songeait-elle. Une météorite aurait explosé, répandant un gaz anesthésiant. Les gens seraient tombés endormis, sauf M'man et moi parce que notre organisme sécréterait une vitamine spéciale qui nous immuniserait. On serait les reines de la cité. » Elle avait brodé à plaisir sur ce scénario digne des naïves aventures de Bob Morane, qu'elle dévorait avec gourmandise. « On pourrait entrer chez les voisins, se disait-elle. Fouiller dans leurs tiroirs ! »

Mais cette euphorie avait été de courte durée. M'man avait raison : les flics ne leur ayant accordé aucune protection, le pire pouvait se produire.

Cette crainte l'avait peu à peu conduite à monter la garde devant la fenêtre de la pièce principale, celle d'où l'on pouvait surveiller la route nationale menant à Versailles.

Elle restait là des heures durant, se dandinant d'un pied sur l'autre quand l'envie de faire pipi la forçait à abandonner son poste. Alors, elle courait aux cabinets, se répétant que le vitrioleur allait profiter de sa défaillance pour s'introduire dans l'immeuble.

M'man essayait d'écrire, ses cahiers étalés autour d'elle, ceux encore vierges et ceux qu'elle avait couverts de gribouillis, mais le cœur n'y était pas et elle raturait sans cesse. Sa provision de papier blanc s'épuisait.

Le ravitaillement posait lui aussi des problèmes. Désormais elles se rendaient au supermarché la main dans la main, changeant de trottoir dès qu'un inconnu venait en sens inverse. Ces expéditions leur donnaient des sueurs froides dont elles mettaient l'après-midi à se remettre. Elles faisaient des réserves, entassant pâtes, sauce tomate, riz, sardines et miettes de thon à l'huile, pour sortir le moins possible. L'absence de réfrigérateur les gênait dans leur entreprise de stockage. Elles se contentaient d'entasser les provisions dans des cageots récupérés dans les poubelles du supermarché, ce qui achevait de conférer au F3 l'aspect d'un campement gitan.

Il faisait très chaud. Le soleil se ruait par les fenêtres dépourvues de rideaux, inondant le logement de béton dont la température s'élevait au fil des heures. On pouvait prendre un coup de soleil rien qu'en s'endormant sur le balcon! Martine avait eu l'idée de s'installer dans la baignoire. Là, recroquevillée au fond du récipient d'émail, elle lisait. Quand la transpiration collait sa peau au métal, elle ouvrait le robinet et faisait couler un peu d'eau. Elle ne souffrait pas de la claustration car la vie au sixième l'avait habituée à se satisfaire d'espaces qui auraient rendu claustrophobe n'importe quel enfant normalement constitué.

On laissait la radio branchée nuit et jour pour se donner l'illusion de n'être pas tout à fait seules. Les bulletins d'informations parlaient beaucoup des affaires algériennes, et répétaient des noms compliqués que la fillette ne parvenait jamais à retenir.

Elles attendaient que Carmen veuille bien refaire surface et rayaient les jours sur le calendrier. La cité était maintenant à peu près vide, l'herbe des pelouses jaunissait à cause de l'absence de pluie. De temps en temps, un ouvrier du service d'entretien installait un jet d'eau rotatif, et Martine aurait donné cher pour courir gambader sous cette averse mécanisée.

Egon surgit au moment où la petite fille commençait à oublier ses mésaventures au cimetière de voitures. Il arrêta sa vieille bagnole américaine de l'autre côté de la route, sortit pour s'appuyer au capot et fuma une cigarette en gardant les yeux fixés sur la fenêtre de l'appartement.

Martine faillit pousser un cri d'alerte, puis elle pensa qu'il était peut-être inutile d'inquiéter M'man, dont la nervosité ne faisait que croître. Elle demeura figée, les mains crispées au rebord de la fenêtre, regardant la petite silhouette plantée sur le ruban goudronneux. Elle avait la conviction qu'Egon la regardait droit dans les yeux et que son expression n'avait rien d'amical. Était-il très en colère parce qu'elle l'avait frappé ? Allait-il venir la prendre de force ? Il était fort et avait plein d'outils à sa disposition. La porte en carton-pâte ne l'arrêterait pas longtemps.

Elle en était là de ses réflexions quand Jeanne s'approcha et lui posa la main sur l'épaule.

— Tu t'ennuies, ma biche ? s'enquit-elle d'un ton désolé. Tu préférerais être dehors, hein ? Je suis comme toi mais ce ne serait pas prudent.

Martine comprit que la myopie de M'man l'empêchait de reconnaître Egon, et qu'elle regardait la silhouette du ferrailleur sans pouvoir l'identifier. L'homme allait-il penser qu'elle le narguait ?

— T'inquiète pas, murmura la fillette en essayant de s'exprimer d'une voix normale. Je ne m'ennuie pas du tout. Et puis tu as raison, ce serait imprudent de sortir.

— Tu as chaud ? observa Jeanne. Tu es toute mouillée.

— C'est rien, éluda Martine. C'est le soleil. Ça tape drôlement aujourd'hui. Il ne faisait jamais aussi chaud à Paris.

Egon resta là une heure, sans bouger, tel un épouvantail ne craignant ni la chaleur ni la poussière. Quand il se décida à remonter dans sa voiture, Martine poussa un soupir de soulagement. Cette nuit-là, elle resta longtemps éveillée, l'oreille tendue pour détecter d'éventuels bruits d'effraction. À cause de la canicule il était assez difficile de fermer les fenêtres, et elle songeait avec terreur qu'il aurait été simple pour Egon de s'introduire dans le F3 au moyen d'une échelle posée contre la façade. On n'était qu'au troisième étage, et il ne restait plus grand monde aux alentours pour surprendre son manège.

Quand elle fut certaine que Jeanne dormait, Martine se leva pour fermer toutes les fenêtres, mais la température devint si étouffante que M'man se réveilla en sueur.

— Tu es folle ! souffla-t-elle. Pourquoi as-tu fermé ?

— À cause des moustiques, feignit de pleurnicher la fillette. Ils n'arrêtent pas de me siffler aux oreilles.

Elle ne mentait pas tout à fait. La proximité des étangs et de la forêt favorisait le pullulement d'insectes de toutes sortes : papillons, mouches, guêpes, taons, libellules...

M'man alla ouvrir la porte du balcon. Depuis que les voisins étaient partis elle avait repris l'habitude de dormir toute nue. Son corps luisant de sueur brillait sous la lumière de la lune. Martine la trouvait très belle, elle comprenait pourquoi les « types » ne cessaient de lui tourner autour. Elle se demandait parfois s'il en irait de même pour elle quand elle serait grande. Et ce qu'elle ferait. Elle ne comprenait pas pourquoi Egon répétait que Jeanne avait « pourri », ou qu'elle s'était « gâtée ». Un fruit pourri ou gâté n'était jamais très agréable à regarder, Jeanne si !

M'man s'était assise sur le ciment du balcon, les genoux ramenés sous le menton. Elle alluma une cigarette en laissant son regard courir sur la masse noire de la forêt encerclant la cité. Martine se leva pour aller remplir une bouteille d'eau au robinet. Elle but au goulot et la tendit à sa mère.

— J'ai hâte d'être partie, murmura celle-ci. Tout me fait peur. Je ne me sens pas en sécurité. Si le vitrioleur connaît notre adresse, il essaiera peut-être de monter jusqu'ici.

— Et si on déménageait? proposa Martine. Je veux dire: si on allait s'installer chez les voisins par exemple? Tu as dit toi-même un jour qu'on pouvait ouvrir les serrures avec une épingle à cheveux. On se cacherait chez des gens qui sont partis en vacances, comme ça le type, s'il tente d'entrer ici, tombera sur un appartement vide.

Jeanne haussa les sourcils, à la fois surprise et séduite.

— Tu sais que c'est pas bête ce que tu dis là, ma biche? souffla-t-elle. Ce serait même assez rusé.

— Il n'y a plus qu'une famille dans l'immeuble, renchérit Martine. Ceux du rez-de-chaussée, et ils vont bientôt lever le camp eux aussi, je les ai vus préparer la voiture. On pourrait s'introduire dans n'importe quel logement et y rester jusqu'à la fin du mois.

— Pas bête du tout, sifflota Jeanne. Il suffirait de monter ici dans la journée pour s'exhiber un peu aux fenêtres et, la nuit, de regagner notre cachette.

— Oui, insista Martine. C'est la nuit qu'on court le plus grand danger. On ne peut pas rester éveillées en permanence et il y a trop de fenêtres. Tu crois que tu pourrais ouvrir l'une des portes?

— Je peux toujours essayer, dit Jeanne. J'ai pas mal pratiqué ce petit jeu quand je suis arrivée à Paris. Comme je ne savais pas où dormir, je m'introduisais la nuit dans les appartements mis en vente par les agences immobilières. Ce n'était pas très difficile, il suffisait de repérer le panneau publicitaire accroché à l'une des fenêtres. Même s'il y a plusieurs serrures, les types qui font visiter n'en ferment qu'une, par commodité. Et ils donnent rarement plus d'un tour de clef. C'est comme ça que tu as dormi dans des appartements de huit pièces dans le quartier des ministères, rue de l'Université ou rue de Bellechasse. Tu étais bébé, tu ne peux pas t'en souvenir. On s'allongeait sur la moquette, roulées dans une couverture, et on dormait jusqu'à l'aube. Quand on prend garde de ne pas trahir son passage, on peut pratiquer ce petit sport assez longtemps.

Tu crois qu'Egon pourrait nous faire du mal? demanda la fillette.

— Je ne sais pas, soupira la jeune femme. Sans doute. J'ai surtout peur qu'il essaye de t'enlever. Il a gagné beaucoup d'argent pendant la guerre, et comme tous les trafiquants il dispose d'un réseau de complicités. J'ai le sentiment qu'il pourrait disparaître avec toi sans laisser de traces. Si cela arrivait, j'aurais beau faire, je ne te retrouverais jamais.

Martine se jeta contre sa mère. Celle-ci l'enveloppa de ses bras.

— Ne t'affole pas, chuchota Jeanne. On ne se laissera pas manger toutes crues sans avoir donné de grands coups de cornes. On essaiera d'entrer chez les voisins dès demain matin. Tu feras le guet dans les escaliers. Toutes les serrures doivent se valoir, chez qui veux-tu t'installer?

— Les Souriaux, ceux du deuxième gauche, chuchota Martine. Ils ont la télé. On pourrait la mettre tout bas?

Jeanne rit. Elle avait un beau rire de gorge qui roulait dans sa poitrine. Un rire qui faisait frissonner les hommes.

— Okay, dit-elle. On essaiera. Je sais qu'ils ont un Frigidaire, on pourra au moins boire frais. Mais pas question d'allumer la lumière le soir ou d'ouvrir les rideaux, c'est compris?

— Compris.

— On ne remontera que dimanche prochain, pour attendre Carmen. Je lui ferai une lettre pour lui donner rendez-vous.

Ce fut moins facile qu'elles ne l'avaient imaginé. Jeanne avait perdu la main, et il lui fallut près de cinq minutes pour parvenir à faire jouer la serrure. La mère et la fille s'immobilisèrent au seuil de cette porte entrebâillée sur un univers qui leur était étranger. Le F3 sentait l'eau de Javel et l'oignon. Les meubles venaient de chez Lévitan, il y avait des poupées de fête foraine accrochées aux murs, ainsi que des tableaux de paysages alpins en provenance de la Belle Jardinière. Tout était très propre. Jeanne découvrit même un exemplaire du *Masque aux yeux clairs* sur la table de chevet de Mme Souriaux. Du côté de Monsieur s'entassaient des romans d'espionnage des éditions du Fleuve noir : *OSS 117. Coplan FX 18.*

— Qu'est-ce qu'on fait ? demanda Jeanne. On reste ?

— Oui, grogna Martine. Au moins on pourra dormir tranquilles !

Elles transportèrent leurs provisions, rétablirent le courant, l'eau et le gaz. Jeanne prit toutefois la précaution de dévisser la plupart des ampoules afin de ne pas se retrouver à la merci d'une fausse manœuvre qui aurait trahi leur présence. Elle ne conserva qu'une lampe de chevet qu'elle déposa sur le sol. Par bonheur les fenêtres étaient munies de doubles rideaux épais. L'odeur de renfermé, avivée par la canicule, était un peu pénible, mais il ne fallait pas espérer aérer avant la nuit.

Elles firent une dernière expédition au supermarché et postèrent la lettre destinée à Carmen. Martine était très nerveuse car elle avait repéré Egon, cent mètres en arrière. Connaissant la myopie de Jeanne, il prenait la précaution de se tenir hors de son champ visuel, et lui emboîtait le pas en toute impunité, tel un homme invisible filant sa prochaine victime. La fillette ne savait quelle attitude adopter.

Elle craignait par-dessus tout d'affoler Jeanne. En outre, un sentiment diffus de culpabilité lui interdisait de provoquer un scandale qui aurait amené l'arrestation d'Egon. Elle voulait éviter de se conduire de manière cruelle avec un homme qui était peut-être son père, même si, au demeurant, elle n'éprouvait aucune affection pour lui. Ne l'avait-elle pas déjà frappé, au risque de lui fendre le crâne ?

Prise entre des partis contraires, elle se sentait mal à l'aise et fort malheureuse.

Egon s'obstinait à rôder dans les environs. Une fois, alors que Martine faisait un peu de « présence » à la fenêtre du troisième droite, il s'approcha assez pour qu'elle puisse distinguer une grosse croûte brune sur son front, là où le pied de lampe lui avait entaillé la peau. Il n'avait plus son air de chien battu et ne se donnait pas davantage la peine de sourire. Il gardait en permanence les mains dans les poches, comme s'il tenait les doigts crispés sur une arme quelconque, un couteau ou... une bouteille de vitriol ?

Martine avait du mal à soutenir son regard. Quand il la fixait ainsi, il avait l'air de dire : « Descends, ma fille, descends de ton plein gré avant que je n'aille te chercher. Tu sais que tu mérites une bonne correction, alors n'aggrave pas ton cas. Ne m'oblige pas à aller t'attraper par la peau du cou. Si tu t'obstines à jouer les méchantes filles, ce sera ta mère qui en pâtira. »

Quand cela se produisait, Martine se rejetait en arrière pour rompre le contact, mais le cœur lui venait aux lèvres. À une ou deux reprises, elle fut sur le point d'obéir et de sortir du bâtiment pour aller rejoindre Egon. Une force étrange émanait de lui, une sorte d'obstination qui rendait toute résistance impossible. Était-ce ainsi que les pères se faisaient obéir ? Jouissaient-ils d'un pouvoir hypnotique comme les fakirs dans les romans d'aventures ?

Dès la tombée du jour, Jeanne et Martine gagnaient l'appartement des Souriaux sur la pointe des pieds, mettaient la chaîne de sécurité, coinçaient une chaise sous la poignée de la porte, et poussaient un soupir de soulagement. Il était amusant de parler en chuchotant, de se déplacer au ralenti pour ne rien laisser tomber sur le sol. Elles prenaient toutefois des risques en cuisinant, car « ceux-du-rez-de-chaussée » s'obstinaient à retarder leur départ, et les odeurs de friture auraient pu leur donner l'éveil. Elles se nourrissaient donc de biscottes Gringoire et de sardines à l'huile.

Une nuit, alors que Jeanne dormait nue sur le lit du couple, Martine entendit un pas dans l'escalier. Quelqu'un grimpait jusqu'au troisième étage. Le souffle court, elle se plaqua contre la porte. L'homme n'avait pas allumé dans la cage d'escalier, comme s'il ne tenait pas à ce qu'on le repère. À force de tendre l'oreille, la fillette finit par se persuader qu'elle entendait crisser les engrenages d'une serrure qu'on forçait.

« C'est Egon, songea-t-elle en retenant un cri. Il en avait assez d'attendre. Il vient me chercher. »

Une minute s'écoula, puis les pas redescendirent, toujours dans l'obscurité. Quand ils passèrent devant la porte des Souriaux, Martine crut s'évanouir de frayeur. Elle n'eut pas le courage d'aller glisser un œil entre les rideaux pour identifier la silhouette qui sortait de l'immeuble.

« Je suis sûre que c'était lui, pensa-t-elle. Si nous n'avions pas changé d'appartement, il m'aurait kidnappée et aurait fait du mal à M'man. »

Elle se coucha en claquant des dents dans le lit du fils Souriaux, un galopin qui collectionnait les albums des Pieds-Nickelés et les bagues à tête de mort en laiton doré.

Le lendemain, lorsqu'elle monta à l'appartement,

elle découvrit des éraflures sur le métal de la serrure. Egon avait-il réussi à l'ouvrir ? Était-il entré ? Dans ce cas, il n'avait pu que constater l'absence des occupantes. Les croirait-il parties ou bien éventerait-il le subterfuge du deuxième logement ?

« Il est capable de revenir la nuit prochaine ! S'il a compris, il va essayer de visiter chaque F3 et il finira par tomber sur le bon ! »

16

Curieusement, Egon ne revint pas, ni le lendemain ni les jours suivants. Martine se demanda tout d'abord s'il s'agissait d'une ruse destinée à endormir sa méfiance, mais Egon ne se manifestant pas davantage la nuit, elle fut forcée d'admettre qu'il s'était bel et bien évaporé. Était-il tombé malade ? Son travail l'empêchait-il de rôder autour de l'immeuble comme il l'aurait souhaité ? La fillette n'en avait aucune idée.

Carmen refit surface le samedi matin. Elle avait arraché un mois de vacances à Sacha Barine et fait réviser la 2 CV en prévision du départ en Bretagne. Ce voyage éveillait en elle une appréhension qu'elle ne cherchait nullement à dissimuler.

— Tu es sûre que c'est une bonne idée ? demanda-t-elle à Jeanne. Il y a combien d'années que tu n'as pas vu ton père ?

— Treize ou quatorze ans, murmura M'man. Je ne sais plus.

— Et depuis tout ce temps vous n'avez jamais échangé une lettre, un coup de téléphone ?

— Non, soupira la jeune femme. Nous n'aurions pas su quoi nous dire. Il ne m'a jamais aimée, tu sais ? Pour lui, je suis la meurtrière de sa femme chérie. Celle qui, par sa venue au monde, a causé la mort de sa tendre épouse. Dès qu'il a eu l'occasion de se débarrasser de moi, il l'a fait. C'était aussi bien comme ça, d'ailleurs, je crois que nous aurions fini par nous entre-tuer.

— Drôle de bonhomme, grommela Carmen. Et, malgré ça, tu continues à penser qu'il est judicieux d'aller là-bas ? Il ne risque pas de nous accueillir à coups de fusil ? Il est au courant pour la petite ?

Jeanne haussa les épaules et prit le temps d'allumer une cigarette.

— S'il nous interdit sa porte, on louera une maison de pêcheur, fit-elle avec une fausse désinvolture. L'île est à moitié vide, tous les jeunes sont partis sur le continent. Il y a même un phare désaffecté. Quand j'étais petite, une poétesse anglaise le louait pour la durée de l'été. Elle s'installait tout en haut, les jambes dans le vide, le dos contre la lentille, pour écrire ses poèmes sur un petit carnet. Elle avait des dents de lapin et parlait en zézayant. Elle était adorable.

— Mais ton père, insista Carmen. Il ne risque pas de faire un esclandre ?

— Ce n'est pas son genre, éluda Jeanne. Au pire il nous ignorera. Depuis qu'on l'a accusé de collaboration il vit comme un misanthrope. C'est Marion, sa vieille bonne, qui me l'a écrit. J'adore cette femme, c'est elle qui m'a élevée. J'ai envie de la revoir. De lui montrer Martine.

— D'accord, capitula Carmen. Si tu te sens mieux là-bas...

— Personne ne pourra aborder sans qu'on le repère immédiatement, martela Jeanne. Pas plus Egon qu'un autre. La mer nous défendra des dangers. Tu comprends ? Cette fois, je serai sur mon territoire !

Elles occupèrent l'heure qui suivit à boucler leurs paquets. Martine profita de ce que M'man faisait sa toilette dans la salle de bains pour mettre Carmen au courant des visites d'Egon. La correctrice fronça les sourcils, laissant deviner son incrédulité.

— Tu dis qu'il venait tous les jours ? murmura-t-elle.

— Oui, fit Martine. Et même la nuit. Mais je ne l'ai pas dit à M'man pour ne pas l'affoler. Il avait l'air décidé à se venger. Si nous ne nous étions pas cachées chez les Souriaux, il m'aurait peut-être kidnappée !

Carmen grimaça. La manière dont Jeanne et sa fille avaient émigré chez les voisins l'avait beaucoup choquée.

— Tu te fais peut-être des idées, marmonna-t-elle. Mais il vaut mieux partir. Si je vous laisse ici vous allez finir par faire des bêtises. Vous êtes pareilles, Jeanne et toi, votre imagination tourne à plein rendement. On a toujours peur de ce que vous allez inventer.

Elles vidèrent l'appartement, entassant les lits de camp dans le coffre de la voiture. Il était manifeste que Jeanne entendait ne jamais remettre les pieds à la cité des Étangs, même si elle s'abstint de le déclarer de manière péremptoire.

— Si on doit louer le phare, mentit-elle, on aura besoin des lits. C'est très rudimentaire comme installation.

— J'ai l'impression que tu nous embarques dans une drôle d'histoire, grommela Carmen en se glissant au volant. J'espère que nous n'aurons pas à le regretter.

Elles prirent la route au début de l'après-midi. Il n'y avait guère de circulation, et Carmen estima qu'on atteindrait la Bretagne à la tombée de la nuit si aucun incident mécanique n'immobilisait la petite voiture sur le bas-côté. Le vacarme à l'intérieur de la 2 CV était effroyable et Martine avait l'illusion de voyager dans un bidon d'acier traîné sur les cailloux par un cheval emballé. Durant les premiers kilomètres elle regarda par la lunette arrière pour s'assurer que le véhicule d'Egon ne les suivait pas. Elle ne remarqua rien de suspect. Malgré l'inconfort du périple elle était très excitée car c'était la première fois qu'elle partait en vacances. La perspective d'habiter à l'intérieur d'un phare lui donnait envie de pousser des cris d'Indien. Bien sûr, la médaille avait son revers : notamment ce grand-père inconnu et terrible qu'elle imaginait recroquevillé au fond d'une maison froide et noire tel un sachem redoutable dans son tipi. Serait-il méchant ? Faudrait-il l'embrasser ?

Vaincue par la chaleur du soleil tapant sur la capote de toile, elle finit par s'endormir. Jeanne la réveilla au Mans. Carmen avait arrêté la voiture au bas d'un talus, pour saucissonner. Elle se massait les reins en grimaçant.

— Bon sang, grogna-t-elle. Dire que je conduisais des Jeeps dans le désert ! Je crois que je commence à me faire vieille.

Martine s'assit dans l'herbe en bâillant et dévora la tartine de pâté que lui tendait sa mère.

— Tout de même, murmura Carmen à l'intention de Jeanne, ça ne te fait pas une drôle d'impression de revoir ton père après tout ce temps ? Moi, je serais morte de trac.

Jeanne parut réfléchir.

— Tu sais, fit-elle au bout d'une minute. Je crois que je ne l'ai jamais considéré comme mon père. Pour moi, c'était une sorte de voisin pas très poli. De grand monsieur un peu prétentieux à qui je devais faire la révérence lorsque je le croisais. Mais un père ? Non. D'ailleurs j'ai vite compris que je l'embarrassais. Il feignait de ne pas me voir, faisait des détours pour m'éviter lorsque je jouais dans le jardin. C'était l'homme qui vivait dans la grande maison, rien de plus. Il n'a jamais eu le moindre geste d'affection envers moi. Ma famille c'était Marion. Mon foyer c'était la cuisine, le cellier.

Elle parlait d'une voix lointaine, l'œil fixé sur la ligne d'horizon comme si elle y voyait défiler des images projetées à sa seule intention.

— Non, dit-elle. Même dans ma tête je ne l'ai jamais appelé papa. Pour moi c'était un « type ». Un inconnu. D'ailleurs je crois bien que je le surnommais comme ça : le Type.

17

Le Type habitait la seule maison de maître jamais construite sur Bregannog. Une grande maison grise, bâtie à l'aide de ces pierres que les druides utilisèrent jadis pour ériger les menhirs. Le bâtiment avait toujours fait à Jeanne l'effet d'un territoire étranger où il était dangereux de mettre les pieds. Pour sa part, elle vivait dans l'aile des domestiques, une petite bicoque appuyée au bâtiment principal, avec Marion, sa nourrice et la femme à tout faire de la famille. La demeure avait été construite sur le modèle des malouinières, ces propriétés d'armateurs conçues pour se dresser sur le front de mer et faire la nique aux tempêtes. Les fenêtres étaient doubles, les carreaux étroits pour offrir moins de prise au vent. Plantée au beau milieu de l'île, la maison des Jurieux trônait comme un château fort ou une prison maritime destinée à retenir quelque captif embarrassant. Chaque fois qu'elle relisait *Le Comte de Monte-Cristo,* Jeanne donnait au château d'If l'aspect de la maison de son père. Ses fenêtres ne s'illuminaient jamais, car Henri Jurieux était d'une économie frisant l'avarice. C'est du moins ce que se plaisaient à raconter les domestiques, mais on pouvait penser qu'en intellectuel voué aux abstractions, le maître de maison se moquait de ces détails. Jeanne le voyait parfois traverser une pièce, une lampe à pétrole ou un candélabre à la main. Figure austère sanglée dans un éternel costume noir aux coudes élimés.

Non reliée au réseau électrique, Bregannog imposait des coutumes d'un autre âge, et tout se passait comme si le XIXe siècle, chassé de partout par les progrès de la science, s'était accroché ici pour couler des jours paisibles à l'écart de la folie du monde. Il y avait bien quelques éoliennes, mais elles tombaient en panne, et on avait renoncé à les réparer. En l'absence de végétation qui eût pu fournir du bois de chauffage, on n'allumait les cheminées qu'au cœur de l'hiver, quand la température devenait par trop glaciale. Les habitants de Bregannog étaient pauvres, frustes et habitués à souffrir. Le seul luxe qu'on s'octroyait c'était l'eau douce, dont un bateau amenait une citerne chaque semaine, ce qui impliquait un partage rigoureux et bannissait tout gaspillage. On se lavait peu, les lessives restaient parcimonieuses. Henri Jurieux, au temps de sa splendeur, avait proposé au conseil municipal d'acheter une machine fabriquant de l'eau douce à partir de l'eau de mer, mais le prix de l'engin de désalinisation avait été jugé prohibitif. En outre la population tenait à ses habitudes ancestrales.

— Faut pas s'arrêter à la surface des choses, répétait Antoine Kerradec, le maire de Bregannog. Ici, on est plutôt mieux que sur le continent. La mer nous protège des modes, de la politique, des idées dépravées. Regardez ce qui est arrivé en 36 ! Les congés payés ont amolli tout le monde, l'ouvrier ne pensait plus qu'à faire la bringue, à se tourner les pouces, et c'est comme ça qu'on a perdu la guerre ! Ici, chez nous, la race reste forte. On ne se soucie pas de confort ou de vacances, en contrepartie l'île fabrique des hommes et des femmes de granit.

Henri Jurieux partageait cet idéal. Élevé dans

l'idolâtrie des préceptes spartiates, il lui plaisait de mortifier sa chair en travaillant en plein hiver à la lueur d'une chandelle dans un bureau à la cheminée pleine de cendres froides, la tempête cognant aux carreaux.

— Il n'a pas toujours été comme ça, grommelait Marion en pelant des pommes de terre que le bateau hebdomadaire apportait du continent. Quand ta mère était encore vivante, il jouait au jeune homme. On ne le voyait pas beaucoup ici, il fréquentait les salons parisiens, il faisait le coq au milieu des beaux messieurs. Il écrivait dans les journaux, il avait des ambitions politiques. On raconte qu'il rédigeait des discours pour les Croix-de-Feu, qu'il allait dans les manifestations rosser les rastaquouères à coups de canne. Il vivait la plupart du temps dans le Morbihan, à Lorient. Madame n'aimait pas Bregannog. Elle se promenait en fronçant le nez, elle disait que les gens sentaient mauvais. Elle tenait toujours à la main un petit mouchoir imprégné de lavande. Il fallait lui faire la révérence à dix pas, mais surtout ne pas chercher à s'approcher davantage. C'était une poupée parisienne, jolie comme tout. Une fille comme on n'en fabrique pas chez nous parce qu'elles se casseraient tout de suite. Il fallait la voir se promener avec sa petite ombrelle. Elle avait peur des vagues, des falaises, des mouettes. Elle tremblait à l'idée qu'un oiseau de mer allait peut-être lui faire caca dessus au cours d'une promenade. Et ton père... Je veux dire : Monsieur, trottinait derrière elle comme un petit chien. Pourtant elle le rabrouait tout le temps. Je me rappelle qu'elle lui disait : « Henri, vous êtes d'un ennui indescriptible. Cessez de me parler de vos Romains, de vos centurions et de vos ruines. Il ne vous est jamais venu à l'idée de vous intéresser aux choses vivantes ? »

Car Henri Jurieux était quelque chose comme un

spécialiste de l'Antiquité. Il avait donné des cours au Collège de France, à la Sorbonne, et dans tout un tas d'universités étrangères qui l'avaient fait docteur *honoris causa*. La grande maison était pleine de bustes ébréchés, sans nez, sans menton, sans oreilles, qu'il avait rapportés de ses fouilles au quatre coins de l'Antiquité — car Jeanne, lorsqu'elle était petite, imaginait l'Antiquité non pas comme une période de l'histoire humaine mais plutôt comme un vaste pays que les fouilles de son père avaient peu à peu transformé en gruyère. Cette statuaire jaunâtre, fendillée, donnait aux pièces sombres l'aspect peu engageant d'un musée dépourvu de visiteurs. Jeanne se contentait de les lorgner par l'une des fenêtres du rez-de-chaussée. Elle avait fini par se mettre dans la tête que les bustes romains causaient entre eux dès qu'ils se retrouvaient tout seuls, et elle fixait leurs bouches de pierre pour voir si elles remuaient dans la pénombre.

Elle ne gardait aucun souvenir de sa mère, qui était morte en Italie, au pied du Vésuve, quelques mois après lui avoir donné le jour.

— C'était un bibelot en cristal, cette femme, marmonnait Marion quand on évoquait le sujet. Elle n'était pas faite pour avoir des enfants. Un corps pareil ça ne supporte pas la déformation. Elle ne s'est pas remise de l'accouchement. Je me rappelle qu'elle ne quittait plus jamais sa chaise longue. Elle vivait comme ça, des lunettes de soleil bleues sur le nez, enveloppée dans une couverture écossaise qu'elle appelait un «plaid» et qui ressemblait à ce qu'on met sous la selle des chevaux pour leur éviter d'être blessés. Elle buvait de la citronnade et du thé à peine infusé, à cause de ses palpitations. Elle avalait assez de remèdes pour endormir une compagnie entière de tirailleurs sénégalais, mais c'était pas mes affaires, dame! Je voyais bien qu'elle se changeait le sang en eau claire, mais je devais rester à ma place. Ton père a décidé de l'emmener avec lui en Italie, pour fouiller dans les décombres d'une ville de l'ancien temps, un nom bizarre qui fait penser aux pompiers... Pompe-pays, quelque chose comme ça. Là-bas, elle a contracté les fièvres, et comme elle n'était pas bien costaude, elle est morte en huit jours. Toi, ma petiote, on t'avait laissée ici avec moi. C'est peut-être ça qui t'a sauvé la vie, qui peut savoir ?

Jeanne avait du mal à bâtir une image satisfaisante de sa mère car Henri Jurieux avait décroché tous les portraits et toutes les photographies de sa femme sitôt celle-ci ensevelie. Cette épuration avait laissé de grandes taches claires sur la tapisserie des murs.

— Les veufs se comportent parfois de façon bizarre, disait Marion. Le père Mathieu, par exemple, quand sa femme est morte d'une congestion cérébrale, il a fait un grand tas avec les affaires de la pauvre vieille au milieu de son jardin, et il y a foutu le feu. Allez donc savoir pourquoi ? Ton père, c'est encore différent. Il n'a rien jeté, rien donné, mais il a tout enfermé dans une chambre du deuxième étage. Les robes, les photos dans leurs jolis cadres en argent, la grande peinture qu'était au salon. Tout le nécessaire de toilette avec les peignes, les brosses, les flacons de parfum. Et les bijoux aussi. Tout est bouclé, la serrure fermée à double tour. Peut-être qu'il t'en fera cadeau quand tu seras plus grande, mais je ne crois pas. C'est un homme qui n'a jamais montré son chagrin, ça lui est resté en dedans du corps, à le ronger de l'intérieur. Il est devenu jaune comme un coing et encore plus taiseux qu'avant. C'est mauvais ce genre de choses, ça vous fait tourner méchant. La douleur s'installe à demeure et vous empêche d'aimer les autres. Il s'est plongé dans ses maudits livres et n'en a plus relevé le nez, jamais.

— Ma mère, demandait Jeanne, pourquoi on ne va jamais sur sa tombe lui porter des fleurs ?

— Parce qu'elle n'est pas enterrée ici, ma pauvre petite, murmurait Marion. Je crois que sa famille l'a reprise pour la mettre dans un grand caveau. Une construction très belle, très bourgeoise. Ton père n'a pas apprécié, d'autant plus que sa belle-famille l'a plus ou moins accusé d'avoir causé la mort de sa femme par ses fouilles antiques. Remarque que je comprends ça : toutes ces vieilles choses qu'on sort de la terre, ces morts millénaires, ça doit être plein de microbes.

— Est-ce que je lui ressemble ? interrogeait Jeanne.

— Oui, disait Marion. Tu lui ressembles beaucoup, mais en moins fragile. On voit que t'as grandi ici. L'île t'a fortifiée. Y a un peu de son granit en toi. Tu ne risques pas de te casser comme du verre la première fois que la vie te jettera par terre !

Munie de toutes ces informations, Jeanne essayait d'éprouver quelque chose pour son père, une sorte d'affection compatissante, de tendresse lointaine, mais elle ne ressentait qu'une irritation sourde devant cet homme qui ne lui adressait la parole que trois ou quatre fois l'an, lorsqu'elle allait lui présenter ses vœux, pour son anniversaire, sa fête ou la nouvelle année. Elle lui faisait alors la révérence et débitait le petit compliment que Marion l'avait forcée à apprendre par cœur. Henri Jurieux se levait comme s'il voulait mettre un peu plus de distance encore entre lui et l'enfant. Il se contraignait à dire quelque chose de banal : « Comment se porte-t-elle ? Sait-elle lire ? » Il ne s'adressait jamais à Jeanne, il s'appliquait au contraire à regarder au-dessus de sa tête pour ne voir que Marion. Jeanne se faisait l'effet d'être un chiot ou un chimpanzé, une forme de vie inférieure ne jouissant pas du don de parole. Quand elle eut huit ans, elle décida qu'un jour — s'il s'obstinait à parler d'elle à la troisième personne — elle se mettrait à aboyer !

Elle n'avait pas envie que cet homme l'aime, la soulève dans ses bras pour la serrer sur son cœur, non, elle voulait qu'il cesse de se comporter comme si elle était invisible. Était-ce trop demander ?

À neuf ans, elle entama de grandes manœuvres destinées à forcer la curiosité de son père. Elle s'appliqua à se promener dans le jardin en plein hiver, sous les fenêtres du bureau, peu couverte, dans l'espoir qu'il ouvrirait la fenêtre pour lui ordonner d'aller passer un manteau avant qu'elle attrape mal. Mais jamais il ne posa la main sur la crémone.

Quand elle avait enfin pris froid, elle éternuait et s'abîmait dans d'interminables quintes de toux chaque fois qu'il passait à proximité. Mais il ne fit jamais un détour pour venir s'inquiéter de sa santé.

Elle finit par tomber réellement malade. Une très forte fièvre la tint clouée au lit une semaine durant et il fallut faire venir un docteur de Saint-Malo, par le bateau du courrier. Toutefois Henri Jurieux ne vint pas davantage s'asseoir à son chevet pour lui prendre la main ou lui tapoter la joue, comme cela se pratique dans les histoires de la comtesse de Ségur.

— Il n'est pas méchant, tu sais, protestait Marion. Il me demande de tes nouvelles le matin, quand je lui apporte son café. Mais c'est un homme dur, tout ratatiné en dedans. Faut pas attendre de lui de grandes embrassades.

— Pourquoi est-ce qu'il me hait ? interrogea Jeanne, un jour de lucidité.

Marion se renfrogna. Lorsqu'elle faisait ce genre de grimaces, elle prenait vingt ans d'un coup et se métamorphosait en la grand-mère qu'elle ne serait jamais.

— C'est une idée qu'il s'est mise dans la tête, chuchota-t-elle. Faut pas lui en vouloir. C'est comme une maladie. S'il avait eu de la religion, un prêtre aurait pu l'aider à sortir cette vilaine chose de lui, mais comme il ne connaît que ses Romains et leurs fichus dieux barbares, y a pas grande chance que ça lui passe de sitôt.

Elle hésitait, tournait autour du pot en remuant des objets dont elle n'avait que faire.

— Tu n'y es pour rien, finit-elle par lâcher d'une voix à peine audible, mais je crois qu'il te tient pour responsable de la mort de ta mère. Il l'aimait, cette femme, il aurait fait n'importe quoi pour elle. Alors, n'est-ce pas, il a fini par se dire que si tu n'étais pas née, elle serait encore là.

Jeanne subit cette révélation comme une injure doublée d'une injustice. Elle quitta la maison en courant et partit se cacher dans un trou de rocher où les mouettes faisaient leur nid. Elle resta là une nuit entière, enveloppée dans un vieux ciré de marin, à crier des horreurs dans le vent. Elle insulta son père jusqu'à s'en faire mal à la gorge, et les oiseaux, effrayés par tant de fureur, s'égaillèrent avec des lamentations aiguës.

De ce jour elle décida de déclarer la guerre à cet homme en costume noir qu'elle avait l'habitude de croiser, des grimoires sous le bras, le regard perdu en d'insondables pensées. Un homme qui ne baissait jamais les yeux vers elle. Un inconnu, un étranger qui la faisait se sentir intruse dans sa propre maison.

D'abord elle se hissa sur le toit puis longea la corniche du deuxième étage pour tenter de localiser la pièce où Henri Jurieux entreposait les souvenirs de sa femme. Après avoir failli trois fois perdre l'équilibre, elle put coller son front contre une fenêtre ouvrant sur une pièce encombrée de robes, de chapeaux et de malles. Le pêle-mêle donnait l'illusion qu'une grande voyageuse s'était arrêtée là le temps d'une étape sur la route des transatlantiques. Sa brosse à cheveux, ses peignes, ses flacons de parfum encombraient le dessus d'une table en bois de rose. Ses bottines, d'une élégante minceur, brillaient comme si on venait de leur donner un coup de brosse. Il n'y avait de poussière nulle part; l'argent, le cuivre, les maroquins, étaient tous soigneusement entretenus, et Jeanne comprit que son père venait là entre deux études latines, délaissant un instant ses traductions savantes pour jouer les domestiques. En bras de chemise, à genoux, il cirait les bottines d'une morte, lustrait ses bagages, époussetait ses robes et ses chapeaux. Quel plaisir secret trouvait-il à ces occupations de valet de chambre?

Au-dessus de la cheminée, on avait pendu le grand portrait de Jennifer Jurieux, née de Rostrait, qu'un artiste parisien avait exécuté peu de temps avant son mariage. La touche vaporeuse avait laissé l'image d'une jeune fille en robe blanche, à la pose languissante, la tête inclinée sous une ombrelle. La chair, à peine rosie par le sang, finissait par se confondre avec la blancheur du vêtement qui, lui-même, paraissait coupé dans un fragment de brouillard. Seule la bouche évoquait la matérialité de la chair, le reste avait la fragilité de ces hosties qu'une goutte d'eau suffit à déliter. C'était là moins une femme qu'une figure modelée dans la brume, et qu'un simple geste de la main aurait suffi à faire s'évaporer. En dépit de la préciosité du style, de l'affectation de la pose, une certaine émotion passait. Un parfum d'éphémère qui nouait la gorge. Jeanne scruta le visage reproduit sur la toile, essayant de s'y reconnaître, mais elle était encore trop jeune pour détecter une quelconque ressemblance. Elle dut se résoudre à regagner le sol car ses doigts s'ankylosaient et elle sentait arriver le moment où elle lâcherait prise.

Puis les choses se précipitèrent. On commença à parler de la guerre. Les jeunes quittaient l'île. On disait qu'il n'y aurait bientôt plus assez d'enfants à Bregannog pour justifier le maintien d'un instituteur.

Henri Jurieux vint trouver Marion à l'office. Un soir qu'il croyait Jeanne couchée, il dit :

— Elle est trop grande maintenant pour continuer à vivre en sauvageonne. J'ai décidé de la mettre en pension chez les sœurs. Ma pauvre Marion, tu as fait ce que tu pouvais pour lui apprendre à lire, à compter, mais tu sais que ce n'est pas suffisant. D'autres doivent prendre le relais.

— Mais vous, monsieur, balbutia la nourrice, avec toute votre science, vous pourriez lui enseigner ce qui lui fait défaut. Vous êtes plus intelligent que tous les professeurs réunis.

Henri Jurieux se leva d'un bond et battit en retraite.

— Non, haleta-t-il. Je ne pourrais pas... Tu ne peux pas comprendre. La voir assise en face de moi me rendrait méchant. Je veux qu'elle soit épargnée. Je n'ai pas à lui faire supporter le poids de mes rancœurs. Elle ira chez les sœurs, j'ai pris tous les arrangements nécessaires.

Marion essaya de plaider mais elle s'y prenait mal. Elle ne réussit qu'à exaspérer Henri Jurieux, qui s'en alla en claquant la porte de l'office.

Jeanne eut moins de mal à quitter Marion qu'elle ne l'avait cru tout d'abord. Quelque chose lui soufflait qu'elle devait partir avant de commettre un acte regrettable. La haine l'étouffait. Elle ne supportait plus de côtoyer cet homme qui l'ignorait mais passait des heures à astiquer les bottines d'une morte en pleurnichant, les doigts encore tachés par l'encre des travaux érudits qui lui valaient la considération des sommités de l'Institut. Jeanne le haïssait, les haïssait, lui et cette femme qu'elle était censée avoir tuée il y avait de cela dix ans. Il était temps qu'elle parte, qu'elle entame une nouvelle vie, ailleurs, sur ce continent qu'elle connaissait si peu. Marion, elle, passait désormais ses journées à tamponner ses yeux rougis avec un mouchoir à carreaux.

— Ma mouette, gémissait-elle. Tu vas t'en aller... tu vas m'oublier. Tu vas connaître d'autres gens, ils te mettront dans la tête des idées auxquelles je ne comprendrai goutte. Quand tu reviendras me voir, on ne parlera plus la même langue. On deviendra des étrangères, et tu m'intimideras tellement que je finirai par te dire « mademoiselle ».

Ces jérémiades agaçaient Jeanne. À présent le sol de Bregannog lui brûlait les pieds, elle aurait voulu pouvoir sauter séance tenante dans le bateau du courrier et partir sans se retourner.

À la pension, elle connut une brève période de répit, mais, très vite, la rage revint la tourmenter. Elle travailla mal, espérant que ses mauvaises notes provoqueraient une quelconque réaction de l'homme. Elle se trompait, il signait bulletins et carnets sans proférer le moindre commentaire. Il ne lui demanda jamais si elle s'acclimatait au régime de l'institution, si elle s'y faisait des amies, si elle nourrissait quelque projet d'avenir. Maintenant qu'il avait réussi à l'éloigner de la maison, il s'entraînait à la gommer de sa mémoire. Jeanne comprit qu'il se moquait bien de son éducation, tout ce qu'il avait voulu c'était ne plus l'avoir sous les yeux... ne plus la rencontrer dans les allées du jardin, au bord de la falaise ou sur la plage faisant le tour de l'île. Il l'avait exilée comme le Roi Soleil enfermait jadis un ennemi à la Bastille : pour l'oublier.

Elle rentra pour les vacances de Noël, dans son uniforme de pensionnaire qui lui donnait l'air d'une infirmière atteinte de nanisme. Henri Jurieux n'était pas là. Marion expliqua d'une voix embarrassée qu'il avait dû partir faire des fouilles en Italie dans les ruines d'une ville antique, une de plus. Il en rapporterait des morceaux de potiches couverts d'inscriptions sur lesquelles il écrirait un volume de mille pages qui lui vaudrait les Palmes académiques.

— Je suis sûre qu'il a fait exprès de partir ! cria Jeanne. Pour ne pas me revoir.

Sa violence effraya la nourrice qui tenta de la calmer. La fillette passa les vacances dans un état de fureur hallucinée qui fit lever dans son esprit les idées les plus folles. On disait la guerre imminente, inévitable, et la perspective d'un embrasement général flattait sa colère. La nuit, elle quittait la maison, une lanterne à la main, pour aller se promener au bord de la falaise, à la lisière du vide. Là, elle agitait son photophore, comme les naufrageurs d'antan dans l'espoir de provoquer une catastrophe définitive. Elle aurait voulu voir un paquebot s'éventrer sur les récifs, des grappes de naufragés couler à pic dans les eaux glacées. Elle aurait aimé qu'on vienne l'arrêter, que des gendarmes la saisissent à bras-le-corps et l'enchaînent après l'avoir rouée de coups. Elle aurait voulu qu'on publie sa photo dans les journaux, son portrait surmonté d'inscriptions infamantes : *Jeanne Jurieux, le monstre de Bregannog, l'ignoble naufrageuse, n'est autre que la fille du professeur Henri Jurieux, l'illustre conférencier du Collège de France !*

Hélas, aucun bateau ne daigna régler sa course sur le lumignon de sa pauvre lanterne, et elle dut chaque fois rentrer bredouille, trempée par le crachin, le visage étrillé par le vent du large. Au comble de l'exaspération, elle décida alors de briser les trésors rapportés par son père. De faire éclater les bustes antiques à coups de pioche, de piétiner les fragments de potiches ou de canopes. Elle prit une bêche dans la remise à outils du jardin et tenta d'entrer dans la maison, mais Henri Jurieux était parti en verrouillant portes et volets, comme s'il avait prévu sa réaction. Il avait emporté la clef, n'accordant pas même sa confiance à Marion.

— Il a dit qu'il ne voulait pas que je dérange ses papiers, gémit la nourrice. Comme si j'avais un jour mis le fouillis dans ses écritures ! J'ai trouvé ça fort de café, mais c'est lui le maître après tout.

Jeanne repartit pour le pensionnat. Elle s'y ennuyait. Les sœurs ne cherchaient pas à la harceler, sans doute parce que la célébrité d'Henri Jurieux les impressionnait. N'était-il pas connu pour ses travaux sur les rituels des premiers chrétiens ? L'annonce de la mobilisation générale provoqua au sein du pensionnat un concert général de sanglots. Jeanne demeura indifférente. Elle n'avait pas peur de la guerre puisqu'elle n'avait rien à perdre ! Sa mère était morte, son père l'avait effacée de sa vie, elle n'avait ni frère ni sœur dont la mort aurait pu l'attrister. Alors, à quoi bon faire des chichis ? Sœur Isabelle lui dit qu'elle avait le cœur sec, sœur Étiennette qu'elle était peut-être trop sotte pour comprendre les bouleversements qu'impliquait une telle nouvelle. Jeanne haussa les épaules, elle se fichait bien de la France et des Français. Son pays c'était Bregannog, et elle était prête à parier que les Boches ne poseraient jamais le pied là-bas. Ce en quoi elle se trompait.

À la pension, après avoir lu les aventures d'Arsène Lupin, que la fille d'un gros marchand de vin avait introduites en cachette, elle crut découvrir sa vocation : plus tard, elle serait cambrioleuse ! Dès lors elle passa beaucoup de temps à essayer de crocheter les serrures des placards de l'institution, sans grand succès toutefois. La nuit, il lui arrivait de sortir par une fenêtre et de se promener le long des gouttières. Elle sentait que la guerre ouvrait la porte à toutes les convulsions historiques et que des choses jusqu'alors improbables devenaient possibles. C'était comme si des dizaines de chemins de traverse se greffaient soudain le long d'une route principale rectiligne et monotone. Il suffisait d'emprunter l'un d'entre eux pour vivre des choses hors du commun. Elle enrageait de n'être pas plus âgée. Si elle avait eu dix-huit ans elle se serait lancée dans l'aventure. Elle serait descendue à Paris, pour cambrioler les grands hôtels de luxe où les Allemands s'étaient installés.

Elle retourna encore une fois sur l'île. Henri Jurieux était encore absent. Elle en vint à le soupçonner de se cloîtrer dans la grande maison quand il savait qu'elle venait. Elle tournait autour de la bâtisse, collant son oreille contre les volets pour déterminer s'il était bien là, écrivant ses fichues études à la lueur d'une bougie. Ordonnait-il à Marion de garder le secret sur sa présence ? La nourrice avait peur de lui, il n'était pas impossible qu'elle observât à son corps défendant une consigne de silence imposée avec force menaces de renvoi.

Jeanne, qui avait tant aimé Bregannog, se surprenait à la prendre en grippe. Tout ce qui avait jadis fait le charme de la petite île lui devenait odieux.

— On ne peut même pas se laver, grognait-elle à l'adresse de Marion. C'est vrai que vous êtes tous crasseux. Ça sent le rance dès qu'on pose le pied sur le débarcadère !

La nourrice essayait de la prendre dans ses bras.

— Tu tournes au vinaigre, ma mouette, murmurait-elle. Fais attention, tu vas faire fuir tout le monde.

Mais Jeanne s'en fichait. Alors que son deuxième séjour touchait à sa fin, elle fut prise d'une espèce de fièvre d'exaspération. Escaladant la façade de la grande maison, elle cassa un carreau et s'introduisit dans la chambre aux souvenirs. Elle agissait par impulsion, n'ayant aucun plan précis en tête. Quand elle fut dans la pièce étroite, elle se mit à trembler, incapable de déterminer si les reliques qui l'entouraient l'émouvaient ou lui donnaient des envies de saccage.

« Voilà ce que mon père préfère à la compagnie de sa fille ! » songeait-elle en dévorant du regard les robes et les objets éparpillés. « Des chiffons ! Des choses mortes ! »

Elle claquait des dents. Elle s'approcha du portrait, scrutant la figure blanche à la recherche d'une quelconque ressemblance. Cette femme n'éveillait aucun écho en elle. Ce n'était qu'une image sans âme. Une simple pellicule de peinture séchée collée sur une toile tendue. Il n'y avait rien de magique là-dedans, ça ne vivait pas, c'était aussi inerte qu'un dessin sur le couvercle d'une boîte de chocolats.

Brusquement, le petit sourire hautain de la femme peinte lui fut insupportable. Elle saisit le pique-feu posé à l'angle de la cheminée et en frappa le portrait qui creva avec un bruit sourd de tambour percé. Ne se contrôlant plus, elle lacéra l'image, concentrant ses efforts sur la figure de la femme. Elle achevait de la réduire en morceaux quand Henri Jurieux ouvrit la porte avec violence. Il était blême et roulait des yeux horrifiés. Il se jeta sur Jeanne, lui arracha le pique-feu et, d'une bourrade, l'expédia sur le plancher. Il balbutiait des choses incohérentes. D'une main tremblante, il caressa la toile déchirée, essayant d'en rassembler les lambeaux. Puis il se retourna vers la fillette, le tisonnier levé, comme s'il allait lui fendre le crâne. Jeanne n'avait plus la force de bouger. Elle regardait cet homme méconnaissable, aux traits ravagés par la douleur et la haine, qui semblait prêt à la tuer. Par bonheur, Marion surgit du couloir et s'interposa à la seconde même où la main d'Henri Jurieux allait s'abattre.

— Monsieur ! lança-t-elle d'une voix que Jeanne ne lui connaissait pas. Reprenez-vous ! Vous n'avez plus votre tête !

Alors, l'homme explosa.

— Emmène-la ! hurla-t-il. Je ne veux plus la voir. Emmène-la avant que je lui fasse du mal ! Fichez le camp ! Fichez le camp toutes les deux !

Marion s'empressa de relever la petite fille et la poussa le long du couloir noirâtre. Ce fut la dernière fois que Jeanne vit son père. Marion ne lui fit aucun reproche, mais elle se dépêcha de préparer sa valise de pensionnaire.

— Il vaut mieux que tu partes, souffla-t-elle. Je ne l'avais jamais vu comme ça. Un homme d'habitude si bien élevé. Je vais demander au père Gouallec de te ramener à Saint-Malo. Ce ne serait pas bon que tu restes.

Elle semblait redouter quelque chose de vague, une menace qu'elle essayait de repousser hors du champ de sa conscience. Cette nuit-là, Jeanne ne dormit pas, étendue sur le dos, les yeux grands ouverts, elle attendit jusqu'à l'aube que son père vienne la tuer. Elle avait décidé de ne pas s'enfuir et d'accepter le poids du châtiment. Rien ne se déroula comme elle l'avait prévu. Marion la réveilla très tôt et lui dit de se préparer pour partir avec la marée. Il faisait froid. Bâillant à se décrocher la mâchoire, la fillette descendit dans la barque à moteur du père Gouallec, un vieux bonhomme qui gagnait trois sous en faisant la navette entre Saint-Malo et les îles de la baie. Une heure et demie plus tard, elle débarquait sur la cale de Dinan, au pied des remparts. Comme chaque fois qu'elle revenait de Bregannog, elle alla sonner à la porte du couvent des sœurs du Sacré-

Cœur qui se chargeraient de son rapatriement à la pension. Elle savait déjà à ce moment-là qu'elle ne reverrait pas Marion avant longtemps.

Après...

Après elle n'entendit plus jamais parler d'Henri Jurieux, et elle s'efforça de le chasser de sa mémoire sans y parvenir tout à fait. Elle passait les congés à la pension, comme beaucoup d'autres filles que la guerre et les contraintes de la ligne de démarcation empêchaient de rentrer chez elles. Elle correspondait avec Marion, mais la nourrice évoquait rarement le nom de son patron. De toute manière le courrier fonctionnait mal. Les Allemands s'étaient installés à Bregannog, Henri Jurieux avait été réquisitionné par les services culturels du Reich, douce appellation qui cachait en réalité une entreprise de pillage des œuvres d'art à l'échelle mondiale.

Et puis... et puis il y avait eu l'homme du grenier. Le bombardement de la pension. Egon.

Plus tard, lorsqu'elle avait écrit *Le Masque aux yeux clairs*, le démon de la vengeance s'était réveillé en elle. À un journaliste qui l'interrogeait, elle avait déclaré que son père, l'historien Henri Jurieux, l'avait beaucoup aidée dans son travail de documentation. Associer le latiniste austère à un roman coquin où il était surtout question de peau douce et de dentelle troussée lui avait — sur l'instant — paru assez farce. Elle avait récidivé quand le livre avait failli tomber sous le coup de la censure, en raison de certaines scènes jugées offensantes pour les bonnes mœurs.

— Mais les choses se passaient ainsi à l'époque, avait-elle affirmé sur les ondes de *Radio-Luxembourg*. Mon père, l'historien Henri Jurieux, vous le confirmera. C'est un spécialiste de la question.

Quel démon la poussait à agir ainsi ? Peut-être le besoin de provoquer enfin une réaction, n'importe laquelle, mais une réaction tout de même.

Lors de la parution du livre, elle en expédia un exemplaire dédicacé à son père, mais le colis revint sans avoir été ouvert avec la mention : *Refusé par le destinataire. Retour à l'envoyeur.*

Bien qu'elle ne voulût pas se l'avouer, elle en fut mortifiée.

18

Saint-Malo apparut à Martine sous la forme d'un château fort de carton-pâte. Les murailles, les tours, les créneaux, avaient quelque chose d'un peu trop neuf qui leur ôtait toute crédibilité. Il y avait là des retouches, un maquillage qui n'échappait pas à son œil observateur.

— On dirait un décor, murmura la fillette. Vous ne trouvez pas ? C'est comme un grand théâtre.

Elle avait du mal à exprimer ce qu'elle ressentait, mais Jeanne abonda dans son sens.

— C'est normal, lui expliqua-t-elle. À la Libération la ville a été détruite à 80 % par les Alliés. Après, on a raconté que la faute en revenait aux Allemands, mais c'est de la foutaise. Les Américains ont bombardé tout le littoral jusqu'à ce que Saint-Malo ne soit plus qu'un tas de ruines. Je me rappelle qu'on numérotait les pierres éparpillées pour essayer de reconstituer les maisons. On avait l'impression de se promener au milieu d'un immense jeu de cubes. Toute la région est encore truffée de bombes. On a même entouré de barbelés certains points de la côte qui ne sont pas totalement déminés. Autour de Cézembre le fond de la mer est tapissé de bombes. Des centaines de tonnes d'explosifs fichées dans la vase. Il a fallu faire venir des scaphandriers de la Marine nationale pour essayer d'en nettoyer les parages. Mais il y en a beaucoup trop. On continue à en trouver: dans les champs, dans le sable des plages. Il faut faire très attention.

La 2 CV longea la haute muraille crénelée de la cité corsaire, ce lieu étrange qu'on désignait sous l'appellation d'intra-muros. Syllabes mystérieuses qui évoquaient pour Martine quelque redoute impériale interdite aux profanes. Les rues y étaient étroites, sombres, pleines de cette humidité poisseuse qu'apporte le vent chargé de sel soufflant de l'océan. Des remparts battus par les embruns enserraient l'agglomération sur laquelle planaient des escouades de mouettes hurlantes. Ces gros oiseaux familiers stupéfièrent la petite fille. Ils étaient partout, trottaient au milieu des rues, se perchaient sur le rebord des fenêtres pour toquer au carreau du bout de leur gros bec, dans l'espoir d'obtenir un peu de nourriture. Leurs lamentations tissaient une plainte continue, envoûtante, à mi-chemin entre le ricanement et le sanglot.

— Ce n'est rien, fit M'man, on s'habitue très vite, bientôt tu ne les entendras plus. Il n'y a guère que les touristes pour se plaindre de leur présence. Moi je trouve qu'elles ont un peu plus d'allure que les pigeons de Paris.

Il était difficile de manœuvrer dans les ruelles parfois si étroites que les phares de la voiture menaçaient de râper les murs des deux côtés. M'man guidait Carmen de manière très approximative, au gré de ses souvenirs, à coups de « Par là ! Non ! Par ici ! » qui provoquaient les grognements de la correctrice.

— Tu ne peux pas dire à droite ou à gauche comme tout le monde ! s'impatientait-elle.

Elles arrivèrent rue de la Herse, près de la halle au blé, sur une place minuscule et irrégulière prisonnière de façades trop rapprochées. Des maisons bancales s'entassaient là. En faisant un peu attention on détectait sans mal la persistance des ruines dans les bâtiments neufs. C'était toujours au niveau du rez-de-chaussée que subsistait l'ancienne assise de pierre noble, par-dessus ces racines centenaires, les urbanistes pressés avaient jeté des colmatages de parpaings et de crépi qui faisaient tout juste illusion.

Plus tard, Martine découvrit que ces pauvres maisons relevées à la hâte étaient incroyablement sonores et que leurs cloisons aussi fines que du papier laissaient passer les bruits du voisinage comme les conversations des locataires. Son impression d'avoir emménagé dans un décor de cinéma s'en trouva décuplée. Il suffisait de taper du poing contre la cloison pour entendre toute la maison sonner tel un tambour africain.

Au bas de la rue des Petits-Degrés, Marion possédait un logement en entresol que sa situation avait sauvée de la destruction générale. C'était un refuge moyenâgeux aux fenêtres voûtées et étroites qui vous donnait l'illusion de prendre pension dans un donjon.

— J'ai la clef, murmura M'man. On va s'installer là le temps de trouver un bateau. Ça n'a pas été habité depuis longtemps, il faudra s'abstenir de faire la fine bouche.

L'appartement se situait au rez-de-chaussée, c'est-à-dire presque au niveau des pavés. Il ne contenait que le strict minimum : une armoire, un lit de planches, une table, quelques chaises. Le tout patiné par la graisse d'une cuisine au saindoux qui avait noirci les poutres du plafond.

— C'est rustique, grogna Carmen.

— Ça ne nous coûtera rien, répliqua Jeanne. On mangera pour trois sous des crêpes au lait caillé dans les officines du coin. Il doit toujours y avoir de vieux vélos à la cave, on pourra les graisser pour faire des balades le long de la côte, ça épargnera l'essence.

— Je croyais que tu étais pressée de te réfugier sur l'île ? fit remarquer Carmen.

Jeanne s'agita, dissimulant sa gêne en se lançant dans l'inventaire des contenus respectifs du buffet et de l'armoire.

— J'ai besoin d'un peu de temps pour m'habituer, dit-elle. J'ai le trac. Mon père... Je ne l'ai pas vu depuis si longtemps. Ça me fiche la frousse. Il faut que je m'habitue à l'idée de me retrouver tout à coup face à lui.

— Je comprends, murmura Carmen.

Elle paraissait effrayée à la pensée de faire antichambre dans ce cul-de-basse-fosse où la lumière entrait avec peine. Martine, elle, ne songeait plus qu'à ces « crêpes au lait caillé » auxquelles Jeanne avait fait allusion. Faudrait-il vraiment se nourrir d'une si abominable façon ?

Dans les jours qui suivirent, Jeanne s'enferma dans le mutisme. Elle refusa d'ouvrir les volets sous prétexte que les gens qui passaient dans la rue pouvaient la voir, et s'obstina à vivre dans la pénombre, lisant de vieux numéros de *La Veillée des chaumières* à la lueur d'une lampe à pétrole. Carmen prenait son mal en patience et trompait l'attente en nettoyant vaisselle et parquet avec une ardeur ponctuée de grommellements furieux. Martine, elle, explorait les rues avoisinantes, quoiqu'il lui semblât difficile de nommer ainsi ces boyaux sinueux s'étirant entre les façades trop rapprochées. Jusqu'au troisième étage on vivait dans une semi-obscurité perpétuelle, et ce n'est guère qu'à partir du quatrième qu'un espoir de lumière s'infiltrait au travers des carreaux. Quant aux maisons qui se dressaient face aux remparts, c'était pire encore car leurs fenêtres s'ouvraient sur un horizon aveugle de grosses pierres grises. En dépit de ces inconvénients, Martine découvrait qu'elle adorait la cité. À tout instant, au détour d'une ruelle, elle s'attendait à surprendre des spadassins s'affrontant, l'épée à la main, faisant cracher des étincelles à l'acier de Tolède ; elle croyait entendre rouler des carrosses aux rideaux de cuir fermés sur de terribles secrets. Elle guettait les pirates entrés en fraude et rasant les façades pour échapper aux grimauds.

Depuis que Jeanne lui avait raconté que jadis on fermait les portes de la ville à la tombée du jour, elle tendait l'oreille au fond de son lit, pour essayer de surprendre les aboiements des terribles chiens du guet qu'on lâchait dans les rues après avoir sonné les cloches pour prévenir les honnêtes gens de la présence des molosses.

Dans une petite boutique vendant des cartes postales, elle découvrit des photographies de la ville bombardée. Ce paysage de maisons broyées, de poutrelles tordues la fascina. Les remparts évoquaient un quignon de pain rassis croqué par un géant, et jeté là parce que jugé trop dur en définitive. Quant aux bateaux de la rade, ils flottaient le ventre en l'air, gros poissons de fer crevés auxquels l'huile de machine conférait des diaprures d'écailles.

Elle avançait, le nez en l'air, attentive au ballet des mouettes. Une vieille femme lui dit un jour : « Faut mettre un chapeau, ma petite, sinon elles te feront caca dans les cheveux ! », mais Martine s'en moquait. Elle aimait ces gros oiseaux ricaneurs dont les pattes semblaient habillées de caoutchouc rose ou gris. Ils n'avaient peur de rien, pas même des chats efflanqués en maraude.

Il y eut un jour de grande marée où la mer se retira très loin à l'horizon comme si elle ne comptait plus revenir. En cette occasion M'man accepta de sortir, et elles allèrent — selon l'expression de la fillette — « marcher au fond de l'océan », le long du môle des

Noires où les femmes de pêcheurs se massaient jadis pour guetter le retour des bateaux et dénombrer ceux qui avaient survécu à la tempête. Martine trouvait extraordinaire de pouvoir ainsi se promener au fond de la mer, en un lieu que les vagues recouvraient d'ordinaire de leur flot grondant. Elle fut toutefois déçue par la banalité du paysage mis au jour. Là où elle s'était préparée à découvrir épaves et boulets de canon rouillés, s'étendait une prairie vaseuse où les crabes timides se dissimulaient sous les pierres.

— Es-tu enfin décidée ? demanda Carmen à Jeanne en relevant le col de son trench-coat. Tu veux aller sur cette île ou tu préfères qu'on rentre à Paris ?

— Non, dit Jeanne. Je ne veux pas revenir en arrière. Nous partirons demain. J'ai écrit à Marion, elle nous attend. Elle a loué le vieux phare pour nous. Elle pense que c'est plus prudent dans un premier temps. Elle dit que mon père ne parle plus à personne depuis qu'on l'a assigné à résidence. Je ne suis même pas certaine qu'il acceptera de nous recevoir.

— Un phare ? grogna Carmen. Ce sera habitable ?

Jeanne haussa les épaules, éludant la question.

— Mais oui, fit-elle d'un ton distrait. Ce sera très bien. Et puis tu m'ennuies avec ton obsession du confort. Tu ne commencerais pas à te faire vieille par hasard ?

Mais le lendemain Jeanne avait déjà tout oublié de son projet d'embarquement. Il fallut descendre à la cave récupérer les vieux vélos qui traînaient là depuis la fin de la guerre et les remettre en état. Cette besogne, qui impliquait un maniement émérite de la graisse et des rustines, parut plonger la jeune femme dans une euphorie étrange. Agenouillée au bord du trottoir, la jupe relevée sur les cuisses, elle se cassait les ongles sur les dents des pédaliers sans cesser de sourire.

— Tu as vu? lança-t-elle à Carmen. Les phares sont encore équipés du cache métallique imposé par la Défense passive!

Les bicyclettes plus ou moins rafistolées, Jeanne décida de longer la côte en direction des rochers sculptés, cette portion de falaise qu'un moine infirme avait taillée au burin des années durant dans un style naïf proche de celui du facteur Cheval.

Il faisait beau, M'man roulait en tête, sans se soucier de sa jupe relevée qui offrait ses cuisses et sa culotte aux regards des hommes. «La voilà qui recommence à faire sa putain!» observa Martine avec agacement. Carmen venait en dernier. Malhabile sur un vélo, elle pestait contre cette nouvelle lubie.

— Il aurait été plus simple de prendre l'autocar! répétait-elle dès qu'on mettait pied à terre.

Jeanne l'ignorait. Le corsage ouvert, les cheveux lui fouettant les épaules, elle resplendissait d'une manière presque arrogante qui éveillait la curiosité des mâles en tricot de corps. Les plus jeunes portaient au creux du coude ces curieux postes munis d'une interminable antenne et qu'on nommait «transistors». Il s'en échappait des musiques nasillardes qu'interrompaient les communiqués de presse sur les développements de l'affaire algérienne.

— Maintenant c'est certain, murmurait Carmen, le F.L.N. a décidé d'exporter la révolution en métropole. Marseille est en feu. Les attentats se multiplient. Si ça se trouve on ne va pas tarder à décréter la mobilisation générale.

— La barbe! bâillait Jeanne. Ne joue pas les oiseaux de malheur. On est en vacances, non?

Elle buvait une orangeade au goulot, s'amusant des yeux avides des hommes fixés sur sa bouche, puis enfourchait sa machine et se remettait à pédaler. On longeait la plage du Sillon, immense, pour filer vers Rochebonne, à travers le quartier chic de Courtoisville encombré d'Anglaises filiformes dont les vêtements semblaient dater du Blitz.

Martine trouvait étrange d'entendre parler anglais autour d'elle. Sur toutes les terrasses, des dames sèches aux dents protubérantes prenaient le thé avec d'élégants mouvements de poignet, comme elles avaient l'habitude de le faire à Brighton. Enfin venait la lande, avec ses casemates de béton, ses bunkers pointant hors du sol tels d'énormes casques bosselés. Alors Martine découvrait une géographie de ciment fracassé, éventré, d'ouvrages guerriers que le sable submergeait déjà. Des tranchées empierrées reliaient ces forteresses enfouies. On les distinguait entre les genêts, labyrinthe mystérieux que les campeurs n'hésitaient pas à remplir de détritus.

On marchait pieds nus dans le sable. On enlevait même sa jupe pour se promener en petite culotte quand aucun représentant de la race masculine ne pointait le nez à l'horizon.

Martine se demandait si Jeanne faisait semblant d'être heureuse ou si elle l'était vraiment. Le vent du large avait-il emporté ses craintes avec les tourbillons de poussière qui crépitaient sur la coquille fossilisée des blockhaus ?

Ou bien — Dino oublié à l'arrière — se cherchait-elle déjà un autre homme ? Son insolente vitalité n'était-elle qu'une parade à l'intention des jeunes gens en slip de laine noire qui jouaient au ballon à la lisière des vagues ?

Les rochers sculptés effrayèrent Martine. Ces bonshommes étranges dont les têtes distordues affleuraient le sol éveillèrent en elle un curieux sentiment de malaise. Les statues naïves formaient une armée de gnomes rampants, un pêle-mêle de corps entrelacés qui dégringolaient dans la mer. Leur aspect enfantin n'arrangeait rien, on finissait par y suspecter quelque déguisement bonasse destiné à tromper les humains. Il y avait là un énorme dragon, et une tête d'homme à la bouche en fente de tirelire qui paraissait prêt à vous manger le pied.

— C'est rigolo, non ? ne cessait de répéter Jeanne.

Mais Martine ne trouvait pas cela amusant du tout. Elle avait peur de se tordre les chevilles, de dévaler la pente et de tomber dans la mer.

— Vous êtes chiantes ! décréta M'man en dévisageant Carmen et Martine. Qu'est-ce qu'il y a ? Vous faites la gueule ?

Martine savait que la correctrice n'appréciait guère les coups d'œil que M'man lançait aux hommes. Elle aurait voulu que Jeanne mette un pantalon pour pédaler.

— On dirait que tu cherches les histoires ! souffla-t-elle alors qu'on croisait un groupe de jeunes gens braillards. Tu crois que c'est le moment ? Tu sais bien que ces types n'attendent qu'un encouragement pour nous filer le train. Tu veux qu'ils viennent roucouler sous nos fenêtres ? Je croyais qu'on était ici pour se faire oublier.

Elle ronchonnait en vain, Jeanne ne l'écoutait pas. Elle était de plus en plus belle. Elle commençait à brunir. Avec ses cheveux noirs, elle avait l'air d'une Andalouse. Le vent de sable qui lui irritait la bouche lui faisait des lèvres gonflées, comme mordues par les baisers. « Hé ! » avait crié un gamin grimpé sur une Vespa. « Vous avez la même bouche que Brigitte Bardot ! C'est bath ! »

Ce fut au cours d'un retour de randonnée que Martine aperçut Jojo Lempereur. Il marchait à la queue leu leu avec les gamins d'une colonie de vacances conduite par un moniteur barbu à la poitrine plus velue que celle d'un chimpanzé.

— Hé ! lança le petit garçon en se laissant distancer par le peloton. Je ne savais pas que tu venais en vacances dans le coin ! On pourrait se voir. On campe du côté de la cité d'Aleth, mais c'est possible de faire le mur après l'extinction des feux. Si tu veux, t'as qu'à aller faire un tour à la hauteur du marégraphe, sur le coup de minuit, je t'attendrai près de la tourelle qu'est criblée de trous d'obus. T'es d'ac' ?

Saoulée par le débit de Jojo, Martine se contenta d'une vague promesse. Elle ne savait pas si elle avait envie de se lancer dans une telle équipée. Elle décida qu'elle ne se rendrait au rendez-vous que si M'man continuait à aguicher les hommes.

Il faisait chaud, à l'intérieur de la cité corsaire l'air circulait mal, le vent se heurtait aux murailles. On étouffait dans l'entresol de la rue de la Herse. Jeanne et Carmen se partageaient le lit. Souvent, au cours de la nuit, Martine entendait Jeanne s'exclamer : « Tu ne peux donc pas rester de ton côté ? Bon sang ! Tu as la peau qui colle, c'est désagréable !

— Ce que tu peux être salope, parfois », soupirait Carmen en se levant.

Enroulée dans un drap, elle s'embusquait alors dans un coin de fenêtre et fumait jusqu'à ce que les cigarettes lui dessèchent la bouche et l'obligent à boire au robinet.

Martine dormait sur l'un des lits de camp qu'on avait apportés de Paris. Ce n'était pas très agréable car les sangles lui sciaient les côtes. De plus, comme le logement se trouvait au niveau de la rue, elle avait peur de dormir la fenêtre ouverte. Après être passée par une phase de prudence excessive, Jeanne négligeait aujourd'hui de fermer les volets. Il en allait toujours ainsi avec elle, ses alarmes ne duraient jamais longtemps, sitôt le danger écarté, elle reprenait sa vie insouciante. Il n'était pas rare que des garçons du voisinage viennent cogner aux jalousies pour essayer d'entraîner les deux femmes à sortir. Ils rivalisaient en plaisanteries bêtes qui faisaient glousser Jeanne et grogner Carmen.

— Il y a une chouette boîte où l'on danse le calypso ! geignaient-ils. Venez ! C'est les vacances, il faut en profiter.

Un soir, Jeanne décida de répondre à l'invitation. Carmen lui interdit de sortir et elles se disputèrent. Dès lors, le climat vira à la bouderie et il ne fut plus question de longues balades à travers la lande. Rendue à sa liberté, Martine put désormais prendre son vélo et explorer les environs. Un jour, elle décida de pousser jusqu'à la cité d'Aleth, avec l'espoir diffus de rencontrer Jojo Lempereur. Elle parvint à l'entr'apercevoir, suffisamment pour qu'il lui donne un nouveau rendez-vous à l'heure de la sieste. Cette fois elle l'attendit au pied de la tourelle des canonniers, cette coupole métallique hachée par les obus. Les mouettes tournaient au-dessus de sa tête, guettant les miettes d'un éventuel goûter. Leurs lamentations vous empêchaient de penser. Martine ne savait pas ce qu'elle faisait là mais son cœur battait un peu trop vite et cela l'agaçait.

Il faisait chaud, et l'acier de la coupole contre laquelle elle s'appuyait lui brûlait les omoplates. Jojo apparut enfin, chuchotant, mystérieux et fanfaron comme tous les garçons qui veulent se donner de l'importance. Il avait apporté des pommes. Ils les grignotèrent côte à côte tandis que Jojo lui faisait l'historique des lieux.

— C'est plein de galeries en dessous, murmurait-il. Des kilomètres et des kilomètres. C'est comme une forteresse souterraine. Les Boches s'étaient enfermés là-dedans pour surveiller les environs. Ils avaient des canons, des tonnes d'obus. On m'a montré comment y entrer, avec une lampe-torche c'est facile. Je t'emmènerai si tu veux. En cherchant, on peut trouver des casques, des armes, et même des grenades. Y a des tunnels assez grands pour que des camions militaires puissent y rouler. Tu n'auras qu'à me donner la main et je te guiderai.

Martine se fichait bien des tunnels allemands ! Il n'y avait que les garçons pour s'exciter sur ce genre de choses ! Est-ce qu'on n'était pas mieux là, assis dans l'herbe, à regarder la mer et à discuter ? Elle devinait qu'il essayait de lui faire peur, et elle fut un peu déçue de le découvrir aussi sot. Croyait-il qu'elle allait s'effrayer pour des histoires de forteresse souterraine ? Elle eut envie de lui dire : « Tu sais, il y a un type qui poursuit ma mère pour la vitrioler, c'est autre chose que tes fariboles ! » Comme ça, rien que pour voir la tête qu'il ferait. M'man avait raison : les hommes étaient foncièrement bêtes. Même quand ils devenaient grands, au fond d'eux-mêmes ils restaient des petits garçons. Il faudrait s'en souvenir.

— À la colo, continuait Jojo, y a un grand qu'a trouvé un insigne nazi en creusant. Il me l'a montré. C'est interdit d'avoir des choses comme ça, mais si on a la chance d'en dénicher on peut devenir chef de bande. Ça vous pose un peu là !

Martine avait chaud. Elle percevait le contact charnu du bras droit du garçon qui frottait contre son flanc chaque fois qu'il faisait un mouvement. Cette présence éveillait en elle un trouble bizarre. Était-ce ce type de sensation que M'man éprouvait dans les bras des hommes ? Elle se fit la réflexion qu'elle aurait pu sans mal s'écarter de Jojo puisque la place ne manquait pas, mais elle ne pouvait se résoudre à bouger. Le soleil l'aveuglait, chauffant la coupole d'acier qui lui rôtissait les épaules.

— Pendant la sieste c'est facile de monter une expédition, disait le garçon, ils roupillent tous, et les monos sont bien trop occupés avec les monitrices pour surveiller les gamins.

Et il reprit sa litanie, évoquant les casemates enterrées, les salles où les servants des mitrailleuses devaient porter des masques pour ne pas être asphyxiés par les gaz s'échappant des armes automatiques à haute cadence de tir.

— Y avait des douilles de cuivre partout! haletait-il. Tac-tac-tac... ça finissait par leur recouvrir les pieds.

Il avait posé sa main sur la cuisse de Martine. La chaleur de la paume, malgré l'étoffe de la robe, parut effrayante à la fillette. Elle ne le repoussa pas, incapable de démêler ce qu'elle ressentait.

« Voilà, songea-t-elle enfin, c'est arrivé. Je vais devenir une putain, comme ma mère. C'est comme une malédiction. C'est le destin. Il n'y a rien à faire. Il fallait bien que ça arrive un jour ou l'autre. »

Les doigts de Jojo se faufilaient à présent sous l'ourlet, à la manière d'un petit animal. Martine s'étonna de rester muette. Dans ses rêveries, chaque fois qu'elle avait envisagé une telle situation, elle s'était entendue clamer : « Monsieur, pour qui me prenez-vous ? Je ne suis pas celle que vous croyez ! » Mais en ce moment, alors même que la main du garçon rampait sur sa cuisse en direction de sa culotte, elle restait inerte.

Elle tourna la tête pour échapper à la morsure du soleil, et c'est alors qu'elle vit la silhouette au bout du chemin. Une silhouette d'homme qui braquait quelque chose dans sa direction. Peut-être une paire de jumelles. L'espace d'une seconde, elle crut qu'il s'agissait d'Egon, et elle eut un sursaut de tout le corps. Le charme fut rompu et elle se redressa d'un bond.

— T'es bête ! ronchonna Jojo. Faut pas avoir peur. À ton âge t'es pas dégourdie ! Tu veux pas être ma femme? Je ne te prêterai pas à mes copains, juré, ce sera qu'entre toi et moi.

Mais Martine ne l'écoutait plus. Dressée contre la tourelle, elle scrutait la silhouette qui se rapprochait. Elle fut un peu soulagée de constater qu'il ne s'agissait pas d'Egon. L'homme était roux, avec des bras très musclés. Le droit présentait des cicatrices profondes. Des jumelles pendaient à son cou. Quand il fut à la hauteur des deux enfants, il jeta à la fillette un regard goguenard qui la fit rougir.

« Il a tout vu, pensa-t-elle. Il a vu que je me laissais tripoter. Maintenant il sait que je suis une sale fille. »

Elle ne parvenait plus à bouger. Ses oreilles bourdonnaient au point qu'elle ne percevait plus rien du bavardage de Jojo. L'homme ne se pressait pas. Il portait un short et un maillot de corps, ainsi que des espadrilles de toile bleue. Ses cheveux roux avaient des luisances de cuivre bien astiqué. Ils paraissaient posés sur son crâne comme un casque de soldat romain. Quand il leur tourna le dos pour prendre le sentier qui rejoignait le port, elle remarqua qu'il portait un appareil photo en bandoulière. Un de ces machins qui permettent de prendre des clichés à longue distance... Un télé-truc, elle ne se rappelait plus le nom, mais elle avait vu des journalistes faire des photos de Jeanne avec de tels engins.

— Qu'est-ce que tu fiches ? s'impatienta Jojo. T'as aperçu le diable ?

— Le type, murmura Martine. Il a vu ce qu'on faisait.

Le garçon haussa les épaules.

— C'est un vieux, lâcha-t-il. Je ne voudrais pas te faire de peine, mais je pense qu'il doit les aimer plus grandes que toi... et avec un peu plus de nichons, parce que de ce côté-là on ne peut pas dire que tu sois bien pourvue !

— Pauvre crétin! siffla Martine en enfourchant sa bicyclette.

Elle se mit à pédaler en direction de la tour Solidor qui se dressait sur le port de Saint-Servan, afin de ne pas risquer de croiser une nouvelle fois l'homme roux aux yeux trop fureteurs. Jojo Lempereur criait quelque chose dans son dos, mais elle ne l'écoutait plus. Elle ne songeait qu'au regard complice de l'inconnu, à cette espèce de lien qu'il avait tenté d'établir entre eux. Il y avait quelque chose qu'elle n'aimait pas dans son expression. Une sorte de menace rigolarde, une façon de dire: «Toi, ma petite, je t'ai épinglée.»

Elle avait l'impression absurde qu'on venait de lui boucler autour de la gorge une laisse invisible. Une laisse au collier trop serré. Et l'homme roux était à l'autre bout de la longe de cuir, il tirait à petits coups secs, pas méchamment, juste ce qu'il fallait pour lui faire sentir qu'il était là. Et ces petites secousses suffisaient à lui couper la respiration.

À l'entrée du port elle dut descendre de vélo car elle pleurait et ne voyait plus du tout où elle allait.

19

Elle revit plusieurs fois l'homme aux cheveux de cuivre, mais cela n'avait rien de surprenant. Tous les jours il lui arrivait de croiser des visages de connaissance, des touristes installés dans les hôtels du château Gaillard qui faisaient face à la porte Saint-Vincent. On finissait par se saluer d'un bref signe de tête, en gens bien élevés. Les Anglais étaient attachés à ces marques de savoir-vivre. Les vieilles dames souriaient délicieusement, avec quelque chose de lointain dans le regard, comme si elles regardaient à travers vous, faisant le point sur la ligne d'horizon.

L'inconnu était le plus souvent en short, dévoilant de grosses cuisses noueuses qui rougissaient au lieu de brunir. Personne ne l'accompagnait et il ne semblait pas chercher à attirer l'attention des filles en jouant les fiers-à-bras. Martine se disait qu'il était déjà peut-être trop vieux pour ça ? Elle avait du mal à se rendre compte. À partir de quel âge les hommes cessaient-ils de représenter un danger pour les femmes ? Elle se promit de le demander à sa mère.

Le type ne quittait jamais son appareil photographique. Chaque fois que Martine et lui se rencontraient au croisement de deux ruelles, il adressait à la petite fille un sourire complice qui semblait dire : « On se connaît bien tous les deux, pas la peine de jouer les saintes-nitouches, va. Tu peux donner la comédie aux autres, mais moi je ne marche pas. Je t'ai vue là-bas, au pied des blockhaus. Je sais que tu n'es qu'une petite chienne. »

L'appareil photo effrayait Martine. Elle se disait que l'homme avait enregistré son image dans les bras de Jojo Lempereur. Elle pouffa de rire parce que c'était drôle d'employer cette expression de roman. *Dans les bras de*... En même temps elle se sentait fière d'avoir enfin entamé sa vie sentimentale. Elle n'était plus si jeune après tout ! Elle avait lu qu'au Moyen Âge on mariait les filles à dix ans. À la lueur de cette information, il lui semblait même qu'elle était bougrement en retard.

L'homme la piégea à l'intérieur de la boulangerie, sur la place du marché aux Herbes. Cette fois elle ne l'avait pas vu entrer juste derrière elle, et il fit exprès de la bousculer pour qu'elle laisse tomber son porte-monnaie et que toutes les pièces se mettent à rouler sur le carrelage de la boutique. Il s'agenouilla aussitôt pour l'aider à les ramasser. Il sentait l'huile solaire chaude. C'était un peu écœurant.

— C'est drôle ces nouveaux francs, observa-t-il. Un franc au lieu de cent. On a l'impression d'être beaucoup moins riche, tu ne trouves pas ?

— Non, rétorqua Martine, puisque les choses paraissent moins chères, ça revient au même.

— T'es futée, toi, fit l'homme avec une lueur admirative dans l'œil. Et tu n'as pas la langue dans ta poche.

La fillette rougit. Elle s'en voulait d'avoir répondu. Il lui avait tendu un piège et elle était tombée dedans la tête la première, c'était bête, bête, bête !

— Quel âge as-tu ? demanda-t-il en sortant de la boulangerie. Quinze ans ?

Elle ne fut pas dupe et comprit qu'il cherchait à la flatter, mais cette flagornerie en gros sabots l'emplit tout de même d'une douce euphorie. Elle aurait voulu se pincer jusqu'au sang pour se rappeler à la lucidité. C'était comme ça qu'on devenait putain, en prêtant une oreille bienveillante aux compliments des types.

À présent ils marchaient côte à côte. Martine n'osait prendre la fuite, en grande partie parce qu'une fille de quinze ans ne se mettait pas à courir comme une gamine sous le simple prétexte qu'un homme lui adressait la parole.

— Vous êtes en vacances ? s'enquit-elle en essayant de prendre de l'assurance.

— Non, rigola le bonhomme. Je travaille. Je fais des photos pour un éditeur de cartes postales. C'est à mourir d'ennui. Il veut des vues avec personnages et je n'ai trouvé personne qui accepte de poser. Ça te dirait de gagner un peu d'argent de poche ?

— En faisant quoi ?

— Ce ne serait pas compliqué, je te déguiserais en Bretonne ou en ramasseuse de coquillages et on ferait des photos ici et là. Tu aimes te déguiser ? Toutes les filles aiment ça.

Martine hésita, tentée par l'aventure. Elle commençait à s'ennuyer. Jeanne et Carmen se disputaient de plus en plus fréquemment, lui laissant la bride sur le cou. Hélas, cette liberté ne débouchait sur rien d'exaltant. Il y avait bien Jojo Lempereur, mais elle ne voulait pas avoir l'air de lui courir après. Et puis elle avait peur qu'il ne tente de l'embrasser. À l'école, les filles lui avaient dit que c'était assez dégoûtant, surtout quand le garçon vous fourrait sa langue dans la bouche. C'était comme si on était sur le point d'avaler une bête vivante. Une limace ou une anguille. Toutes celles qui avaient vécu ça s'étaient bien juré de ne pas recommencer tant qu'elles n'y seraient pas forcées, c'est-à-dire pour se trouver un mari.

L'homme aux cheveux de cuivre lui proposa de prendre un sorbet à la terrasse d'un hôtel très chic, au milieu des vieilles dames anglaises sirotant déjà leur cinquième tasse de thé de la journée. Il racontait des choses amusantes. Qu'il avait été correspondant de guerre lors du débarquement américain en Italie, à Anzio, mais qu'il avait été blessé par un lance-flammes. (C'était pour ça qu'il avait ces bizarres cicatrices rétractiles sur le bras.) Ensuite, il avait passé beaucoup de temps dans les hôpitaux. De retour à la vie civile, comme il était devenu maladroit de ses mains, il avait dû accepter des trucs insensés juste pour vivre. Il était devenu rédacteur dans une fabrique de gaufrettes amusantes. Ça consistait à inventer les blagues et les jeux de mots qu'on imprimait ensuite sur les gâteaux.

— Je faisais ça toute la journée, expliqua-t-il. J'en avais la migraine. On croit que c'est drôle d'inventer des blagues, mais c'est horriblement casse-pieds. Je n'étais payé que sur les plaisanteries acceptées par le patron, et c'était un bonhomme plutôt dur à faire rire. Comme je n'avais pas beaucoup d'argent, je volais des gaufrettes pour me nourrir. Si bien que je finissais par manger mes propres mots d'esprit ! Ils me sortaient de la tête pour revenir dans mon corps par la bouche. Je fonctionnais en circuit fermé.

Martine se tortillait de rire. C'était amusant d'imaginer ce type au gros visage carré en train d'inventer des blagues idiotes et de manger de frêles petits gâteaux. Il racontait bien, avec un entrain de chansonnier et des tas de grimaces qui faisaient se tordre les gens des tables voisines.

La fillette mit quelques minutes à s'apercevoir que seule la bouche de l'inconnu riait, alors que ses yeux restaient froids. Scrutateurs.

— Après, dit-il, j'ai été engagé par un fabricant de cartes postales. C'était pareil, il fallait que je trouve des légendes rigolotes pour les photos et les dessins. J'ai fini par lui dire que je préférais faire les photos moi-même, et c'est pour ça que je suis ici. Entre-temps mes doigts ont à peu près retrouvé leur souplesse, je suis de nouveau capable de manipuler les objets sans les flanquer par terre.

Était-ce vrai ? Racontait-il n'importe quoi pour éveiller la sympathie ?

— Je ne sais même pas votre nom, observa Martine.

— Raoul, fit l'homme. Raoul Glénon. Et toi ?

Elle fut tentée de mentir, mais les mots filèrent de sa bouche avant qu'elle ait pu les retenir. Elle dit « Martine » en regrettant de ne pouvoir annoncer quelque chose de plus fabuleux, du style : Ambre ou Angélique.

— Je ne suis pas assez jolie pour faire des photos, hasarda-t-elle.

— Tu sais bien que si, répondit l'homme. Les gens aiment bien les petites effrontées, c'est à la mode. Tu n'as pas entendu parler de *Zazie dans le métro* ?

Martine se répéta qu'elle était folle de s'attarder avec ce type. Qu'est-ce qui lui arrivait ? Était-ce ça qu'on appelait faire la coquette ? Des sentiments bizarres roulaient en elle, mêlant la peur et l'excitation.

« C'est parce que je m'ennuie, songea-t-elle. J'ai envie qu'il se passe quelque chose. » Mais au fond d'elle une voix corrigea : tu as surtout envie qu'il t'arrive quelque chose.

Ils prirent rendez-vous pour le lendemain. Raoul Glénon ne tenait pas à rencontrer Jeanne. Il avait été convenu que les choses se passeraient entre Martine et lui, à l'amiable. « Chaque fois qu'on demande aux parents l'autorisation de photographier leurs gosses, avait-il grogné, ils en profitent pour faire monter les prix et se mettent l'argent dans la poche. Le gamin ne voit jamais la couleur du fric. Je te propose de faire ça en secret. »

Martine acquiesça. De toute manière, Jeanne et Carmen se seraient opposées à ce qu'elle travaille pour le photographe, ou bien elles auraient exigé d'assister aux séances, ce qui aurait tout gâché. Et puis, le secret, c'était plus drôle.

Elle commença dès le lendemain. Glénon ne lui demanda rien d'extraordinaire. Il transportait à l'arrière de sa camionnette une grosse malle remplie de costumes de location. Martine montait dans le véhicule, enfilait le déguisement choisi sans que l'homme cherche le moins du monde à la reluquer sous prétexte de l'aider à s'attifer. Ensuite elle prenait la pose en souriant jusqu'à ce que les joues lui fassent mal. Glénon la déguisa en petite Bretonne, avec différentes coiffes compliquées que Martine avait le plus grand mal à fixer, et que le vent du large menaçait chaque fois de lui arracher. En jupe de velours, tablier blanc et sabots, elle jouait les modèles sur les remparts, à l'extrémité du môle des Noires, au pied du phare, dans les rochers. Ou bien elle se costumait en corsaire, avec une fausse moustache dessinée au bouchon brûlé, un sabre de bois, et se dressait à la proue d'une vieille barcasse ancrée dans le port. Ces séances provoquaient des attroupements, et Martine jouissait de la sensation délicieuse de devenir le point de convergence de tous les regards. On la prenait pour un enfant mannequin posant pour les magazines de mode. Certains prétendaient même la reconnaître !

Raoul travaillait vite, dévorant la pellicule. Il ne s'énervait jamais, même quand Martine n'arrivait pas à trouver la pose ou grimaçait dans le soleil. Chaque soir, il lui glissait quelques billets et disparaissait au volant de la camionnette.

— Je campe à la cité d'Aleth, avait-il expliqué,

c'est moins cher que l'hôtel. La camionnette me sert de labo pour développer la pelloche.

Les jours de pluie, il était convenu que ni l'un ni l'autre ne viendrait au rendez-vous, et Martine s'ennuyait à mourir dans l'entresol de la rue de la Herse. M'man s'était remise à écrire et Carmen recopiait ses brouillons sur son Hermès Baby portative. Quand elles étaient ainsi absorbées dans leur travail, Martine aurait pu s'embarquer pour les Indes sans qu'elles s'en aperçoivent.

La fillette découvrit avec un certain étonnement qu'elle ne pensait plus à Jojo Lempereur. Raoul avait promis de lui faire un « dossier » comme les mannequins, une belle chemise de carton contenant les meilleurs clichés des derniers jours. Il lui avait expliqué que les photos seraient coloriées en studio pour faire « monter » les couleurs. Rendre le ciel plus bleu, le sable plus jaune. « Comme dans les films américains ? » avait lancé Martine pour ne pas avoir l'air d'une dinde. Raoul avait acquiescé.

À présent, elle avait peur de le voir s'en aller, de retomber dans la solitude des déambulations à bicyclette sur la digue de Courtoisville. Après l'aventure qu'elle venait de vivre, les vantardises de Jojo Lempereur lui feraient l'effet d'un chewing-gum trop longtemps mâché.

20

Un matin — il devait être dix heures — quelqu'un donna des coups de poing dans la porte, provoquant un vacarme effroyable qui courut à l'intérieur des murs jusqu'au dernier étage de l'immeuble.

Jeanne se dressa sur son lit, hagarde, car elle avait écrit une bonne partie de la nuit et ne s'était endormie qu'à l'aube. Seule Carmen eut la présence d'esprit d'enfiler une robe de chambre et d'aller ouvrir.

Deux hommes se tenaient sur le seuil, l'air maussade et les vêtements fripés, tels deux voyageurs descendant d'un train de nuit. Martine identifia avec stupeur Morne et Bruton, les inspecteurs qui étaient déjà venus leur rendre visite à la cité des Étangs. Ils jetèrent sur le campement des regards désapprobateurs et reniflèrent avec ostentation, comme si l'odeur exhalée par ces femmes entassées leur était insupportable de si bonne heure le matin.

— Comment nous avez-vous retrouvées? interrogea Jeanne qui, faute de robe de chambre, avait passé le trench-coat de Carmen.

— Par votre éditeur, Sacha Barine, répondit Morne, à qui l'insomnie avait rougi les yeux. Votre collaboratrice, ici présente, lui avait communiqué votre adresse de vacances.

Jeanne tressaillit et jeta un regard venimeux à Carmen.

— Bon sang! siffla-t-elle. Je croyais que nous devions couper les ponts. Tu n'as pas pu t'en empêcher, hein? C'est ton séjour dans l'armée qui te rend si respectueuse de la hiérarchie?

La correctrice détourna la tête, gênée de se faire ainsi apostropher en présence des policiers. Morne, qui, sans attendre d'y être invité, s'était installé à la table, tapota le bois avec le métal de sa chevalière.

— Vous laverez votre linge sale plus tard, grogna-t-il. Nous avons dû nous taper une nuit de train pour venir ici, et je ne suis pas de très bonne humeur. Il y a du nouveau dans votre affaire. Quelque chose d'un peu surprenant.

Jeanne s'assit à son tour. Ses cheveux dépeignés lui donnaient l'air d'une suspecte malmenée au cours d'un interrogatoire. Martine fut peinée de lui découvrir un air vulnérable, presque apeuré.

— On a déposé une plainte contre vous, laissa tomber Morne. Et pas n'importe laquelle. Elle émane d'une certaine Gertha Wassen. Cette dame vous accuse d'avoir assassiné et fait disparaître son fils Egon.

Jeanne écarquilla les yeux. Elle avait lâché le col du trench-coat dont les revers s'étaient écartés, si bien qu'on voyait qu'elle était toute nue en dessous. Bruton se rapprocha pour jouir d'une meilleure perspective. Martine eut envie de lui expédier un coup de pied dans les tibias.

— Je ne comprends rien à ce que vous me racontez, soupira M'man. Egon serait mort?

— Vous admettez donc connaître cet homme? lança aussitôt Morne.

Jeanne haussa les épaules et entreprit de résumer en peu de mots ses relations avec Egon.

— C'est un détraqué, conclut-elle. Il s'est mis dans la tête qu'il était le père de ma fille et n'en veut pas démordre. Mais ça ne tient pas debout, c'est une pure lubie. Je n'ai jamais réussi à lui faire admettre la vérité.

L'inspecteur tripota les papiers étalés devant lui.

— J'ai là, annonça-t-il, une déclaration de sa mère, Gertha Wassen, qui affirme pourtant le contraire.

— Je n'ai jamais rencontré cette femme, fit Jeanne. Il est probable qu'elle a gobé les bobards de son fils, rien de plus. Je vous répète qu'Egon est un malade. Il y a quelques semaines, il a tenté d'enlever Martine.

— C'est vrai, lança Carmen. J'ai dû moi-même aller récupérer la gamine à Nanterre, après qu'elle s'est échappée du cimetière de voitures tenu par cet homme.

Morne leva les mains, paumes ouvertes, pour réclamer le silence.

— Et vous n'avez pas jugé utile de porter plainte ? s'étonna-t-il. Voire de faire figurer cet incident sur la main courante du commissariat de votre quartier ?

— Non, avoua Jeanne.

— C'est dommage, observa Morne. Gertha Wassen, elle, prétend que vous refusiez à son fils le droit de voir sa fille. Que vous le menaciez chaque fois qu'il faisait mine de vous rendre visite. Elle dit qu'il en était réduit à tenter d'entr'apercevoir l'enfant en cachette. Ce que vous appelez « enlèvement », elle le qualifie de « promenade » ou de « goûter ».

— Interrogez ma fille ! s'emporta Jeanne. Elle vous dira, elle, comment il a essayé de la tripoter...

Morne fit la moue.

— Vous savez, marmonna-t-il, les déclarations de mineures, on ne peut guère s'y fier. Elle ne serait pas la première à accuser son père de pratiques incestueuses pour ne pas être obligée de le voir. C'est courant dans ce genre d'affaire.

— Mais que s'est-il passé ? s'enquit Carmen, qui sentait Jeanne au bord de l'éclat.

— Egon Wassen a disparu, annonça Bruton. Il est parti un soir en annonçant qu'il se rendait à la cité des Étangs et n'a plus jamais reparu. Sa mère prétend que vous l'avez assassiné pour ne plus être importunée par ses visites.

— Comment a-t-il été tué ? interrogea Carmen.

Morne inspira profondément.

— On n'a pas retrouvé le corps, avoua-t-il enfin. Seulement sa voiture, dans les bois, aux alentours de Garches, un peu au-dessus du parc de Saint-Cloud. La clef était sur le contact, les portières ouvertes.

— Mon Dieu ! explosa Jeanne. Ça signifie que vous m'accusez sans l'ombre d'une preuve ! Vous ne comprenez pas qu'il s'agit d'une mise en scène d'Egon destinée à me pourrir l'existence ? Il me persécute depuis la fin de la guerre. Il est prêt à tout pour « récupérer » Martine, c'est un lunatique. Un pauvre type mené par des idées fixes.

Morne hocha la tête.

— Je dois dire que son dossier n'est pas reluisant, fit-il en consultant ses papiers. Situation militaire plutôt trouble. Aurait déserté pour ne pas être incorporé d'office à la Waffen S.S. Se prétend alsacien. Affirmation impossible à vérifier en raison des bombardements ayant détruit les archives de sa ville natale. Est peut-être en réalité allemand. Compromis dans différents trafics. Marché noir, recel de véhicules volés sans qu'il soit possible de rassembler des preuves contre lui. Un drôle de coco. Sa mère ne parle pas trois mots de français, il nous a fallu avoir recours aux services d'un interprète pour comprendre ce qu'elle voulait. Elle est très montée contre vous. Elle ira jusqu'au bout, faites attention. Elle raconte qu'elle a rêvé de la mort de son fils, et que, depuis, elle ne le sent plus « vivre » en elle. Si elle parvient à racoler les journalistes, la presse vous fera la vie dure. Vous êtes une célébrité, et c'est le genre d'histoires crapuleuses qui plaît au péquin.

— Qu'allez-vous faire? demanda Jeanne d'une voix éteinte. M'obliger à rentrer à Paris?

— Non, fit Morne. Pour le moment je vais enregistrer votre déclaration. Vous reconnaissez tout de même qu'Egon Wassen vous persécutait et que les choses n'allaient pas pour le mieux entre lui et vous?

Jeanne hocha affirmativement la tête. Elle avait le visage blême et les traits tirés. Pendant l'heure qui suivit, il fallut donner tous les détails possibles sur les visites d'Egon, ses filatures, son obstination à faire le guet aux abords de la cité. Jeanne passa sous silence la manière dont sa fille et elle s'étaient glissées dans l'appartement des voisins pour échapper aux tentatives d'effraction du ferrailleur.

— Ce n'est pas bon pour vous, observa Bruton qui était resté debout durant l'entretien. Il ressort de tout ça que vous aviez un bon mobile pour le liquider. L'accusation ferait valoir que vous aviez peur qu'il vous enlève la gosse. Vous avez pu vous disputer à ce propos, vous l'avez frappé dans un mouvement de colère... et vous l'avez tué par accident. C'est assez courant.

— Ce n'est qu'un bluff, balbutia Jeanne. Il veut me faire craquer. Il espère que la presse s'emparera de l'affaire et lui donnera raison contre moi. J'ai une réputation détestable, il jouera sur le fait qu'il veut soustraire sa fille à ma mauvaise influence. Ça peut marcher. Je suis certaine qu'il a tout combiné. En plein été les journaux ne savent pas quoi raconter pour remplir leurs colonnes. Un scandale de ce calibre tomberait à point.

Morne grimaça.

— Ce n'est pas impossible, admit-il. Mais vous n'avez aucune preuve de ce que vous avancez. On va attendre un peu, mais si Gertha Wassen fait du ramdam dans la presse à scandales on sera forcé de vous mettre sur la sellette. Tout se compliquera si on finit par dénicher le cadavre.

— Si ce type est un trafiquant, intervint Carmen, ne pourrait-on pas envisager qu'il ait été liquidé par un associé... un concurrent ?

— Possible, fit l'inspecteur. L'ennui c'est que Gertha Wassen accuse Jeanne Jurieux, et personne d'autre.

Martine avait envie de hurler. Quand vint son tour de répondre aux questions, elle remarqua que les deux flics la considéraient avec une certaine suspicion et ne prêtaient pas attention à ce qu'elle disait. Chaque fois qu'elle voulait développer, ils lui coupaient la parole, comme si elle leur faisait perdre du temps.

Il régnait maintenant une chaleur étouffante dans l'entresol mais Morne n'avait pas desserré sa cravate au nœud luisant. Martine, enveloppée dans son drap, eut un regard pour Jeanne, échevelée, que le trench-coat faisait ressembler à une catin ramassée au cours d'une rafle. Elle pensa qu'elles offraient aux deux flics l'image plutôt négative d'un trio de romanichelles campant dans un gourbi au milieu des casseroles sales.

— Bon, conclut Morne en rassemblant ses notes. J'ai ce qu'il me faut. Je vais faire dactylographier tout cela et vous passerez signer les déclarations au commissariat demain matin. Ne vous déplacez pas sans nous communiquer vos coordonnées, ça évitera qu'on lance un avis de recherche au cas où l'affaire s'envenimerait. On va essayer de mettre la main sur Egon Wassen. S'il a monté cette comédie pour récupérer la gosse, il se cache forcément quelque part. On fera le tour de ses anciens points de chute. Les choses se corseront s'il demeure introuvable et que sa mère persiste dans ses accusations. Là, vous aurez intérêt à dénicher un bon avocat.

Les deux inspecteurs s'en allèrent après avoir tassé leurs dossiers dans un porte-documents fatigué. Un silence que personne n'osait rompre s'installa dans l'appartement.

21

Il semblait écrit quelque part que le malheur les retrouverait où qu'elles aillent. Jeanne, s'attendant à voir surgir Egon à chaque coin de rue, n'osait plus sortir et tenait de nouveau les volets fermés de nuit comme de jour. Martine se vit interdire le droit de gambader au hasard et de rentrer à n'importe quelle heure. Il ne fut donc plus question de photos. Au troisième rendez-vous raté, la fillette songea que Raoul Glénon l'avait sans doute remplacée par une autre gamine et en conçut une grande frustration.

— Il faut partir, répétait Jeanne. Nous ne serons en sécurité que sur l'île.

Elle avait pris contact avec un pêcheur qui faisait la navette dans la baie et ravitaillait les îles du voisinage en eau potable et denrées de première nécessité. Ces allées et venues fournissaient au vieux Malouin un pécule consistant car il allait bien au-delà de Cancale, jusqu'aux terres anglo-normandes, là où pointaient hors de l'eau des rochers ignorés du commun des mortels et qu'habitaient des excentriques en mal de solitude inspirée : vedettes de la chanson, écrivains faisant profession de misanthropie, ou étoiles montantes du jeune cinéma désireuses de cacher leurs amours torrides. Ces marginaux avaient acheté des portions de récif invivables, au grand amusement des autochtones. Des terres que les goélands conchiaient d'un bout à l'autre de l'année et que les tempêtes submergeaient à chaque grande marée d'équinoxe. Depuis quelque temps, toutefois, les artistes se faisaient moins nombreux. Ils se détournaient de la Bretagne pour emménager à Saint-Tropez, ce village du Sud dont parlaient les journaux. Là-bas il faisait chaud, si chaud que les nudistes pullulaient. C'était un autre monde. La Bretagne, avec son crachin, ses averses imprévisibles, n'attirait plus que les familles désargentées, les congés payés aux économies plutôt chiches. Désormais, on rêvait du Sud, des chaleurs, d'un soleil garanti sur facture. Il se trouvait même des aventuriers pour descendre au Portugal. Des téméraires pour visiter l'Andorre. Beaucoup d'îlots bretons étaient peu à peu retournés à leur sauvagerie première. Les phares aménagés, les maisons de pêcheurs s'ensevelissaient sous la fiente des albatros qui faisaient leurs nids dans les cheminées. Des rochers dont la presse avait brièvement mentionné l'existence redevenaient anonymes après quelques mois d'occupation humaine. Ces terres fantomatiques faisaient rêver Martine, qui s'abîmait dans la contemplation des cartes marines du syndicat d'initiative.

À Saint-Malo, l'été tournait à l'orage. Les mouches envahissaient l'entresol dès qu'on avait le malheur d'entrebâiller une fenêtre. La nuit, on n'avait d'autre recours que de repousser les draps d'un coup de talon et de rouler sur le dos, nue, avec l'espoir qu'un improbable courant d'air viendrait sécher la moiteur des ventres et des seins. La cohabitation devenait épineuse. Martine supportait de moins en moins l'omniprésence de Carmen, ses conciliabules chuchotants avec Jeanne, porte fermée ; la manière dont elle régentait la maison, son souci maniaque du rangement et de l'astiquage. Depuis que la correctrice était là, la fillette ne voyait presque plus sa mère en tête à tête. Elles ne se parlaient plus, n'échangeaient plus aucun secret, aucun fou rire. Carmen faisait tampon. Elle s'appliquait à tenir Martine à l'écart, elle multipliait les stratégies pour l'occuper : repeindre les vélos, par exemple. Ça c'était la dernière des idioties : repeindre les bicyclettes alors qu'on était sur le point de s'embarquer pour Bregannog !

Un soir qu'il faisait encore plus chaud que d'habitude et que les bars à marins s'emplissaient de clameurs avinées, une dispute éclata à propos d'une peccadille.

— T'es plus à l'armée ! lança Martine au visage de la correctrice. Tu ne crois tout de même pas que tu vas me mener à la trique !

Et pour donner plus de poids à ses paroles, elle s'enfuit dans la rue. La nuit était déjà tombée, et, hors des artères principales bénéficiant d'un éclairage public acceptable, le lacis des ruelles se présentait sous l'aspect d'un labyrinthe goudronneux dont les pavés reflétaient parfois l'éclairage des rares fenêtres illuminées. Martine courait sans savoir où elle allait. Elle étouffait, elle avait envie que quelque chose se produise. N'importe quoi... Qu'Egon surgisse d'un renfoncement pour la saisir à bras-le-corps et l'emporter avec lui sur son bateau. N'avait-il pas affirmé que son voilier était prêt à prendre la mer ? Pourquoi n'aurait-il pas remonté la Rance pour rejoindre l'estuaire et accoster à Saint-Malo, à la cale de Dinan par exemple ? Il était peut-être là, qui sait ? Sitôt Martine chloroformée, kidnappée, il lèverait l'ancre et filerait dans la nuit.

« Je me réveillerai trop tard, pensa la fillette, alors que nous serons déjà en pleine mer, loin des côtes françaises. Il me dira : Voilà, maintenant il va falloir s'habituer à notre nouvelle vie. Nous allons à Saint-Domingue. »

Elle n'avait aucune idée de l'endroit où se situait Saint-Domingue, mais ça n'avait pas d'importance. Elle en avait assez de Carmen et de Jeanne, de leur complicité de femmes qui l'excluait. Carmen l'avait détrônée, la rétrogradant au rôle de petite fille incapable de comprendre les choses de la vie. La correctrice était devenue la confidente en chef, celle à qui on révélait les choses secrètes des affrontements amoureux.

Quand le premier coup de tonnerre éclata, Martine grimpa sur les remparts. Les estivants descendaient les escaliers de pierre en se bousculant, désireux d'échapper à l'averse. Elle dut remonter le flot à contre-courant. Là-haut, sur le chemin de ronde, il lui sembla qu'elle respirait un peu mieux. L'obscurité gommait toute profondeur, substituant son mur noir à la vastité de l'océan. On ne voyait plus rien, ni l'eau ni le dos bossu du Grand-Bé. Çà et là, des clignotements de balises piquaient des scintillements intermittents. On avait envie de tendre la main pour s'assurer qu'une toile goudronnée n'avait pas été tendue au ras des créneaux. Il y avait du vent. Martine rejeta ses cheveux en arrière, déboutonna le col de sa robe de coton. Elle aurait voulu se mettre toute nue et courir sur le chemin de pierre en battant des bras. C'était une nuit à enjamber le parapet et à se jeter dans le vide. Pour voler comme les mouettes. Elle avait l'impression qu'elle ne s'écraserait pas sur les rochers, mais qu'au contraire le vent l'emporterait au-dessus des vagues, loin, vers les îles abandonnées.

Alors qu'elle se penchait pour essayer de discerner le sol, la main de Carmen s'abattit sur son épaule.

— Je te cherche depuis une heure ! aboya la correctrice. Qu'est-ce que tu fiches dans cette tenue, déboutonnée jusqu'au nombril. Rajuste-toi. Nous sommes dans un port, tu crois qu'on peut s'exhiber comme ça devant des marins ivres? Tu n'es plus une gamine, il faut que tu apprennes à te tenir. Bientôt les hommes poseront sur toi un regard qui n'aura plus rien de paternel, crois-moi!

— Fiche-moi la paix! hurla Martine en se dégageant. J'en ai assez de t'avoir dans les jambes, t'es toujours là à nous coller, ma mère et moi. Qu'est-ce que tu veux, à la fin? Qu'est-ce que t'espères? Pourquoi t'es pas avec un mec?

Elle reculait en trébuchant sur les pavés. Le mauvais éclairage des rues lui renvoyait l'image d'une Carmen fantomatique, aux yeux creux, plus vieille qu'elle ne l'était en réalité.

— Tu t'imagines surveiller un pensionnat de jeunes filles? ricana Martine. Une chambrée d'infirmières? T'es cloche, ma pauvre! Tu veux te rendre indispensable mais tu l'étouffes, Jeanne. Tu l'agaces, t'es toujours pendue à elle comme un boulet.

Elle haletait. Une douleur nerveuse lui nouait le ventre. Elle crut qu'elle allait vomir ou fondre en larmes.

— Et ces trucs de partager son lit! hoqueta-t-elle. C'est dégueulasse. Qu'est-ce que t'espères? Qu'elle oubliera les hommes? Qu'elle se contentera de pleurnicher entre tes bras? Tu te goures, les types, elle aime ça! Et elle aimera toujours ça. Il y en aura d'autres, toujours, et tu ne pourras rien contre. On a ça dans le sang dans la famille, et plus tard je serai comme elle. Alors ça ne sert à rien de jouer les duègnes. Fiche-nous la paix, tu nous empêches de vivre. T'as aucun droit sur Jeanne, t'as jamais rien fait pour elle.

Carmen s'avança sur Martine d'un pas si décidé que la fillette prit peur. Durant une fraction de seconde elle fut la proie d'images folles: Carmen la poussant dans le vide du haut des créneaux par jalousie, pour s'approprier définitivement Jeanne. Carmen rentrant rue de la Herse en prétendant n'avoir pas trouvé la gamine, Carmen proposant d'appeler la police, Carmen consolatrice, refermant les bras sur une Jeanne sanglotante.

Martine faillit pousser un cri. La correctrice la saisit par le col de sa robe dont les coutures gémirent, et l'attira contre elle.

— Je n'ai rien fait pour elle ? gronda-t-elle d'une voix pleine de souffrance. Petite idiote ! Qu'en sais-tu ? Pauvre crétine. Tu as la tête remplie de cochonneries, comme toutes les gamines de ton âge, tu ne peux rien imaginer d'autre, pas vrai ? Tu ne peux pas admettre que c'est simplement de l'amitié. De l'amitié vraie.

Elle pleurait, les yeux fixes, regardant au travers de la fillette sans la voir.

— Tu n'imaginerais pas ce que j'ai fait pour vous, balbutia-t-elle. Pour toi, pour Jeanne... Je ne voulais pas en parler mais puisque tu m'y forces tu devras en supporter les conséquences. Après tu le regretteras, ce sera en toi comme un remords. Tu devras vivre avec et garder fermée ta sale petite bouche.

Elle hésita une seconde encore, puis lâcha dans un souffle :

— Egon... Il est mort. C'est moi qui l'ai assassiné. Je l'ai tué pour vous sauver.

Martine fut si surprise qu'elle crut qu'elle allait faire pipi dans sa culotte. Le tonnerre explosa, tout près. La pluie se mit à crépiter sur les créneaux, transperçant les minces robes d'été.

— Tu te fiches de moi, dit Martine. Tu dis ça pour me faire peur.

Elle essayait de reprendre l'avantage mais elle savait déjà que Carmen disait la vérité.

Elles restèrent une minute face à face, dégoulinantes de pluie, les vêtements collés au corps sur les remparts déserts, puis Carmen se secoua et poussa la fillette à l'abri d'une échauguette conçue jadis pour abriter les hommes de faction. La tourelle était si étroite qu'elles eurent du mal à y entrer toutes deux. Le réduit sentait l'humidité et il y régnait une obscurité compacte. Elles se tassèrent l'une contre l'autre tandis que les rafales ricochaient sur les pavés, leur éclaboussant les jambes.

— C'est pas vrai, hein ? répéta Martine. Tu racontes n'importe quoi.

— Si, c'est la vérité, chuchota Carmen en s'essuyant maladroitement le visage. Ça s'est passé presque malgré moi, parce que j'avais peur qu'il vous fasse du mal.

Elle semblait soulagée, heureuse de pouvoir enfin parler.

— Mais quand ? s'impatienta Martine.

— Quand vous étiez à la cité des Étangs, murmura la correctrice. Vous pensiez que je ne venais vous voir que le dimanche parce que j'étais trop occupée en semaine, mais c'était faux. Je venais tous les soirs faire un tour, pour m'assurer que tout allait bien. Je garais la voiture de l'autre côté de la route, et je vous guettais par la fenêtre. Ça me suffisait. Contrairement à ce que tu crois, j'ai toujours évité de m'imposer. De m'immiscer dans votre vie. C'est comme ça que j'ai repéré Egon, une nuit. J'allais repartir, il arrivait. J'ai pris peur, j'ai senti qu'il préparait un mauvais coup. Au lieu de démarrer je suis restée dans l'obscurité. Il surveillait votre appartement au moyen d'une paire de jumelles. Il fumait, il buvait de la bière. De temps en temps il sortait pour faire pipi, et il parlait tout seul en faisant des gestes.

Carmen ferma les yeux. Elle semblait revivre la scène. Les mots tombaient un à un de sa bouche, chaque fois un peu moins distincts. Oui, elle était restée figée sur son siège, derrière le volant, n'osant pas bouger de peur de se faire repérer. La route était déserte si l'on faisait exception des gros transports militaires qui passaient dans un tonnerre de ferraille tous les quarts d'heure. Les Américains acheminaient le matériel encombrant de nuit, pour ne pas être gênés par les embouteillages des banlieusards descendant sur Paris. Chaque passage de G.M.C. faisait vibrer la 2 CV de toutes ses tôles, et Carmen percevait les trépidations de ces ébranlements jusque dans son ventre. Là-bas, Egon attendait quelque chose. Le moment propice. Dans l'éclairage jaune tombant des réverbères, il avait l'air méchant. Il avait fini par quitter sa voiture pour s'introduire dans l'immeuble, et Carmen avait failli lui courir après pour l'en empêcher. Mais il était aussitôt ressorti en maugréant et avait fichu le camp.

— J'ai compris qu'il avait essayé d'entrer dans l'appartement en crochetant la serrure, dit la correctrice en attirant Martine contre sa hanche osseuse. Je me suis dit qu'il risquait de récidiver le lendemain... ou qu'il tenterait d'escalader les balcons à l'arrière du bâtiment. Ça n'avait rien d'impossible, la cité était presque vide et à cette heure-là tout le monde dormait. Je suis revenue sitôt mon travail expédié. Je ne voulais pas vous effrayer pour rien. J'avais apporté un revolver d'ordonnance, un souvenir de guerre. Il était vide, mais je me disais qu'Egon ne le savait pas et que je pourrais toujours l'en menacer s'il tentait de t'enlever.

Martine grelottait dans sa robe trempée. Elle se força à ricaner :

— Et puis ça te plaisait de jouer les anges gardiens !

— Sûrement, oui, admit Carmen. Le lendemain Egon avait un trousseau de fausses clefs... des passe-partout, du matériel de cambrioleur, quoi. Je le sais parce que je suis entrée derrière lui dans le bâtiment et que je me suis cachée dans la cave, le pistolet à la main. J'écoutais, pour savoir s'il allait réussir à ouvrir la serrure, mais il était maladroit. Je l'entendais jurer tout bas.

— On savait qu'il venait, dit Martine. On avait déménagé dans l'appartement des Souriaux.

— Je ne pouvais pas le deviner, soupira Carmen.

Elle raconta comment il lui avait fallu retenir sa respiration, persuadée qu'on devait l'entendre haleter trois étages plus haut. Heureusement, Egon était redescendu bredouille. S'il excellait en trafics divers, il n'avait pas l'étoffe d'un monte-en-l'air. Carmen l'avait laissé sortir. Les jambes coupées par la tension nerveuse, elle avait cru ne jamais pouvoir remonter de la cave.

— C'est le lendemain que les choses ont mal tourné, fit-elle en cherchant l'appui du banc de pierre au fond de l'abri.

Martine leva la tête pour la regarder. Les éclairs jetaient des fulgurances par la découpe de la meurtrière. Chacun de ces brasillements bleuâtres lui permettait de découvrir le visage tendu de la correctrice. Avec sa robe plaquée sur son corps osseux, elle avait quelque chose d'une noyée au teint livide.

— J'ai passé la journée du lendemain dans la panique complète, dit Carmen. Je ne comprenais rien à ce que je tapais, tout était plein de fautes de frappe. La corbeille à papier débordait de feuilles froissées. J'avais peur. Plus le temps passait plus j'avais peur. Je me racontais que cette nuit serait la bonne. Qu'Egon trouverait la bonne clef, qu'il réussirait à pénétrer dans l'appartement. J'ai retourné tous mes tiroirs pour retrouver les balles du revolver mais je n'ai pas pu mettre la main dessus.

Lorsqu'elle avait pris le chemin de la cité, elle était dans un état de nerfs déplorable, prête à tout. Sur le chemin, elle avait même failli s'arrêter dans un commissariat de police pour demander de l'aide, mais elle sentait que son histoire avait peu de chances d'être crue. Elle devait se débrouiller toute seule.

Elle était en faction depuis un quart d'heure à peine quand Egon arriva. Cette fois, elle ne chercha pas à se cacher. Sortant de la 2 CV, elle marcha vers l'homme d'un pas qui se voulait assuré. Dans la poche de son trench-coat, sa main droite serrait la crosse du pistolet au chargeur vide. Egon la reconnut tout de suite. Il n'était pas ivre mais son haleine sentait la bière. À demi penché à l'intérieur de la voiture, il semblait chercher quelque chose sur la banquette arrière.

— Il... il y avait un gros flacon opaque fermé par un bouchon hermétique de sécurité, haleta Carmen. En voyant sa main brûlée posée dessus, j'ai tout de suite fait le rapprochement avec le vitriol. J'ai compris que c'était lui qui défigurait toutes ces femmes pour se venger de Jeanne. Je me suis dit : « C'est ce qu'il se prépare à faire ! Il va s'introduire dans l'appartement pour vitrioler Jeanne pendant son sommeil. » Il fallait que je fasse quelque chose. J'ai sorti le pistolet et je l'ai braqué sur lui, mais il a ri.

Oui, Egon avait haussé les épaules comme si Carmen ne représentait pas une menace digne d'être prise en considération. Il s'était remis à fouiller dans le désordre de la banquette arrière, essayant d'atteindre quelque chose.

— Je lui ai dit de ficher le camp, fit Carmen d'une voix presque inaudible. De vous laisser tranquilles. Il... il m'a insultée. Il m'a dit : « Toi, la gouine, va nettoyer les poils que t'as encore entre les dents. » Ça... ça m'a rendue folle. J'ai appuyé sur la détente par instinct. S'il y avait eu une balle dans le canon, le coup serait parti. Ça s'est fait tout seul, comme si mes doigts ne m'obéissaient plus.

Mais il n'y avait pas eu de détonation, juste un

« clic » ridicule qui avait provoqué le rire d'Egon. Un rire gras, humiliant. Alors Carmen avait abattu de toutes ses forces le canon de l'arme sur le front de son adversaire. Elle voulait seulement l'étourdir, lui faire mal, mais elle entendit les os céder avec un craquement mou. Egon bascula en arrière, s'affalant en travers des sièges, les jambes pendantes, les bras à la dérive.

— Il était mort ? interrogea Martine.

Carmen eut un drôle de petit rire détimbré, incompréhensible. Presque un rire d'excuse. Comme si elle cherchait à se faire pardonner une incongruité.

— Bien sûr, dit-elle. Tout ce qu'il y a de plus mort.

Après, elle avait agi en état second, sans réfléchir, comme elle l'avait fait jadis pendant la guerre, sous les bombardements, lorsqu'il s'agissait de sauver sa peau coûte que coûte. Le cadavre en lui-même ne l'effrayait pas, elle en avait pris l'habitude en Afrique. La guerre lui avait ôté tout dégoût, toute superstition envers les morts. Elle avait appris à les traiter en objets, sans faire d'inutiles chichis. C'est qu'elle en avait enterré des beaux gars de dix-huit ans, des copines de régiment, et même des gosses victimes des bombardements ! Il y avait belle lurette que toucher un cadavre ne lui faisait plus ni chaud ni froid, alors Egon... ce salopard d'Egon.

Elle s'était glissée au volant, sans attendre, et avait démarré en direction de Versailles, de la forêt qu'elle savait toute proche. Il y avait là des bois touffus, des sentiers seulement fréquentés par les amoureux trop pauvres ou trop honteux pour s'offrir une chambre d'hôtel. Elle roula sans un regard pour le corps étendu sur le plancher, juste derrière elle. Elle ne croisa personne, à part quelques véhicules militaires regagnant leur base. La banlieue était vide, déserte comme seule sait l'être la banlieue à deux heures du matin.

— Je ne devrais pas te raconter ça, dit Carmen

avec une hésitation. Je… je l'ai enterré dans la forêt, avec la pelle de camping que je garde toujours dans la 2 CV. J'ai choisi un endroit très touffu, plein de ronces, où personne ne doit aller. Puis j'ai repris sa voiture, et je suis allée l'abandonner aux antipodes, à dix kilomètres de là, aux abords de Garches. Ensuite, je suis revenue à pied à la cité des Étangs pour récupérer ma propre auto. Dix ou douze kilomètres. Heureusement que j'avais de bonnes chaussures. Dès que j'entendais un bruit de moteur, je me cachais. J'avais peur d'attirer l'attention d'un militaire. Tu penses ! Une femme seule au bord de la route en pleine nuit ! Quand j'ai retrouvé la 2 CV j'étais épuisée. Je suis partie sans attendre. Il faisait encore nuit, aucune fenêtre n'était allumée dans la cité. Je ne pense pas qu'on m'ait vue, mais on ne peut jamais savoir, bien sûr.

Elle se tut. Martine se tassa contre elle et noua ses bras autour des reins maigres de la grande femme brune. L'orage s'éloignait.

— Bon sang, murmura Carmen au bout d'une minute, on est trempées, ta mère va croire qu'on est tombées à l'eau.

Et elle entreprit de frictionner les épaules de Martine de ses mains sèches, aux ongles carrés.

— C'est vrai de vrai, tu le jures ? lança la fillette. Tu ne te paies pas ma bobine au moins ?

Les doigts de Carmen s'enfoncèrent dans la chair de Martine qui gémit.

— C'est vrai, martela la correctrice. Et ça devra rester entre nous. Il faudra tenir ta langue. Ce sera ta punition. Je l'ai fait pour vous… Parce que Egon s'apprêtait à vous faire du mal. Si je n'avais pas été là, il aurait vitriolé Jeanne, il t'aurait enlevée.

Martine s'éloigna.

— La bouteille, sur le siège arrière, siffla-t-elle. Tu as vérifié que c'était bien du vitriol ?

— Non, lâcha Carmen. J'avais d'autres sujets de préoccupation, figure-toi !

— Alors c'était simplement une bouteille Thermos, dit la fillette. Il était saoul et il voulait boire du café pour essayer de se réveiller, c'est tout. D'ailleurs, si ç'avait été du vitriol les flics en auraient parlé !

— Pas forcément, rétorqua la correctrice. C'est leur technique de dissimuler des choses pour voir si l'on se trahit en avouant en savoir plus qu'eux.

— Pffu ! souffla Martine. C'était du café. T'as perdu les pédales, c'est tout.

— Tu n'es qu'une teigne, cracha Carmen. Une vraie petite salope. Des moqueries, c'est tout ce que j'obtiendrai comme remerciements ?

Martine sortit de la tourelle. Quand elle bougeait, le contact de la robe mouillée était insupportable. Elle avait la tête qui tournait. Elle n'était pas certaine de devoir croire aux révélations de Carmen. Et si elle avait tout inventé, hein ? Pour se faire valoir ? Si elle avait décidé d'exploiter la disparition d'Egon à son avantage ?

— Maintenant tu comprends pourquoi j'ai des droits sur Jeanne ? fit la correctrice dans son dos. Lorsque tu en auras fait autant, tu pourras prétendre me donner des leçons, pas avant.

Fouettée par le défi, Martine chercha quelque chose à répliquer, mais elle s'aperçut qu'elle claquait des dents dans le vent soufflant de la mer. Carmen lui saisit le poignet et l'entraîna comme on le fait avec un enfant en bas âge.

— Nous ne parlerons plus jamais de ça, dit-elle, c'est compris ? Je l'ai fait pour ta mère, pour la protéger. Personne ne doit le savoir, surtout pas elle. Ça la rendrait folle. Il faut serrer les dents et attendre que le temps passe. Les flics se lasseront de cette affaire, ils ont trop de travail avec les attentats et les manifestations. Vous allez rester sur l'île jusqu'à ce que le calme revienne. Quand l'affaire Egon aura été classée vous pourrez revenir à Paris. Ce sera moins long que tu ne l'imagines, la police n'attrapera pas la migraine pour résoudre la disparition d'un bon à rien.

Elle marchait vite et Martine s'essoufflait à la suivre. Dans le crâne de la fillette une voix chantonnait le même refrain depuis quelques minutes : « Baratin ! Baratin ! Baratin ! »

Lorsqu'elles arrivèrent rue de la Herse, Jeanne poussa un cri de stupeur.

— Qu'est-ce que vous avez fichu ? On dirait que vous êtes tombées dans le bassin Duguay-Trouin !

Et elle s'empressa d'arracher les vêtements de Martine pour la frictionner avec une serviette-éponge.

Martine eut un peu de fièvre et fit des cauchemars dans lesquels elle assistait impuissante à l'assassinat d'Egon. Elle se voyait, perdue au fond d'une forêt, tandis que la voix du mort filtrait de dessous la terre en murmurant son nom. Elle se réveilla à deux heures du matin en criant : « C'était juste du café ! » Carmen se leva, vint s'agenouiller près du lit de camp et lui pinça le gras du bras jusqu'à ce qu'elle gémisse.

— Ne joue pas à ça avec moi, chuchota la correctrice. Je n'ai pas de remords, et avoir liquidé ce salopard me fait plutôt plaisir. Dis-toi bien que si la police me suspecte, elle suspectera également Jeanne. Et que si nous allons en prison, ta mère et moi, tu te retrouveras à l'Assistance publique jusqu'à ta majorité. Réfléchis à ça chaque fois que tu seras tentée de m'emmerder, d'accord ?

— Mais je ne voulais pas..., pleurnicha Martine.

— Qu'est-ce qu'il y a ? balbutia Jeanne d'une voix ensommeillée.

— Rien, fit Carmen. C'est juste la petite qui faisait un mauvais rêve.

Et elle partit se recoucher.

Le lendemain, elle se sentit effectivement gagnée par l'étrange impression d'avoir rêvé tout cela. Impression accentuée par le fait que Carmen n'esquissa aucune mimique d'intelligence à son intention. S'agissait-il d'une blague ? D'un coup de bluff destiné à lui clouer le bec ?

« Non, lui chuchotait sa voix intérieure. Elle a bel et bien liquidé Egon. Tu en veux la preuve ? C'est pour ça qu'elle a communiqué votre adresse de vacances à Sacha Barine, contrairement à ce que souhaitait Jeanne. À ce moment-là, elle savait déjà qu'Egon ne risquait plus de vous suivre en Bretagne puisqu'il se trouvait dans la forêt de Versailles avec quelques dizaines de kilos de terre sur la figure ! Elle s'est trahie sans même s'en rendre compte, et il faut souhaiter que les flics n'aient pas noté ce petit détail lorsque ta mère l'a apostrophée devant eux. »

Dans la seconde qui suivait une autre voix, moqueuse, venait démolir ce beau raisonnement : « Ne t'affole pas, c'est du bidon ! Si elle a donné votre adresse à l'éditeur, c'est parce qu'elle n'a jamais cru qu'Egon puisse être le vitrioleur. D'ailleurs, on peut se demander si elle ne souhaite pas plus ou moins qu'on t'enlève... ça lui laisserait Jeanne pour elle toute seule, n'est-ce pas ? Elle pourrait passer le restant de sa vie à la consoler. Je ne crois pas qu'elle déteste Egon autant qu'elle le prétend. Il lui rendrait un trop grand service en te kidnappant. Tu ne vois donc pas que tu la gênes ? »

Martine sortait de ces apartés la sueur aux tempes et la gorge nouée.

Une diversion surgit alors qu'on faisait les paquets en vue de l'embarquement. Un matin, Morne et Bruton vinrent frapper à la porte de l'entresol. Morne tenait un exemplaire d'*Ouest-France* à la main.

— Désolé, annonça-t-il en tendant le quotidien à Jeanne, mais ça recommence. On a vitriolé une jeune femme à Dinard, de l'autre côté de la baie. Comme d'habitude elle vous ressemblait. Ellc a pris l'acide dans les yeux. Elle restera aveugle.

22

Cette nouvelle précipita le départ pour Bregannog. Jeanne, terrifiée, ne redoutait plus désormais de rencontrer son père. Elle était persuadée qu'Egon rôdait dans Saint-Malo, s'amusant à la terrifier.

— Ce qu'il veut, déclara-t-elle à Martine, c'est que j'accepte de te vendre à lui en échange de ma sécurité. C'est ça le marché. Je renonce à toi, et il abandonne l'idée de me vitrioler. Je m'obstine à te garder près de moi, et il me jette de l'acide au visage. C'est un chantage. En s'attaquant aux autres femmes, il me prouve qu'il n'hésitera pas à passer à l'acte.

Le raisonnement tenait debout, l'ennui, *c'est qu'Egon était mort*... et qu'on ne pouvait lui imputer l'attentat de Dinard. Martine ne savait plus ce qu'elle devait croire. Si Carmen avait assassiné Egon, QUI donc continuait à persécuter les femmes ressemblant à Jeanne ? Elle n'avait pas de réponse à fournir. Carmen, elle, avait accueilli l'information sans broncher, dissimulant ses sentiments sous une apparente impassibilité. Pourtant, elle avait dû aboutir aux mêmes conclusions que Martine, à savoir qu'elle avait peut-être tué Egon pour rien puisque le danger venait d'ailleurs !

Le tumulte du départ en catastrophe n'autorisait pas les apartés. Au reste, Martine n'était pas certaine que la correctrice eût accepté de lui dire quoi que ce soit.

Morne et Bruton voyaient plutôt d'un bon œil la fuite à Bregannog, elle les dispensait de mettre la maison sous protection.

— Si un étranger débarque là-bas, vous le repérerez aussitôt, avait observé Morne. Dans ce cas, et si son attitude vous paraît suspecte, n'hésitez pas à nous prévenir.

On partit un matin, à l'aube pour ne pas rater la marée, sur un caboteur à la coque écaillée qui n'avait pas fière allure. Un vieux bonhomme le pilotait. Maigre et rugueux, enveloppé dans un pull marin délavé, le bonnet enfoncé au ras des sourcils, il suçotait une pipe que sa salive remplissait en émettant des « tchuit-tchuit » mouillés. Il se nommait Yannick Kerradec et avait encore de la famille sur Bregannog. La brume masquait l'horizon et c'est tout juste si l'on apercevait la surface de l'eau. La mer avait l'air de fumer comme une lessive savonneuse. On descendit dans le bateau dont presque toute la surface était occupée par une énorme citerne d'eau douce et des caisses de vivres. Le moteur puait l'huile rance et s'agitait tellement sous les planches du pont que Martine avait l'impression que des mécaniciens mécontents donnaient des coups de marteau sous ses pieds pour protester contre leurs conditions de travail. Enfin, on dénoua les amarres, et le sabot s'éloigna du quai. Le tonc-tonc-tonc de la machine rendait la conversation malaisée, d'ailleurs personne n'avait envie de parler. On ne partait pas en excursion, n'est-ce pas ? Jeanne et Carmen s'étaient recroquevillées sur un banc, à la proue, là où le vent atténuait l'odeur du moteur. Martine regarda s'amenuiser les remparts. La cité corsaire se fondait dans la brume.

Une demi-heure plus tard, ils doublèrent Cézembre,

l'île pilonnée par les bombardements américains, brûlée au napalm, et dont la physionomie fracassée se réduisait aujourd'hui à un territoire tellement criblé de bombes qu'on avait dû en interdire l'accès au moyen de murailles de barbelés. Martine s'approcha du bastingage pour dévorer des yeux cette terre aux rocs fendus, éclatés. Çà et là, on devinait la silhouette d'une batterie de D.C.A. aux canons liquéfiés par la chaleur infernale des obus au phosphore ou l'embrasement de l'essence gélifiée. Les mouettes, indifférentes, trottinaient au milieu des champs interdits au public, ou fientaient sur les redoutables écriteaux à tête de mort annonçant la présence de charges explosives potentiellement dangereuses. Des blockhaus, il ne restait plus grand-chose, quelques coquilles bétonnées que le grand casse-noix du T.N.T. avait émiettées.

— Bregannog doit ressembler plus ou moins à ça, murmura M'man en attirant Martine contre elle. Mais là-bas il y a encore des gens. Les Allemands n'avaient pas installé de fortifications comme ici, ça a permis plus ou moins à la population d'échapper aux bombardements trop sévères. Tu sais, les Américains ne faisaient pas dans la dentelle. Ils balançaient leurs saloperies du haut des nuages, sans regarder où ça tombait. Et tant pis pour les civils qui avaient le malheur d'être à proximité.

— Ton... ton papa, dit la fillette avec une hésitation. Comment je devrai l'appeler ? Grand-Père ?

Jeanne rit tristement.

— Non, fit-elle. Je ne crois pas que ça lui plairait beaucoup. En vérité je ne sais pas quoi te dire. Peut-être qu'il refusera de nous voir. Dans ce cas tu n'auras pas à te poser la question. Dis-lui « Monsieur »... à tout hasard.

— Mais toi, insista Martine, tu l'appelais comment quand tu vivais là-bas ?

— Je crois que je lui disais « père », mais ça le faisait grimacer comme une cuillerée de vinaigre. En fait, quand je le croisais, je me contentais de lui faire la révérence pour ne pas avoir à lui parler.

— La révérence ? s'étonna Martine. Comme dans *Sissi impératrice* ?

M'man pouffa de rire.

— Oui, dit-elle. Je t'assure que ça se pratiquait. Chez les bonnes sœurs il fallait faire la révérence à tout bout de champ. On nous répétait que ça nous préparait à la vie en société.

Elles restèrent ainsi un long moment, serrées l'une contre l'autre dans la brume humide au goût de sel. Martine percevait la chaleur du corps de Jeanne à travers les vêtements, et c'était agréable. Elle aurait voulu demeurer ainsi une éternité, sans rien dire. L'angoisse des derniers jours s'apaisait au fur et à mesure que la bande de terre du continent s'amincissait dans le brouillard. Ici, il n'y avait plus que des mouettes, des balises à feu clignotant, des récifs caparaçonnés de moules et crêtés de fiente, et la mer... infinie. Une barrière liquide qui devenait de minute en minute plus importante.

« Elle nous protégera, songeait la fillette. On sera là-bas comme dans un château fort aux douves remplies d'eau. Si le vitrioleur s'amène, on le verra venir de loin ! »

Elle n'avait presque plus peur. Ici c'était un autre monde, un univers dont elle n'avait jamais soupçonné l'importance réelle et qui lui donnait le vertige.

— Et Grand-Père..., hasarda-t-elle, qu'est-ce qu'il fait là-bas ? Il est en prison ?

Elle avait du mal à se faire une image précise d'Henri Jurieux. Parfois, à travers les récits de M'man, elle le voyait sous les traits du Masque de fer, tout chargé de chaînes et la tête cadenassée dans une boîte en acier, tantôt elle se le représentait sous l'aspect de l'abbé Faria de *Monte-Cristo*, exténué et agonisant, une barbe plus longue qu'une écharpe de laine lui pendant jusqu'au nombril.

— Mais non, fit Jeanne avec une pointe d'irritation. Il est libre d'aller où il veut pourvu qu'il ne quitte pas l'île. On l'a privé de ses droits civiques et du droit d'enseigner. Je crois même qu'on lui a confisqué sa Légion d'honneur et ses palmes académiques. Il a très mal pris la chose. De toute manière, même avant ça, il était toujours en colère contre quelqu'un, ça m'étonnerait qu'il se soit amélioré. Ne t'inquiète pas. Si tu ne veux pas le voir je ne te forcerai pas. Dis-toi qu'on va au zoo rendre visite à un vieux singe, s'il accepte nos cacahuètes tant mieux, sinon on n'en fera pas une maladie.

Elle forçait le ton pour masquer son angoisse, mais Martine ne fut pas dupe.

Le bateau atteignit Bregannog une demi-heure plus tard. La brume s'était levée mais le ciel et la mer restaient gris. Bregannog semblait la sœur jumelle de Cézembre. Une dalle émiettée posée au ras de l'eau. Peu de végétation, un roc usé par les vents, cassé en son centre, effondré sous le travail d'un mal souterrain qui lui donnait l'allure d'une poitrine creuse. Un phare sali par les embruns se dressait à la pointe nord, sans doute la lanterne désaffectée dont avait parlé Jeanne. Des maisons basses formaient un troupeau peureux massé au sud. On les avait bâties dans une déclivité du terrain pour se préserver du souffle des tempêtes.

« Elles ont l'air de se tenir à quatre pattes et d'avoir peur du loup », pensa Martine. Elle ne savait pas d'où lui venait cette illusion. Peut-être à cause de leur toit écrasé, trop bas.

« Des maisons pour des nains, songea-t-elle encore.

Quand on s'y tient debout les cheveux doivent brosser les toiles d'araignée du plafond! »

Des gens vêtus de gros paletots bleu marine attendaient sur le débarcadère. Les femmes étaient enveloppées de noir, le fichu rabattu sur le front. Leurs traits ne reflétaient aucune expression. Pendant la manœuvre, Martine les entendit échanger des phrases courtes en patois. Il y eut quelques rires secs, et un vieux cracha dans l'eau sans qu'on puisse déterminer si ce comportement était dicté par une volonté d'offense. Avaient-ils reconnu Jeanne? Après tout ce temps?

Ils venaient chercher des paquets et veiller au déchargement de la provision d'eau douce. Ils n'accordèrent pas un regard aux voyageuses. Le capitaine aida Jeanne à descendre mais ne s'occupa ni de Martine ni de Carmen. Fallait-il voir une quelconque signification dans cet oubli, ou bien avait-il agi ainsi parce qu'il n'avait pu se retenir de peloter la plus belle des trois?

— C'est Marion! lança soudain M'man d'une voix étranglée.

Une femme accourait, enveloppée dans un châle de laine grise. Petite, carrée, avec de grosses jambes dépassant à peine d'une longue jupe. Martine trouva qu'elle avait un visage de « pomme de terre », tout en bosses, avec un nez en forme de tubercule. Elle était d'une laideur bienveillante. Ses mains n'avaient rien à envier à celles du capitaine. Dans un concours de callosités, on aurait eu bien du mal à les départager pour la première place. Jeanne se jeta dans les bras de la petite femme, et, pendant une minute, elles s'étreignirent en pleurant. Carmen était restée en arrière, près des bagages. Elle avait pris son air d'adjudant-chef faisant la revue de détail.

— Mon Dieu! sanglotait Marion, comme tu es grande maintenant. Tu es devenue une vraie personne, ça me fait tout drôle. C'est toi et c'est quelqu'un d'autre à la fois. Tu m'embrouilles la cervelle. J'ai beau m'y être préparée en regardant les photos que tu m'as envoyées, ça me fait un choc.

Elle avait empoigné Jeanne de ses mains énormes et la fixait dans les yeux avec une avidité d'ogresse.

— Jésus-Marie, soupira-t-elle, ça ne me rajeunit pas mais je suis bien contente tout de même que tu sois devenue une aussi belle personne !

Jetant un coup d'œil par-dessus l'épaule de M'man, elle découvrit Martine.

— Et ça c'est la petite ? lança-t-elle.

« Comme si elle ne le savait pas ! » songea la fillette qu'une inexplicable irritation gagnait peu à peu. Les mains grises de la femme « pomme de terre » s'abattirent sur elle et elle crut qu'on allait la désosser pour la jeter à la marmite. Marion la retournait en tous sens comme une poupée. « Elle va me secouer pour savoir si je dis "Maman" ! » pensa Martine, effrayée par cette force de la nature qu'on avait dû tailler à coups de pic dans l'épaisseur d'un dolmen.

— Elle est mignonne, décréta Marion. Mais on ne peut encore savoir si elle sera aussi belle que toi. Ça n'est pas encore fini, dame ! Ça va pousser encore un moment, après on y verra un peu plus clair. Mais c'est sûr que ça ne sera pas trop vilain à regarder, on peut parier là-dessus.

Martine fut reposée sur le sol avant d'avoir pu prononcer une parole. Elle s'étonna d'être encore habillée. Elle savait maintenant ce que ressentent les poulets qu'on tâte à l'étal des marchés.

La présentation de Carmen fut plus froide. La correctrice sourit, mais c'était du bout des lèvres, avec ce que Martine surnommait « sa bouche rectiligne ».

Elle se fit la réflexion que ces deux-là ne s'aimeraient pas beaucoup et passeraient leur temps à comparer les titres de propriété qui leur accordaient la jouissance de Jeanne Jurieux. « Qu'elles se battent donc ! ricana intérieurement la fillette. Je ne les aurai pas sur le dos. »

On marchait à présent en file indienne le long d'un sentier caillouteux bordé de genêts. La caillasse affleurait partout. Martine remarqua une grande maison austère au bout du hameau, forteresse de silex aux fenêtres étroites dont la masse faisait paraître encore plus petites les autres bâtisses.

— On va à la maison ? interrogea M'man d'un ton faussement enjoué.

— Non, fit Marion, pas aujourd'hui, ma belle. J'ai retenu le phare pour vous. Ça coûte pas grand-chose et ça permettra de voir venir. J'ai prévenu ton père que tu arrivais, il ne m'a pas répondu. Je ne sais pas comment il décidera de réagir, tu le connais. Il est possible qu'il se boucle dans son bureau et ne passe plus le nez dehors tout le temps que tu seras là. Possible aussi qu'il s'amadoue. Il vieillit, tu sais. Le coq a perdu beaucoup de ses belles plumes ces derniers temps. La guerre lui a apporté son lot de misères. Oh ! il ne se plaint jamais, mais je le pratique depuis assez longtemps pour lire sur sa figure comme dans un livre ouvert.

Elle se tut car elle s'essoufflait. On avait bifurqué pour s'engager sur une lande que des barbelés séparaient en carrés de terre saccagée.

— Ah ! soupira Marion. Faudra que la petite fasse attention. Y a des bombes un peu partout, comme à Cézembre, et les démineurs ne se pressent pas de venir les désamorcer. Probable que ça va rester comme ça jusqu'à la prochaine guerre ! Enfin, c'est la vie, mais tu diras à la gamine de ne pas jouer n'importe où.

Se retournant à demi, elle hurla :

— Hein ? T'entends, la petiote ?

Martine faillit lui répliquer qu'elle avait treize ans et qu'elle avait passé l'âge de jouer, mais elle s'abstint pour ne pas faire de peine à sa mère.

Carmen dut sentir son agacement, car, se portant à sa hauteur, elle laissa tomber dans un souffle :

— Crispante, la femme des cavernes, hein ?

Et soudain le phare fut là, dressé vers les nuages. C'était une tourelle de moyenne importance mais Martine le trouva énorme. Une porte minuscule permettait d'y accéder.

— J'ai la clef, expliqua Marion, mais ici il n'y a pas de voleurs, alors ça ne sert pas à grand-chose, pas vrai ? J'ai fait le ménage et mis quelques provisions. C'est pas le luxe, mais dans le temps ça ne t'aurait pas fait peur. J'espère qu'à la ville tu n'as pas pris des goûts de satin et de dentelles, sinon tu seras déçue. Y a pas l'électricité, juste des lampes à pétrole. En cette saison vous n'aurez pas besoin de chauffage, ce sera toujours un souci de moins. La vieille Anglaise qui venait là a laissé tout un fourbi derrière elle. N'hésitez pas à vous en servir, elle ne reviendra plus. Elle est morte il y a trois ans. Personne n'a loué le phare depuis. Faut avouer que c'est rustique. Quand il vient des étrangers, ils font plutôt du camping sur la falaise des Mouels, mais c'est rare que les gens restent davantage qu'une journée. C'est pas assez riant à leur goût. Ce qu'on a surtout, c'est des olibrius qui s'intéressent aux oiseaux. Ils les observent, les photographient, et quand les mouettes leur font caca dessus ils trouvent ça formidable. Enfin, chacun ses goûts !

Elle ouvrit la porte basse qui grinça. Là s'enracinait un escalier de conte de fées, interminable, aux marches plus étroites qu'un livre de poche. Martine fut submergée par une odeur d'humidité chaude. Le sel rendait chaque objet poisseux. Le jour pénétrait dans la cage cylindrique par des lucarnes étroites, installant la lumière par pointillés. Nuit — jour — nuit — jour...

Au sommet s'empilaient trois pièces rondes éclairées par une sorte de hublot ou d'œil-de-bœuf. Tout était en bois brut, noirci par le temps et la fumée des lampes. Les pieds faisaient naître des échos sur les lames du plancher. Un désordre charmant régnait là : malles constellées d'étiquettes vantant les charmes de palaces anglais, porcelaines sagement alignées au long des étagères. Martine recensa deux ou trois ombrelles décolorées, un chevalet, des aquarelles inachevées, une boîte à peinture, un herbier. Une poupée de porcelaine qu'on avait tenté de recoller. Des livres par dizaines, en vrac ou bien rangés. Des centaines de numéros du *Times*.

— Elle a laissé tout son petit foutoir, observa Marion d'un ton d'excuse. Comme elle venait là tous les étés, elle avait fini par se croire chez elle. Et puis elle louait à l'année. Il n'y a que pendant la guerre qu'elle n'a pas pu nous rendre visite. Elle disait toujours qu'elle en avait davantage souffert que des bombardements, mais je crois qu'elle racontait ça pour nous faire plaisir. Bregannog c'est loin d'être le paradis !

Martine prit possession des lieux avec gourmandise. Elle avait toujours rêvé d'habiter dans un grenier. Elle feuilleta l'herbier dont les plantes étaient si sèches qu'elles tombaient en poussière si on commettait l'erreur de les effleurer. Les carnets d'aquarelles avaient mal vieilli eux aussi. Des myriades de mouchetures roussâtres, nées de l'humidité, couvraient les fragiles peintures.

Les lits étaient fabriqués sur le modèle des couchettes de bateau. Il y en avait deux, superposés, dans chaque pièce. Tout en haut, c'était la coupole vitrée de la lentille, aujourd'hui barbouillée de fiente.

Tandis que la rouille grippait les mécanismes, rougissait les engrenages, les mouettes avaient colonisé la balustrade encerclant l'habitacle. Elles s'agitèrent en apercevant les visiteuses, visiblement mécontentes de cette invasion. Puis la peur les électrisa et elles prirent leur vol, mais ce fut pour se mettre à décrire des cercles autour du phare en poussant des cris lamentables.

— Elles s'habitueront, pronostiqua Marion. À la première odeur de nourriture elles essaieront de faire ami-ami. Je vous laisse déballer vos affaires, ensuite vous viendrez manger à la maison, j'ai préparé du pré-salé, tu aimais ça quand tu étais petite.

Elle s'éclipsa après avoir une nouvelle fois serré Jeanne contre elle. Martine eut droit à un ébouriffement de cheveux qui la fit grincer des dents, et Carmen à un vague signe de tête.

L'installation fut rapide car les bagages étaient légers. Jeanne et Carmen s'attribuèrent la plus haute des chambres, afin de contrôler l'accès à la lentille.

— Je ne tiens pas à ce que tu ailles rôder toute seule la haut, fit M'man. Surtout si tu es somnambule. La rambarde n'a pas l'air très solide, tout est bouffé par la rouille.

On aéra la literie que Marion avait déjà mise en place, on essaya de faire des courants d'air pour dissiper l'odeur de renfermé qui stagnait dès qu'on avait le malheur de fermer les fenêtres. À midi, on prit silencieusement le chemin de la maison. Jeanne était tendue.

— C'est drôle, fit-elle à mi-voix, je voyais l'île beaucoup plus grande. Aujourd'hui ça me paraît tout petit, étriqué, comme si elle avait rétréci pendant la guerre.

Martine nota que des ombres se pressaient sur leur passage aux carreaux des maisons basses. La grande demeure de maître se dressait à la sortie du hameau, austère et granitique. Une maison plus petite la flanquait. Un jardin mal tenu séparait ces deux pôles d'habitation. Des haies hirsutes interceptaient la lumière, installant une pénombre un peu triste où pâlissaient les fleurs que Marion s'obstinait à planter en dépit de l'absence d'ensoleillement et du vent de sel dont les cristaux finissaient par blanchir l'herbe. À l'intérieur tout était très propre et astiqué. Il y avait beaucoup de cuivres : des chaudrons, des bassinoires, et des meubles énormes qu'on n'avait pas dû bouger depuis deux siècles. Très vite, Martine cessa d'écouter le bavardage des adultes. Marion semblait décidée à passer en revue toutes les bévues de M'man lorsqu'elle était petite fille. Elle parlait sans reprendre sa respiration, ponctuant ses discours de « Et tu te souviens du jour où... ».

Jeanne se forçait à sourire, mais Martine sentait bien qu'elle était inquiète, mal à l'aise. À chaque craquement, elle sursautait et regardait par-dessus son épaule en direction de la grande maison. Le repas se déroula dans un climat étrange, comme si un ogre allait surgir, son grand couteau à la main, pour désosser ce troupeau de femmes imprudentes. La nourriture était trop lourde pour Martine. Tous les aliments ruisselaient de beurre salé fondu, et les pommes de terre formaient une montagne dont on ne parvenait pas à venir à bout. La nervosité de Jeanne s'était peu à peu communiquée à Martine, puis à Carmen. Maintenant, elles étaient trois à regarder en direction de la demeure de granit dès qu'une planche avait le malheur de gémir. Elles se savaient en fraude, infiltrées en terre interdite.

Martine se sentait nauséeuse en dépit des bolées de cidre qu'elle engloutissait pour s'aider à digérer. La tête commençait à lui tourner et elle avait le feu aux joues. Elle s'agitait sur sa chaise, s'attendant au pire. Et si Henri Jurieux poussait soudain la porte, le fusil au poing ? S'il les fusillait là, au beau milieu des assiettes sales, le nez dans les pommes de terre ?

Elle avait hâte de s'en aller, de fuir cette grosse femme bavarde à l'accent roulant. Elle ne voulait plus rien, ni far aux pruneaux, ni biscuits au beurre, ni crêpe au sucre. Rien ! Ces dames s'attardèrent cependant, buvant quelque chose que Marion appelait de la « goutte », et qui devait être une sorte d'eau-de-vie de pomme.

Elles prirent congé sans que l'ogre se soit manifesté. Il faisait gris, le soleil ne se montrerait pas aujourd'hui et le jardin était rempli d'ombres.

Jeanne épiait du coin de l'œil les fenêtres de la grande demeure, cherchant une silhouette embusquée derrière les carreaux. Sur le chemin du retour, elle murmura :

— Il n'est pas venu. Je crois qu'il n'a même pas cherché à nous voir.

Carmen haussa les épaules.

— Tu t'attendais à quoi ? lança-t-elle. Il ne va tout de même pas se jeter dans tes bras ! J'espère que tu ne vas pas te rendre malade avec cette histoire.

Elle parut réfléchir, puis ajouta :

— Ce n'était peut-être pas une très bonne idée de venir ici. Ça va remuer trop de souvenirs.

— Mais non, assura Jeanne. Rassure-toi, je ne ferai pas le siège de la maison. S'il ne veut pas me voir je ne me prosternerai pas sous ses fenêtres pour mendier une entrevue.

L'après-midi, elles s'installèrent sur une petite plage au pied du phare, pour « digérer ». Il y avait là un simple croissant de sable sur lequel elles tirèrent de vieux fauteuils de toile que Carmen appelait des « sun-deckers ». Il ne faisait pas très chaud, et elles durent s'envelopper dans des couvertures amincies par l'usure. L'eau était glaciale. Martine poussa un cri de surprise en y trempant le bout des orteils.

— Fais attention, dit Jeanne. C'est une île. Il n'y a pas de plateau littoral. La plage se casse en à-pic. On croit qu'on a encore pied, et on tombe dans les profondeurs.

— C'est la même chose en Afrique, observa Carmen. Il ne faut jamais s'éloigner du rivage.

Martine soupira d'agacement, de toute manière elle n'avait aucune envie d'aller se tremper les fesses dans une eau qui provenait en droite ligne de la fonte d'une banquise ! Et puis elle se sentait grotesque dans son maillot de bain de laine noire qui la démangeait horriblement à la hauteur du zizi. Pour ajouter à ce lot d'inconvénients, il lui semblait avoir repéré deux gamins ricaneurs dans les rochers. Sans doute des gosses du hameau qui venaient se payer la tête des vacancières. Si M'man n'avait pas été là, elle se serait offert le plaisir de leur expédier quelques galets bien ajustés, pour leur apprendre à jouer les voyeurs. On n'était pas au bois de Boulogne, ici !

Le soir, elles ne mangèrent pas et se couchèrent tôt, assommées par l'air du large. Jeanne insista toutefois pour que Carmen aille vérifier que la porte d'en bas était verrouillée, et la correctrice dut faire craquer à plusieurs reprises la grosse clef dans la serrure avant que M'man accepte d'aller dormir.

23

Le lendemain matin, Martine, qui se tenait dans l'encadrement de la fenêtre, eut la surprise de voir s'approcher un homme maigre tout vêtu de noir à la manière d'un clergyman, et qui marchait d'un pas décidé. D'abord elle crut qu'il s'agissait du curé du village, puis s'avisa qu'on n'était pas en Angleterre et que les prêtres français portaient soutane et béret. L'inconnu était grand, sec, avec un visage sévère au nez en bec d'aigle. Ses cheveux en brosse avaient la couleur de l'argent terni, une espèce de gris sale rappelant la paille de fer. À la différence des gens de l'île, sa peau était très pâle, presque livide, comme celle d'un prisonnier privé de la lumière du soleil.

« C'est lui ! songea-t-elle dans une sorte d'illumination qui faillit lui donner le hoquet. C'est le père de Maman ! »

L'homme — sans doute Henri Jurieux — s'arrêta un instant au pied du phare, croisa les mains derrière le dos et renversa la tête en arrière pour prendre la mesure de la tourelle, puis frappa du poing à la porte, provoquant un vacarme qui se propagea dans la cage d'escalier.

— Va ouvrir, balbutia Jeanne à l'adresse de Carmen. Moi je ne peux pas. Il faut que je me reprenne. Laisse-moi le temps.

— J'y vais, soupira la correctrice. Ne te mets pas dans tous tes états, tu n'as plus douze ans, il ne va pas te donner la fessée.

La correctrice semblait excédée. Martine s'aperçut qu'elle avait peur, elle aussi, et, prise d'une soudaine envie de pipi, se dandinait d'un pied sur l'autre. Elle dut courir se soulager dans le cagibi où l'on rangeait le seau d'aisances, le phare ne disposant pas de water-closet. Quand elle revint, l'homme se tenait au centre de la pièce, l'air narquois, fixant Jeanne comme s'il voulait l'épingler sur une plaque de liège.

— Il faut enterrer la hache de guerre, disait-il d'une voix qui n'avait cependant rien de conciliant. À présent nous sommes tous les deux des canailles, n'est-ce pas ? On nous a parqués du même côté de la barrière. Je n'ai plus d'honneur à défendre puisque que la société ne me reconnaît plus aucun droit. Par là même, mes préventions à ton endroit deviennent déplacées.

Il eut un ricanement sec, et ajouta :

— Finalement, nous formons toi et moi une petite association de malfaiteurs. Nos réputations respectives sont exécrables, et je n'ai pas plus à avoir honte de toi que toi de moi. C'est cocasse, non ? Quelque part, le destin s'est amusé à remettre la balance d'aplomb. Nous nous sommes déshonorés chacun à notre manière, et il est maintenant trop tard pour effacer l'ardoise. Je n'ai donc plus de leçon à te donner. Ce serait assez prétentieux de la part d'un homme qu'on a banni du monde intellectuel et civique. Je te propose donc de cohabiter dans une indifférence paisible, sans chercher à liquider notre contentieux intime. Cela me paraît logique puisque nous nous sommes mis hors la loi. Les canailles n'ont pas d'éthique, pas de règles à observer, pas de comptes à rendre.

Martine songea qu'il aurait probablement pu continuer à pérorer ainsi jusqu'à la nuit. Recroquevillée à l'autre bout de la pièce, M'man avait l'expression contrite d'une petite fille. Martine en conçut une humiliation proche de la colère. Qu'attendait-elle donc pour clouer le bec à ce grand serin desséché?

Henri Jurieux continuait à tricoter des phrases compliquées dont la fillette ne comprenait pas toutes les subtilités. Enfin, Jeanne s'ébroua, rompant le charme. D'un ton plein de lassitude et de tristesse, elle dit:

— Père, je ne suis pas venue vous chercher querelle. Un criminel me poursuit. Vous avez sans doute lu ce fait divers dans les journaux? Un fou qui vitriole les femmes ayant le malheur de me ressembler. Je me cache ici pour lui échapper.

Henri Jurieux fit la moue.

— Non, dit-il abruptement. Je n'ai pas entendu parler de cette histoire rocambolesque. Je ne lis plus les journaux depuis qu'ils ont annoncé ma destitution et m'ont traité de collaborateur. Je ne comprends rien à ce que tu racontes et je ne veux pas en savoir davantage. Ce sont tes affaires, elles ne regardent que toi. Les canailles ne s'entraident pas. On m'a mis au ban de la société, je n'ai donc plus aucun devoir envers les autres. Je suis un paria, et je vis comme tel. En intouchable. Cela a ses inconvénients, mais aussi ses avantages. Ainsi tes problèmes ne m'empêcheront-ils pas de dormir. Une canaille n'a ni conscience ni sensibilité. Je tenais à te le dire pour te mettre à l'aise. Je ne jouerai pas les croquemitaines, tu pourras venir voir Marion en toute liberté et je ne me mêlerai pas de vos embrassades.

Il fit une pause, se départit quelque peu de sa raideur, et ajouta un ton plus bas:

— Je suis vieux, Jeanne. Je ne dispose plus d'assez d'énergie pour entretenir des querelles anciennes.

Tirons un trait, veux-tu ? Signons un pacte de non-agression et cohabitons sans mesquinerie ni mélodrame. Tu as fait ta vie, moi la mienne, ne revenons pas là-dessus. Il est trop tard pour prétendre repartir de zéro.

Jeanne serra contre elle les pans de sa robe de chambre. Elle avait croisé les bras sous ses seins pour dissimuler que ses mains tremblaient. Jurieux, lui, paraissait impassible, momifié. Vieux lézard dont seuls les yeux conservaient encore une trace de vie. Il avait récité sa tirade à la manière d'un avocat débitant une plaidoirie. Sans doute l'avait-il peaufinée dans le silence de son cabinet de travail ? Cela sentait la rhétorique à cent pas. Avait-il fait plusieurs brouillons, raturant les mots trop compliqués que sa fille inculte risquait de ne pas comprendre ? Pas une seule fois il n'avait regardé dans la direction de Martine. Quant à Carmen, il la traitait avec cette indifférence polie qu'on réserve aux servantes.

— Voilà, annonça-t-il. Je suis content que nous nous soyons compris. Je vous souhaite un agréable séjour. Et surtout que personne ne se sente obligé de me faire la conversation si par hasard nous venions à nous croiser. Même les gens du hameau m'ont mis en quarantaine depuis mon procès, j'ai donc l'habitude qu'on feigne de ne pas me voir. Je suis l'homme invisible de Bregannog. Je pourrais me promener tout nu, personne n'oserait me faire la moindre remarque !

Il inclina le buste en guise de salut et gagna l'escalier.

— Ne vous donnez pas la peine de me raccompagner, lança-t-il, je connais le chemin. La vieille Anglaise qui habitait ici m'invitait souvent à prendre le thé. C'était une corvée à laquelle je m'obligeais, par civilité. L'opprobre m'a délivré de toutes ces momeries, j'en suis bien aise. De plus son thé était infect.

Il sortit, et personne n'osa ouvrir la bouche tant que la porte du rez-de-chaussée n'eut pas fait entendre son grincement.

— Quel vieux chameau ! soupira Carmen. Et quelle prétention ! Il a toujours été comme ça ?

Jeanne secoua la tête en signe d'ignorance.

— Je ne sais plus, bredouilla-t-elle. Il a tellement vieilli. J'ai failli ne pas le reconnaître. Quand j'ai quitté l'île ses cheveux était encore noirs. C'était un très bel homme. Bon sang, c'est... c'est un petit vieux maintenant.

Carmen fit la grimace.

— *Petit vieux ?* Ce n'est pas le premier terme qui me viendrait à l'esprit pour le qualifier, fit-elle. Ne te laisse pas attendrir. Il a raison sur un point : c'est trop tard. D'ailleurs j'ai comme l'impression qu'il n'a pas tellement envie de donner dans le larmoyant, tu ne crois pas ?

Jeanne haussa les épaules et se retourna vers la fenêtre pour cacher qu'elle pleurait. Martine eut un regard pour le drôle de bonhomme qui s'éloignait sur la lande, entre les rouleaux de barbelés déployés de chaque côté du chemin. Un insecte bizarre qui avait bien du mal à remplir son costume noir. Elle s'était attendue à rencontrer un ogre, et voilà qu'on lui sortait du placard un instituteur centenaire qui s'écoutait parler ! Il l'intriguait. À la différence de M'man, elle n'avait pas du tout peur de lui. Elle se promit de creuser le sujet.

Tout de même, il était un peu gonflé quand il affirmait ne pas vouloir entendre parler du vitrioleur !

L'après-midi même, abandonnant les deux femmes à leurs conciliabules, elle alla rôder du côté de la grande maison de granit, sans intention préconçue. Elle traversa la lande sous l'œil des mouettes perchées au sommet des piquets soutenant les barbelés. Leurs ricanements semblaient dire : « Ne va pas par là, ma petite ! Tu vas t'y casser les dents ! Le vieux est coriace, crois-en notre expérience ! »

Malgré ces mauvais présages elle entra dans le sombre jardin planté devant la maison et se promena autour des massifs trop pâles. Elle crut détecter la présence d'une silhouette derrière les rideaux du rez-de-chaussée, mais ne chercha pas à s'en approcher. Sa première visite ne donna rien de plus. Elle ne se découragea pas pour autant et se promit de récidiver deux ou trois fois par jour, de manière lancinante, pour piquer la curiosité de l'assiégé. Bientôt, elle prit l'habitude de se planter devant la bâtisse, le nez levé, scrutant les fenêtres avec une insistance gênante. Son petit manège finit par agacer Henri Jurieux car il se décida à descendre dans l'arène. Il le fit toutefois sans colère, avec la sérénité d'un chevalier ramassant le gant qu'on vient de lui lancer. Martine songea qu'il s'ennuyait peut-être et qu'elle lui avait fourni la perche qu'il attendait.

— D'accord, dit-il comme s'il s'adressait à une élève indocile. Je veux bien me mesurer avec toi à condition cependant que tu acceptes mes règles. Après tout je suis sur mon territoire, n'est-ce pas ? Et je suis l'offensé.

— D'accord, dit Martine. Ça consistera en quoi ?

— D'abord, il faudra que je t'appelle Martin, décréta Jurieux. Ensuite que tu t'habilles en garçon. De manière assez convaincante pour que je puisse oublier que tu es une fille. Tu as bien un pantalon quelque part dans tes bagages, non ? Que cette détestable habitude vestimentaire des jeunes filles d'aujourd'hui serve au moins à quelque chose, pour une fois !

Martine accepta. Le jeu n'était pas pour lui déplaire. Elle mit l'un de ces « bloudjines » que les

Américains avaient mis à la mode au lendemain de la guerre, et elle cacha ses cheveux sous un vieux béret découvert dans le capharnaüm de l'Anglaise. Elle prit l'habitude de se salir les mains, car elle avait remarqué que les garçons n'étaient jamais très propres et qu'ils exhalaient un fumet de crasse assez incommodant. Ainsi déguisée, elle se soumit au jugement du vieil homme. Il parut satisfait et accepta qu'elle se joigne à lui lorsqu'il déambulait sur la lande et faisait le tour de l'île, longeant la falaise à la lisière du vide. Dans les premiers temps, il ne dit pas grand-chose, et Martine s'abstint de lui poser la moindre question. Elle devinait qu'on la mettait à l'épreuve, et n'entendait pas trébucher à la première difficulté. Cette présence silencieuse parut plaire à Jurieux qui s'était sans doute préparé à subir les assauts de l'insatiable curiosité enfantine. Peu à peu, il se mit à monologuer.

— Tu te demandes sûrement pourquoi tu es là, dit-il un jour. Pourquoi j'ai accepté ta compagnie ? Contrairement à ce que tu imagines, ce n'est pas parce que je souffre de la solitude. En fait, je me suis aperçu il y a quelque temps que je commençais à parler tout seul. Ta présence me donne l'illusion de n'être pas déjà complètement gâteux. J'ai l'impression d'avoir un auditoire, ça me rassure et ça confère un aspect naturel à mes débordements verbaux. De cette manière, on s'apercevra moins vite que je radote. Mais ne te crois surtout pas obligée de me répondre. En fait, je préférerais que tu gardes la bouche fermée, ainsi je n'entendrais pas ta détestable voix de fille, et je réussirais peut-être à me pénétrer de l'illusion que tu es véritablement un petit garçon.

De ce jour, il se laissa aller aux confidences. Ces échappées n'obéissaient à aucune structure logique. Parfois même, il radotait, ressassant la même idée deux heures durant.

— Ma race est maudite, dit-il un après-midi que le crachin cinglait la lande. Je n'ai pas réussi à donner naissance à un fils, et ma fille n'y est pas davantage parvenue. Sans doute n'étais-je qu'une fin de race au sang appauvri ? Un bourgeon dégénéré ? Mes beaux-parents l'avaient senti, c'est pour cette raison qu'ils ont tant hésité à me donner la main de Jennifer.

Il remâcha cette pensée quelques minutes, puis ajouta :

— Les Grecs l'avaient bien senti, eux qui n'accordaient de véritable importance qu'aux relations père-fils. Chez eux, seule l'amitié masculine avait de la valeur. Elle allait parfois jusqu'à l'homosexualité. Tu as entendu parler de ça, sûrement ? C'est fréquent dans le milieu où évolue ta mère ! La femme, elle, n'était qu'une procréatrice et une cuisinière. Cela veut bien dire quelque chose, non ?

Martine s'abstint de tout commentaire. D'ailleurs il pouvait s'agir d'un piège grossier destiné à la faire réagir, et elle entendait le déjouer. Va ! Il aurait beau la provoquer, elle ne sortirait pas de son mutisme. En outre, un garçon ne pouvait s'alarmer de voir les femmes traînées dans la boue, et puisqu'en ce moment elle était du sexe mâle, elle devait se comporter comme tel.

« Vieux renard ! songea-t-elle. Tu croyais que j'allais tomber aussi facilement dans le panneau ? »

— Je ne méprise pas ta mère, lança-t-il encore. Mais elle a refusé la chance que je lui offrais de faire des études. C'est une autodidacte, et je me défie de ces gens-là. Les autodidactes sont comme ces imbéciles qui pratiquent l'automédication : un jour ou l'autre ils finissent par s'empoisonner ! Moi j'ai puisé ma sagesse à la bonne source, la seule, la vraie : les Humanités.

Il n'en fallait pas plus à Jurieux pour enfourcher sa marotte : l'Antiquité grecque et latine. Il semblait connaître par cœur les quinze mille vers de *L'Iliade*, singeant en cela Homère, le poète aveugle. Parfois, au cours de la promenade, il fermait à demi les yeux (pour renforcer l'illusion ?) et commençait à réciter d'une voix sépulcrale de vieux cabotin. Au début, Martine avait envie de rire, puis, peu à peu, elle s'était laissé envoûter par ce texte barbare accumulant les tueries et les descriptions atroces. Elle avait appris à en aimer les refrains scandant le texte, et plus que tout le fameux : *il tombe, et ses armes résonnent en s'abattant sur lui...*

Cela tissait comme une rengaine effrayante, où les mêmes mots réapparaissaient sans cesse à la surface du discours, tels des nageurs sous-marins crevant la vague pour reprendre respiration. Elle aimait le sang noir des guerriers, les bras blancs et les doigts de rose des déesses. Et encore et encore les armes sonnantes s'entrechoquant sur les corps des héros foudroyés.

— Écoute bien, lui disait Henri Jurieux, jamais dans un poème on n'a autant de fois répété les mots : venge-moi, vengeance... *L'Iliade*, c'est l'obsession d'obtenir réparation par tous les moyens. C'est l'œil pour œil érigé en loi absolue.

Martine hochait la tête. Alors Jurieux se plantait face à l'océan, les mains croisées dans le dos pour réciter de mémoire les exploits, les batailles :

— *Cet homme qui le poursuivait le rattrapa et le frappa à la hauteur des reins. Se faufilant sous l'os, la pointe de la pique creva la vessie. Phéréclos tomba sur les genoux en gémissant, et la mort le recouvrit de son voile de ténèbres. Mégès égorgea Pédaeos, le fils d'Anténor. Célèbre pour son habileté à la lance, le fils de Phyléé s'approcha de lui, et le frappa d'un coup de pique acérée dans la nuque. Le bronze, en remontant jusqu'aux dents, trancha la langue à sa racine. Pédaeos s'effondra dans la poussière, et ses dents mor-*

dirent le bronze glacé de cette langue de métal qui lui était subitement poussée...

Martine frissonnait, soudain hantée par des images funèbres.

Plus que tout, elle était scandalisée par ces dieux méchants, jaloux, qui se mêlaient aux batailles les épaules couvertes d'un manteau de nuages les rendant invisibles. Sans morale, ils venaient là pour s'amuser aux dépens des humains. Ils influaient sur le cours du destin au gré de leur humeur, de leurs caprices. Ils trichaient, complotaient, se servant des hommes à la manière de simples pions.

— Pour les Grecs, disait Jurieux, la brume était toujours le signe de la présence d'un dieu occupé à quelque manigance.

C'était la première fois que la fillette entendait parler d'un dieu qui ne fût pas présenté comme « tout de bonté ». Curieusement, les divinités de la mythologie grecque lui paraissaient plus réalistes que le Christ ou les anges de la Bible. Après tout, le vitrioleur ne rôdait-il pas autour de M'man comme Athéna au cœur de la bataille, invisible, et s'acharnant de manière incompréhensible sur les champions de ses rivaux divins ?

De *L'Iliade*, Jurieux glissa à Pompéi, aux fouilles archéologiques qu'il avait menées au pied du volcan. Lors de ces évocations son visage perdait son habituelle sérénité, et ses traits se creusaient. Martine n'aimait pas ce nom, Vésuve, il avait quelque chose de chuintant et de sournois. Il sonnait tel un sifflement sortant d'un trou et annonçant la présence d'un nœud de vipères. Oui, Jurieux était allé là-bas, à la racine du mal, ce gouffre d'où avait jailli la fin du monde un 24 août de l'année 79, peu de temps après midi.

Le Vésuve trompeur, ogre endormi depuis des

siècles, et que tout le monde avait fini par considérer comme un volcan éteint, inoffensif. Le Vésuve qui avait su garder suffisamment longtemps l'immobilité des fauves à l'affût pour convaincre les habitants d'Herculanum de faire pousser le raisin sur ses pentes et d'y bâtir des villas luxueuses. Oh ! oui, il avait attendu son heure... puis ç'avait été l'explosion, la cendre, les gaz empoisonnés. Assez de fumée pour obscurcir le soleil soixante-douze heures durant, installer la nuit en plein jour, provoquer un tremblement de terre, un raz de marée, et finalement enfouir toute vie sous une couche de scories incandescentes de plus de six mètres d'épaisseur.

— Nous sommes allés là-bas pour participer à des fouilles, expliqua Jurieux. Jennifer — mon épouse, ta... grand-mère — venait d'accoucher de Jeanne. Elle était trop fatiguée pour s'occuper du bébé... et puis cela ne se faisait pas dans son monde, ni à cette époque. Les bébés étaient placés en nourrice, confiés à des nurses anglaises ou helvétiques. Je n'étais pas assez riche pour m'offrir les services de telles spécialistes, aussi ai-je engagé Marion. Elle était toute jeune et robuste, très saine. On vantait sa moralité. Nous lui avons laissé le bébé et nous nous sommes embarqués pour l'Italie. J'espérais que le soleil redonnerait un peu de force à Jennifer que l'accouchement avait durement secouée.

Oui, il avait misé sur le côté vulgaire et insolent de ce pays jadis le plus puissant du monde. Il avait senti que Jennifer ne tenait pas à pouponner. De plus il y avait cette déception secrète, jamais évoquée, de n'avoir su donner le jour à un garçon. Ils avaient mis le bébé à distance, comme l'on range un fruit vert sur la claie d'un cellier pour lui donner le temps de mûrir. Mais c'était idiot, qu'avaient-ils espéré en agissant ainsi ? Que le nouveau-né aurait changé de sexe à leur retour d'Italie ?

Quelle sottise ! Mais ils étaient jeunes alors, ils croyaient disposer de tout leur temps. C'est cela la grande erreur de la jeunesse : s'imaginer qu'on a du temps à perdre, qu'on a le loisir de faire des brouillons, des à peu près. Rien n'est plus faux. La vie se déroule comme une épreuve d'agrégation : il faut pondre la meilleure copie possible en un temps étroitement limité. Après il est trop tard pour raturer, le devoir est déjà entre les mains du correcteur.

Ils s'étaient installés au pied du volcan, dans un campement de toile des plus rudimentaires. Il faisait chaud, lourd, et les moustiques pullulaient. Tout de suite Jennifer avait été effrayée par le spectacle du champ de ruines qui lui rappelait les bombardements de 14-18, dont elle gardait un souvenir confus mais effrayant. Elle s'était fait beaucoup prier pour visiter le site de Pompéi, et n'avait accepté de suivre son mari qu'après s'être munie d'un mouchoir imbibé d'eau de lavande, comme si elle allait devoir affronter les miasmes d'une épidémie.

Tout à sa passion, Jurieux n'avait guère prêté attention à ces effarouchements féminins qu'il prenait alors pour de la coquetterie. Il connaissait mal les femmes. Sa jeunesse avait été gouvernée par cette chasteté des grands travailleurs que dévore la passion d'apprendre. Bête de concours, il s'était déniaisé à la hâte dans les bras des putains du Quartier latin, davantage pour être « comme les autres » que par réel besoin. Pompéi était son rêve. Il s'y promenait sans tenir compte de la chaleur de midi, un casque colonial sur la tête, arpentant ces blocs qu'un Mallarmé eût proclamés remués par « un désastre obscur ».

Il quittait les rues incendiées par le soleil pour se faufiler dans la touffeur des cryptes épargnées. Il n'en finissait plus de s'approprier la ville.

Pompéi, c'était des bâtiments massifs réduits en miettes, anéantis, avec, au milieu, de fragiles objets mystérieusement préservés, telles cette statue et cette vasque d'eau lustrale dans l'enceinte sacrée du temple d'Apollon.

Il y avait la voûte fœtale du *calidarium* des thermes du forum, avec sa cuve, son œil-de-bœuf, cette envie de recroquevillement et d'oubli qui vous prenait au ventre au sein de cette bulle de pierre toute dédiée à la courbe.

Et partout, les niches des dieux tutélaires chargés de protéger les maisons, dieux déchus, pris en faute par la catastrophe, petits bons à rien divins incapables de sauver leurs maîtres et à qui on avait pourtant fait pendant des années d'inutiles offrandes...

Et les immenses résidences : villa de Diomède, villa des Mystères, architectures somptueuses pilonnées, arasées.

Quelle leçon de vie ! Quelle invitation à la réflexion. Pompéi faisait immanquablement penser à ces tableaux philosophiques de la Renaissance, qu'on appelait des *Vanitas*.

Jennifer avait été saisie d'angoisse lors de la visite de la villa des Mystères, dont les fresques dionysiaques rouge sang débordaient de créatures étranges, mi-femmes mi-bêtes, donnant le sein à des biches, et de nudités offertes à de symboliques flagellations.

Elle consentait à s'extasier sur les statues les plus académiques, la mosaïque charmante d'un péristyle, mais elle fuyait les profondeurs des ruines, là où, au fond d'un cul-de-sac, surgissait l'inévitable fresque pornographique, comme à la maison des Vettii. Toujours son œil tombait sur un détail honteux qui lui faisait détourner la tête et se cacher le visage dans son mouchoir : le phallus triomphant du tripot de la *Bisca Lusoria*, les graffiti obscènes du lupanar aux cellules de plaisir vouées aux ténèbres complices.

Jurieux, lui, y revenait inlassablement, fasciné par ces témoignages d'une vie insolente, portée à la jouissance sous toutes ses formes, et dont on pouvait voir une synthèse sublime dans la caserne des gladiateurs avec ses inscriptions glorifiant le meurtre, la victoire et le sexe. Pompéi avait été tout cela, une ville insolente dont toute la philosophie se résumait à ce *Salve Lucrum* qu'on trouvait gravé au fronton de certaines demeures, et qu'on aurait pu traduire par « Enrichissons-nous ! ».

Au bout de trois semaines de fouille, Jurieux fit une découverte exceptionnelle.

Au milieu du XIXe siècle, Giuseppe Fiorelli fut le premier à réaliser des moulages de plâtre à partir des empreintes de cadavres trouvées dans la cendre durcie. En effet, les dépouilles charnelles des victimes, dissoutes par 2 000 ans d'ensevelissement, avaient laissé derrière elles d'étranges moules en creux qu'il était possible d'utiliser pour obtenir une image en trois dimensions des malheureux surpris par la catastrophe, et souvent figés par la mort au beau milieu d'un geste inachevé. Ce musée, jugé morbide par certains, avait toujours excité l'imagination de Jurieux.

— C'était au milieu du grand amphithéâtre, expliqua-t-il à Martine en s'asseyant sur une pierre. Il y avait une empreinte très importante qui avait jusque-là échappé à la vigilance des archéologues parce qu'elle était en quelque sorte dissimulée sous un « couvercle » fait de scories solidifiées. C'était un gladiateur... un gladiateur affrontant une bête fauve. Probablement un tigre. Ils étaient comme imbriqués l'un dans l'autre, noués par le combat. Et la pluie de cendres les avait surpris comme ça, au beau milieu de leurs déchirements mutuels. Tout autour, les gradins avaient dû se dégarnir au fur et à mesure que la catastrophe devenait évidente. D'abord l'*ima cavea* réservée aux dignitaires, puis la *media* et la *summa cavea*, là où s'entassait le public populaire. Tout le monde s'était enfui, se bousculant, se piétinant, mais cet homme, cette bête, n'avaient même pas eu conscience de ce qui se passait, à aucun moment. Ils avaient continué à se battre alors que l'apocalypse s'abattait sur la cité, et la mort les avait statufiés, alors que l'issue du combat était encore incertaine. Qui aurait gagné ? Le gladiateur ? Le tigre ?

Henri avait passé beaucoup de temps à faire dégager le « moule » de lapilli. C'était un travail difficile et les ouvriers ne le prenaient pas au sérieux, émiettant l'image en creux par leurs manipulations trop pressées.

— J'ai négligé Jennifer, avoua-t-il. J'étais à la fois si épuisé et si excité que je ne parvenais plus à trouver le sommeil. Elle m'agaçait à toujours se plaindre des mouches, de la chaleur, du climat, des moustiques. Je lui en voulais de ne pas partager mon exaltation. Ce que je faisais lui semblait sale. Elle ne comprenait pas qu'un universitaire puisse mettre la main à la pâte, gratter le sol, s'abîmer les ongles. Elle me disait : « Vous allez vous fabriquer des mains de terrassier, je ne crois pas que mes parents apprécient beaucoup. »

Quand elle tomba malade, il crut à une comédie de femme jalouse. Elle avait un peu de fièvre, des vomissements. Il diagnostiqua un embarras gastrique dû à la nourriture approximative du chantier. Le cuistot n'avait rien d'un grand chef, et toute sa science culinaire consistait à couper de la saucisse en rondelles dans de grandes marmites de pâtes assaisonnées de gousses d'ail et d'olives. Les terrassiers se satisfaisaient pleinement de ce régime, mais Jennifer mangeait du bout des dents. Le plus souvent elle repoussait son assiette pour se contenter d'une tasse de thé et de quelques biscuits. Elle passait la journée sur une chaise longue, à siroter ses éternels citrons pressés.

« Vous vous irritez l'estomac, lui faisait remarquer Jurieux. Toute cette acidité ! Rien d'étonnant à ce que vous vomissiez ! »

Il se trompait, elle était réellement malade. Il avait été impardonnable, il aurait dû se rappeler les méfaits de l'eau polluée italienne qui faillit, lors de leur séjour à Venise, mener à l'agonie George Sand et Alfred de Musset. Sans oublier les moustiques, dont la piqûre donnait, disait-on, une fièvre analogue à la malaria. Il fit venir un médecin. Un affreux petit bonhomme grincheux qui partit en laissant des sachets de poudre à diluer dans un peu d'eau bouillie. Jurieux n'avait rien compris à ses marmonnements. Jennifer fut emportée en trois jours, par une fièvre maligne qui la dessécha sur son lit de camp.

— Elle ne pesait plus rien, chuchota le vieil homme. On a dû l'enterrer là-bas, dans un petit cimetière de campagne, car les autorités craignaient on ne sait quelle contagion. Je crois que sa famille a fait des pieds et des mains pour rapatrier le corps, mais je ne sais pas si elle y est parvenue. À ce moment-là nous avions déjà rompu toute relation. Pour eux, j'étais l'homme qui avait assassiné leur fille unique. Ils ne voulaient plus entendre parler de moi. Jamais.

À force de l'entendre évoquer les ruines de l'Antiquité au milieu des débris des bunkers, Martine croyait voir des temples païens là où il n'y avait que des tronçons de maçonnerie fracassée par le T.N.T. Elle se mettait à guetter dans les volutes du brouillard breton les héros de Troie, aux cnémides scintillantes, le glaive au poing.

24

Martine devinait que Jurieux tolérerait sa présence tant qu'elle accepterait de rester muette. Elle devait donc tout à la fois être là, et savoir se faire oublier. Accompagner le maître mais demeurer en retrait. Elle s'appliqua à parfaire son déguisement. À présent, elle portait une culotte courte laissant voir des genoux barbouillés de mercurochrome. Elle avait en effet remarqué que les garçons avaient souvent les genoux abîmés, sans doute en raison des courses imbéciles dans lesquelles ils se jetaient à tout propos. Dans un souci de mimétisme, elle remplit ses poches de ficelles, de billes et de boîtes de coco multicolores. Elle y ajouta un ou deux roudoudous dont elle aimait la saveur acidulée qui agaçait la langue au point de la rendre parfois douloureuse. On trouvait tous ces trésors à l'épicerie-buvette du débarcadère, qui vendait indifféremment du vin d'Algérie à la tireuse et des petits sachets d'Aspirfrais dans lesquels les gosses pompaient une poudre citronnée au moyen d'une « paille » en réglisse. Au dos du paquet, un petit papillon, une fois décollé, affichait la mention « gagné » ou « perdu ». Les gagnants avaient droit à un nouveau sachet gratis, et tout recommençait.

Le manège de Martine n'avait pas échappé à

Jeanne qui, l'ayant une fois observée à la jumelle du haut du phare, l'apostropha avec agacement.

— Qu'est-ce que tu fiches avec mon père ? lança-t-elle un soir. Si tu as dans l'idée d'essayer de nous rabibocher, je te prierai de laisser tomber. La situation actuelle me convient tout à fait. En fait, je serais bien embarrassée s'il se mettait dans la tête de me verser les arriérés d'affection qu'il me doit. Ne te mêle pas de ça, tu entends ? J'ai déjà bien assez de Carmen pour jouer les infirmières.

Martine protesta de son innocence. Elle ne combinait rien, elle se contentait de se promener en compagnie du vieil homme, voilà tout.

— C'est intéressant ce qu'il raconte, murmura-t-elle. Il sait des tas d'histoires sur l'ancien temps.

Jeanne haussa les épaules, et Martine eut l'impression qu'il y avait du dépit dans cette mimique. M'man était-elle jalouse ?

— Ne te mets pas martel en tête, intervint Carmen, c'est aussi bien comme ça. Au moins le vieux ne nous fait pas la guerre.

— Oh ! mais je m'en fiche ! lança Jeanne avec un mouvement d'humeur. Je n'ai besoin de personne. Du moment que j'ai du papier et un stylo, je me suffis à moi-même ! Je n'ai jamais écrit au courrier du cœur, que je sache !

Le lendemain, Jurieux fit entrer Martine dans la grande maison de granit. Il procéda sans cérémonie, comme on tient la porte ouverte pour permettre à un chien de se faufiler dans l'entrebâillement. La fillette fut surprise par la fraîcheur humide qui régnait entre les murs de la bâtisse. Il y avait peu de meubles, et la voix d'Henri résonnait dans les pièces.

— On a tout brûlé pendant la guerre, expliqua-t-il. Les armoires, les commodes. Il fallait bien se chauffer. Pas mal de livres y sont également passés.

Quelle importance ! On se laisse toujours trop envahir par les objets.

Les bustes antiques, les poteries grecques rafistolées qui trônaient sur des sellettes, donnaient à cet intérieur dénudé l'allure d'un musée dépourvu de visiteurs. Au lieu de portraits, on avait suspendu aux murs des tablettes en linéaire B et des masques mortuaires en cuivre martelé. De nombreuses bibliothèques étant parties en fumée, des monceaux de livres formaient çà et là des îlots que, dans la pénombre, on pouvait prendre pour des gravats non déblayés. Ils grimpèrent un escalier, et Jurieux fit visiter à Martine la pièce où il conservait les souvenirs de Jennifer. La fillette éprouva un frisson en découvrant le grand tableau jadis lacéré par Jeanne. Il avait été restauré avec beaucoup de soin, et seules quelques pâles cicatrices couraient encore sur le visage de Jennifer de Rostrait. La ressemblance avec Jeanne était étonnante, il y manquait cependant cette force, cette énergie farouche qui habitaient la fille, et dont la mère semblait avoir été totalement dépourvue. Jurieux monologuait. Martine, fascinée par les objets exposés, ne l'écoutait pas. Elle allait d'un bout à l'autre de la pièce, effleurant les éventails, les robes, les souliers, sans parvenir à déterminer si cette volonté de rassemblement était émouvante ou absurde.

Sur une table, Jurieux avait étalé les souvenirs de l'expédition à Pompéi. Une ombrelle bleue brûlée par le soleil italien, des bottines incrustées d'une poussière à laquelle se mêlait la cendre deux fois millénaire du volcan. La curiosité de la fillette fut attirée par de longs carnets étroits, à la couverture gainée d'un fin tissu pâli. Des rubans multicolores s'en échappaient, comme autant de signets.

— Ce sont des carnets de voyage, expliqua Jurieux. Jadis, les jeunes filles de la bonne société avaient l'habitude d'y noter leurs impressions, d'y faire des dessins et des aquarelles lorsqu'elles avaient quelque talent. Jennifer aimait y écrire de petites poésies naïves, des choses très féminines ; un peu mièvres, je le reconnais, mais cela trompait son ennui. Elle avait toujours dans son sac un plumier contenant une bouteille d'encre et des porte-plume. Elle n'aimait pas les stylos, elle les trouvait trop masculins, peu faits pour les doigts d'une femme. Elle écrivait souvent avec ces curieux porte-plume en verre qu'on vend à Venise. Elle ne pouvait pas lire très longtemps, cela lui donnait la migraine, sûrement parce qu'elle avait une mauvaise vue mais refusait de porter des lunettes.

L'un des carnets était plus décoloré que les autres, Martine supposa qu'il s'agissait du dernier en date, celui que le soleil italien avait brûlé au cours des après-midi d'ennui passés sur une chaise longue, au pied du volcan. Obéissant à une impulsion, et profitant de ce que le vieillard lui tournait le dos, elle s'en saisit et le glissa sous sa chemise.

Jurieux était déjà dans le couloir. Martine l'y rejoignit en rentrant le ventre. Le carnet, glissé sous l'élastique de sa culotte, lui meurtrissait l'aine. Quand elle eut recouvré ses esprits, elle s'étonna de son geste. Elle ne savait pas pourquoi elle avait fait cela. Sur le trajet du retour, elle s'arrêta au milieu de la lande, s'assit sur une pierre pour examiner son larcin. La plupart des pages étaient aux trois quarts vierges. C'est à peine si on y avait tracé quelques lignes tout en haut. Des ébauches de poèmes plutôt niais et vite abandonnés, comme si leur auteur avait eu conscience de l'inanité de ses efforts. Martine les déchiffra en faisant la moue. De la bouillie pour les chats, elle-même était déjà capable de faire beaucoup mieux ! De temps à autre surgissait un embryon de journal intime, tout aussi dépourvu d'intérêt. Jennifer y décrivait ses toilettes, les difficultés qu'elle éprouvait à se procurer des parfums acceptables. Elle parlait très rarement d'Henri. L'adjectif « pittoresque » revenait toutes les trois lignes. L'encre violette avait pâli. Plus de la moitié des pages était restée inemployée. Martine hésita sur la conduite à tenir. Devait-elle remettre le carnet à sa place ? Elle décida de l'offrir à Jeanne dès son retour au phare.

La jeune femme, loin de sauter de joie, parut frappée de stupeur lorsque la fillette lui remit l'objet en question. Elle le posa sur la table et le contempla comme si elle avait peur de le toucher.

— C'est un souvenir, insista Martine. Je pensais que tu serais contente.

— Quand je pense qu'à ton âge j'en étais réduite à grimper le long de la façade pour lorgner à l'intérieur du « musée », murmura M'man. Et toi tu arrives, tu le connais à peine, et pan ! il t'ouvre les portes de la maison, te fait faire le tour du propriétaire. Tu lui joues le grand jeu de la séduction ou bien il est devenu gâteux ?

Martine s'agita sur sa chaise. Le ton acerbe qu'avait pris Jeanne la rendait malheureuse. Elle avait cru bien faire en volant le carnet.

— Jennifer... elle était un peu comme toi, hasarda-t-elle. Elle écrivait partout où elle allait. Toi, tu as tes cahiers, elle, elle avait ses carnets.

Jeanne fronça les sourcils. Elle s'était enfin décidée à feuilleter l'étroit fascicule aux pages jaunies.

— Et elle écrivait des conneries, dit sombrement la jeune femme. Comme moi. Tu vois, je suis bien sa fille.

Martine sentit une boule se former dans sa gorge. Elle était malheureuse et découvrait qu'elle avait fait une bêtise. Elle tendit la main.

— Donne, dit-elle en se retenant de pleurer, je vais le remettre à sa place.

— Non, siffla M'man. Je le garde.

Et, se levant avec brusquerie, elle grimpa l'escalier pour gagner sa chambre. Martine en demeura abasourdie, les yeux gonflés de larmes qui ne se décidaient pas à couler.

Carmen, qui jusque-là était restée silencieuse, se décida à intervenir.

— Il ne faut pas lui en vouloir, dit-elle. Ça remue trop de choses en elle. Elle est jalouse de te voir t'exhiber avec le vieux. C'est un peu comme si tu lui faisais la nique. Tu devrais être plus discrète. À quoi joues-tu, au juste ? Tu essaies de lui prouver que tu es plus forte qu'elle ?

Martine se dressa.

— De quoi te plains-tu ? cracha-t-elle au visage de la correctrice. Plus je la rends malheureuse, plus tu as d'occasions de la consoler ! Ça devrait te plaire !

Et elle quitta le phare en courant, au risque de se tordre les chevilles dans l'escalier.

Le carnet devait avoir de curieux retentissements sur le moral de Jeanne. Dans les jours qui suivirent, elle s'isola au sommet du phare, ne quittant plus guère l'habitacle vitré de la lanterne. Là, assise sur le chemin de ronde, les genoux ramenés sous le menton, elle fumait cigarette sur cigarette, le visage verrouillé sur une expression de colère rentrée qui n'annonçait rien de bon. Elle ne daignait même plus descendre prendre ses repas, et ne quittait son poste d'observation qu'une fois Carmen et Martine parties à la plage. Là, seule dans le phare, elle grignotait à la hâte quelques tranches de saucisson et un quignon de pain qu'elle arrosait de plusieurs verres de vin rouge. Elle buvait beaucoup. Beaucoup trop, et la somnolence de l'ivresse la saisissait parfois là-haut, la faisant rouler contre la balustrade, tout au bord du vide.

Martine était incapable de comprendre ce qui se passait dans sa tête.

— Il faut la laisser tranquille, murmura Carmen. Ça lui passera. Je savais que c'était une mauvaise idée de venir ici. Quelle idée, aussi, de lui offrir ce carnet !

— Je croyais lui faire plaisir, bredouilla Martine. C'était un souvenir de sa mère. Moi j'aurais été contente.

— *Toi! toi!* s'emporta la correctrice. Toujours toi ! Il serait utile que tu penses un peu aux autres, de temps en temps !

Jeanne resta prostrée un long moment. Parfois, la nuit, Martine l'entendait qui pleurait toute seule dans l'obscurité, et elle avait peur que sa mère ne se laisse aller à un acte désespéré. Se jeter dans le vide du haut de la lanterne par exemple. Carmen ne dormait plus guère. Allongée sur son lit, elle paraissait aux aguets, prête à intervenir en cas de malheur, et cette surveillance ne faisait qu'accroître les craintes de la fillette. Un jour, n'y tenant plus, Martine décida de crever l'abcès et grimpa jusqu'à la lanterne. Jeanne était là, dans son vieux maillot de bain noir, assise au milieu des mouettes qui s'étaient habituées à sa présence. Ses longs cheveux poissés par le sel pendaient tristement sur ses épaules, ses ongles étaient sales. Elle avait tout d'une souillon, et fumait avec obstination. Le tabac lui avait jauni les doigts. Le carnet était là, posé sur la pierre, tout contre sa cuisse.

« Quelle histoire ! songea Martine. Tout ça pour un journal de voyage rempli d'observations idiotes ! »

Elle s'agenouilla près de sa mère.

— On ne peut pas continuer comme ça, murmura-t-elle. Ça me rend trop malheureuse.

Jeanne tressaillit, écrasa son mégot sur la rambarde de fer rouillée. Du bout des doigts, elle poussa le carnet vers sa fille.

— Regarde, ordonna-t-elle. On peut dire que tu as eu la main heureuse.

— Quoi ? bégaya Martine.

— Ouvre-le, ordonna Jeanne. Lis ce qu'il y a d'écrit.

— Mais j'ai déjà...

— Non, lis le *vrai* texte.

Martine obéit sans comprendre. Lorsqu'elle se pencha sur le carnet, elle eut un sursaut de stupéfaction. Cette fois les pages étaient couvertes du haut en bas, même celles qu'elle avait crues vierges ! C'était toujours la même écriture, mais au lieu d'être violette elle était curieusement brunâtre, comme si Jennifer avait plongé sa plume dans une encre rouillée.

— Qu'est-ce que c'est ? interrogea la fillette.

— Du citron, soupira Jeanne. L'encre sympathique des gamins. Voilà pourquoi elle se faisait constamment servir des citronnades : elle s'en servait pour écrire ses pensées secrètes ! En haut de la page elle notait quelques banalités rassurantes à l'encre violette, puis elle changeait de plume, et rédigeait son vrai journal intime en la plongeant dans son verre de citron pressé. C'était aussi bête que ça. Son mari pouvait feuilleter ses carnets, il ne risquait pas de découvrir la vérité. Le vrai journal, lui, restait invisible.

— Comment as-tu compris ? s'enquit Martine.

Jeanne haussa les épaules.

— Le hasard, répondit-elle, la cendre de ma cigarette est tombée sur une page. Comme elle était chaude, elle a fait apparaître une lettre tracée au citron.

Un déclic s'était produit dans son esprit. Elle s'était dit : « Et si ? » Alors elle avait fait chauffer un fer à repasser sur le coin du fourneau et, pendant que Martine et Carmen se prélassaient sur la plage, elle avait entrepris de chauffer les pages du carnet une à une. L'écriture de Jennifer de Rostrait était sortie du néant où elle se tenait cachée depuis si longtemps. La chaleur avait fait virer le jus de citron au brun... le carnet apparemment vide s'était rempli, et cela jusqu'à la dernière page.

— Lis, chuchota M'man d'une voix fatiguée. Moi, ça m'a fait un choc.

Martine s'assit, le dos contre la vitre brûlante de la lanterne. Pendant un moment les lignes serrées dansèrent sous ses yeux sans qu'elle parvienne à les déchiffrer. Toutefois, la lecture des manuscrits de M'man l'avait habituée aux extravagances de l'écriture des adultes. Celle de Jennifer ne différait d'ailleurs pas tellement des gribouillis de Jeanne.

Elle lut au hasard, piochant dans le corps du texte, incapable de s'astreindre à une lecture linéaire.

« Je sens le bébé en moi, avait écrit Jennifer. C'est une sensation bizarre qui me fait peur. Comme si mon corps ne m'appartenait plus en totalité. On me dit que les autres femmes sont heureuses de sentir le bébé bouger. Pas moi. Suis-je anormale ? Monstrueuse ? J'ai peur d'enfler, de devenir laide, de voir mon ventre se distendre. Je n'ai pas été préparée à ça. J'aurais voulu jouir de quelques années de répit, pour danser, faire du cheval. Bien que les finances de ce pauvre Henri ne permettent guère d'envisager de telles occupations. Cette épreuve vient trop tôt. Je n'ai pas encore la force nécessaire. Henri ne cesse de parler de son futur fils, il ne se rend pas compte que je suis terrifiée. Malgré tous ses diplômes c'est un imbécile. Un cerveau qui vivrait dans un bocal étiqueté « Antiquité ». Tout ce qui se passe hors du bocal, il ne le voit pas. Je n'aurais pas dû me marier. Ni avec lui ni avec un autre. Mais comment échapper à la famille, alors ? J'y étais obligée. Comme j'étais obligée d'avoir cet enfant. Je n'avais pas le choix. Nous autres femmes, on ne nous laisse pas une grande marge de manœuvre. »

Le regard de Martine glissa sur les paragraphes. Les lamentations se poursuivaient, ponctuées de points d'exclamation et de mots rageusement soulignés.

« Je suis hideuse, lut-elle quelques pages plus loin. Hier soir, au sortir du bain, je me suis regardée nue dans le miroir. J'ai fondu en larmes. On raconte qu'une femme enceinte est belle, c'est un mensonge. Je suis affreuse, et le pire c'est que je sens que jamais je ne redeviendrai comme avant. On ne peut pas sortir intacte d'une telle épreuve. Je crois que les autres femmes se mentent à elles-mêmes pour oublier leur disgrâce physique. Je sens que cet enfant va me détruire. Qu'il est là pour me faire du mal. Je n'ose en parler à personne. Si Henri lisait ces lignes, il me croirait folle et me ferait enfermer dans une clinique spécialisée. Aurait-il tort, du reste ? Comment une future mère peut-elle écrire des choses aussi abjectes ? Si je n'usais pas du subterfuge du jus de citron, jamais je n'aurais le courage de me confier à ce journal intime. Plus la date de l'accouchement se rapproche, plus je fais des cauchemars. Je me sens menacée. En danger de mort. Je sais que je vais être déchirée, blessée, que j'aurai mal à en hurler. Il paraît que c'est nécessaire pour se sentir enfin femme. Linette de Chappenuis, qui est venue prendre le thé, m'a dit que je devais faire mon devoir, qu'il en allait ainsi pour toutes les femelles de l'univers. Quelle consolation ! Comment lui dire que sa dernière maternité lui a fait prendre dix ans ? Comment peut-elle se mentir à ce point ? Quand je pense qu'elle n'a que deux ans de plus que moi ! Serai-je comme elle après ? »

Martine n'avait pas envie d'aller plus avant mais

M'man n'aurait pas accepté qu'elle renonce aussi vite. Elle s'obligea à continuer, sachant qu'elle allait le regretter.

« C'est fait, écrivait Jennifer une dizaine de feuillets plus loin. Toute cette souffrance, toute cette horreur pour une fille ! Quelle dérision ! Henri est affreusement déçu, je le sais, même s'il fait des efforts pour ne pas le laisser paraître. Une fille ! Et l'on dit qu'elles sont plus faciles à mettre au monde que les garçons ! Qu'aurais-je enduré alors ? Je devrais finalement m'estimer heureuse de mon échec. J'ai eu si mal que j'ai refusé de prendre le bébé dans mes bras quand la sage-femme a voulu me le présenter. Je me sentais comme une bête sur l'étal d'une boucherie, fendue, ouverte. Éclatée. Oui, c'est le mot : éclatée. Ce bébé, c'était le projectile qu'on venait d'ôter de ma chair, et je me suis rappelé ce que racontait Grand-Père. Son opération à Verdun, l'éclat d'obus qu'un chirurgien avait dû lui arracher du ventre. Ce bébé, c'est mon éclat d'obus à moi. Je ne m'en remettrai jamais. Comme Grand-Père, j'en resterai infirme… et puis je mourrai. Cet enfant me tuera à petit feu. Il a volé toute mon énergie, toute ma vie. Et tout cela pour une fille ! Quelle humiliation ! Henri veut qu'on l'appelle Jeanne. Je m'en fiche. Je ne m'occuperai pas d'elle. Elle sera toujours mon ennemie. Il faudra que je me tienne loin d'elle si je veux survivre. »

Jennifer avait ressassé cette idée au fil des mois. De nombreux feuillets en faisaient état.

« Je souffre d'une faiblesse dont aucun fortifiant ne parvient à triompher, expliquait-elle peu de temps avant son départ pour Pompéi. Ni la viande rouge ni l'air du large. Henri a tenu à ce que je passe ma convalescence sur Bregannog. SON île, comme il aime à le répéter. Pauvre Henri ! S'il savait ce que je pense de ce caillou peuplé de paysans mal lavés et de moutons crasseux ! Mon Dieu, comme je voudrais être à Paris. À Neuilly, dans l'hôtel particulier de Papa ! Au lieu de cela, il va falloir embarquer pour l'Italie. Henri s'est mis dans la tête de gratter la terre pour dénicher quelques vieux pots qu'il exhibera au Collège de France, et sur lesquels il écrira dix ou quinze volumes in-octavo. Je n'ai pas envie de partir. Je me sens trop faible pour affronter la vulgarité de ce pays où les gens parlent trop fort. Le bébé m'a volé toute ma force. Il a fait de moi une vieille femme avant l'heure. J'ai un mauvais pressentiment. Quelque chose me dit que je n'en reviendrai pas. J'ai essayé de convaincre Henri de me laisser chez Papa, le temps des fouilles, mais il ne veut pas en entendre parler. Il a sûrement honte à l'idée que Père découvre quel genre de vêtements il me fait porter à présent ! C'est vrai que je suis habillée comme une femme de fonctionnaire, je porte aujourd'hui les habits que je voyais jadis sur les employées de Papa, et qui me faisaient tant rire. J'appelais cela des costumes de singes ; si j'avais su alors qu'il me faudrait un jour m'affubler de la sorte !

« Au reste, tout ça n'a plus beaucoup d'importance. Je suis aujourd'hui trop abîmée pour prétendre porter une belle toilette. J'aurais l'air d'une bonniche ayant emprunté les vêtements de sa patronne. J'ai le cheveu terne, la peau grise. Mon visage a pris dix ans, mon corps est celui d'une matrone. Dieu ! Ces vergetures, ce ventre mou ! Moi qui ressemblais à une sylphide. C'était ce que me disait toujours Mlle Anatkova, mon professeur de danse : Chèrrre enfant, vous filiforrrme comme créaturre des bois ! Si, si. Vous corrps comme tige d'une fleur sans épine. La pauvre ! Si elle me voyait maintenant ! Mon ventre a autant de ligne qu'une courge bien mûre. »

Les doigts de Martine devenaient moites. Elle déchiffrait en diagonale, redoutant le moment où elle allait tomber sur l'arrivée à Pompéi.

88591